本书由“安徽省教育厅高等教育振兴计划人才项目”资助出版

滁州醉风情

杜裕民　胡继艳◎著

安徽师范大学出版社
·芜湖·

图书在版编目(CIP)数据

滁州 醉风情 / 杜裕民,胡继艳著.—芜湖:安徽师范大学出版社,2017.8(2023.8重印)

ISBN 978-7-5676-3026-0

Ⅰ.①滁… Ⅱ.①杜… ②胡… Ⅲ.①随笔－作品集－中国－当代 Ⅳ.①I267.1

中国版本图书馆CIP数据核字(2017)第143743号

滁州 醉风情 杜裕民 胡继艳 著

责任编辑:房国贵

装帧设计:丁奕奕

出版发行:安徽师范大学出版社

芜湖市九华南路189号安徽师范大学花津校区

网 址:http://www.ahnupress.com/

发 行 部:0553-3883578 5910327 5910310(传真)

印 刷:苏州市古得堡数码印刷有限公司

版 次:2017年8月第1版

2023年8月第2次印刷

规 格:700 mm × 1000 mm 1/16

印 张:22.5

字 数:357千字

书 号:ISBN 978-7-5676-3026-0

定 价:69.80元

前　言

滁州，安徽省省辖市，位于皖东江淮之间，面积1.35万平方千米。滁州像一颗璀璨的明珠闪耀在安徽东部，走进滁州你就走进了山水文化名城，走进滁州你就走进了多彩时尚充满神奇的地方。

滁州历史悠久，文化昌盛，早在远古时期这里就有先民在此居住生产，西周时期这里就分封有诸侯国（如凤阳县临淮关镇分封为钟离子国，全椒就建有古椒国）。思想家庄子曾在滁州凤阳留下“濠梁观鱼”的美谈，这成为中国园林中观鱼台的滥觞。楚汉战争时，一代枭雄项羽兵败垓下，在悲壮的“霸王别姬”之后含恨自刎于乌江，后葬于滁州定远城东，其爱妻虞姬的首级葬于定远二龙乡。两晋时，东晋的开国皇帝琅琊王司马睿曾寓居于滁州摩陀岭，后来此山便更名为琅琊山。南北朝时期，梁开国皇帝梁武帝年少时曾在全椒县龙山读过书。唐朝时期，代宗御赐宝应寺建于琅琊山中，开启了滁州人文山水的先河。诗人韦应物、李绅先后出任滁州刺史，韦应物更留下《滁州西涧》一诗，“野渡无人舟自横”成为千古绝句。

北宋时，一代文豪欧阳修曾来滁州任太守，留下千古名篇《醉翁亭记》，使滁州“醉翁文化”（简称“醉文化”）扬名天下，而此亭南宋时期就被誉为中国四大名亭之首。明代开国皇帝朱元璋生于凤阳长于凤阳，发迹于皖东大地，后建立大明王朝，凤阳也成了中国“明文化”的发源地。清代全椒人士吴敬梓以其《儒林外史》而被推为中国讽刺文学鼻祖，中国的“儒林文化”在这里得到进一步升华。北宋时期，天长朱寿昌弃官寻母的故事被传为佳话，朱寿昌也成为滁州“孝文化”的代表人物。如今以“小岗精神”为代表的文化成为滁州文化的主体和核心，“小岗精神”已成为滁州特有的文化现象。“醉文化”“明文化”“儒林文化”“孝文化”以及以“小岗精神”为代表的文化成为滁州五大文化品牌。

除了五大文化品牌外，这里还蕴藏着浓郁的民俗文化。戏曲方面以花鼓灯、狮子灯、秧歌灯最为著名；绘画方面以凤画最优，其作画程序复杂、手法讲究；其他还有布画、刺绣等。在这些民俗艺术中，凤阳花鼓灯被列为第一批国家级非物质文化遗产，并参加了2010年上海世博会安徽周的演出。来安县的秧歌灯于2007年被列入安徽省非物质文化遗产目录，和凤阳花鼓灯一起被世人并称为“并蒂花”。

滁州不仅历史悠久，文化底蕴深厚，而且这里旅游资源也很优美。归纳起来主要有“四山”“四湖”“四洞”，即琅琊山、皇甫山、韭山、神山，碧云湖、女山湖、卧牛湖、花园湖，韭山洞、禅窟洞、庵基洞、吸水洞。其中琅琊山自宋代以来便是皖东休闲度假胜地，很多文人墨客到此游山玩水，目前已成为国家AAAAA级景区。皇甫山和神山是国家森林公园，森林覆盖率均在95%以上。其中皇甫山是该地区保存最完整、面积最大的原始次生林；神山不仅森林覆盖率高，景色也很迷人，主要景点有白石泉、神山湖、仙人洞、青牛洞、团山洞以及览胜塔等，坐落在山林之中的神山寺已有1200多年的历史。

这里饮食种类繁多，特产品种众多，本书重点列举了一些最具代表性的地方小吃呈现给广大读者。

改革开放后，滁州取得了巨大的发展，特别是最近的大滁城建设，滁州逐步成为新型工贸旅游地区。2016年全市实现旅游业总收入166.01亿元，同比增长20.73%，增幅前移3位。接待入境旅游者11.03万人次、旅游外汇收入4145.20万美元，同比分别增长9.12%、39.35%，其中入境旅游者人次与上年度相比增幅持平，旅游外汇收入增幅名列全省第一；接待国内游客1998.09万人次、国内旅游收入163.26亿元，同比分别增长18.42%和20.35%，增幅分别前移8位、2位。可见越来越多的人来过滁州，还有更多的人想到滁州旅游。

《滁州　醉风情》一书共分11篇，将滁州一带的风土人情、历史事件等逐一进行疏理。“风景”篇，主要介绍了滁州的山水、建筑物等自然景色；“古韵”篇，详细介绍了滁州的历史古迹或遗迹，让读者更全面地了解滁州发展历史；“事件”篇，介绍了滁州人民在抗日战争中以及在改革开放中做出的成绩和贡献；“人物”篇，重点介绍了滁州籍的历史名人，以及他们的主要历史功绩；“艺术”篇，主要介绍了滁州最著名的民间艺术；“传奇故事”篇，介绍了滁州的一些著名传说故事和一些地方名称的来历；“特产”篇，重点介绍了滁州的特产；“民俗”篇，重点介绍了滁州的节庆习俗等；“舌尖滁州”篇，重点呈现了滁州的重点菜肴和小吃；“方言”篇，以县市为研究对象，重点讲述了每个县市方言特点，并用方言中出现的笑话作为例证；“高等学校”篇，重点介绍了滁州的四所高校办学的主要特点。因图书整体安排需要，上述11篇中个别篇目所包含内容可能会出现少许交叉现象，在此予以说明，并请大家谅解。

第一篇“风景”、第二篇“古韵”、第三篇“事件”、第四篇“人物”、第九篇“舌尖滁州”、第十篇“方言”为杜裕民所撰写；第五篇“艺术”、第六篇“传奇故事”、第七篇“特产”、第八篇“民俗”、第十一篇“高等学校”为第二作者胡继艳所写。

《滁州　醉风情》一书一方面突出了以滁州醉翁亭为代表的“醉”文化品牌，另一方面从滁州的山水、历史人文、民风民俗、特产、饮食等多角度全方位介绍了滁州，让更多的人了解滁州“风情”，知道滁州哪里好看，哪里好玩，哪些东西好吃，减少到滁州旅游时的盲目性。由于时间、精力以及篇幅的局限，书中可能存在一些不足之处，还望广大读者予以批评指正。

杜裕民

2017年5月3日

目　录

风　景

古　　韵

事　件

人　物

艺　术

传奇故事

特　产

民　　俗

舌尖滁州

方　言

高等学校

风　景

幽　远

琅琊山

琅琊山位于安徽省滁州古城西南约5千米处。现紧靠滁州市区，距合肥150千米，距南京59千米，交通便利，为人们到滁州观光旅游首选之地。

琅琊山东晋以前称摩陀岭，东晋皇帝司马睿登基前任琅琊王时曾寓居于此，后改名为琅琊山。北宋文学家欧阳修任滁州太守时常到此山游玩，他的《醉翁亭记》使此山名声大噪，其中“醉翁之意不在酒，在乎山水之间也”更是广为人知。1988年8月，经国务院批准，琅琊山风景区被确定为国家重点风景名胜区。2001年1月11日琅琊山森林公园成为全国首批AAAA级旅游景区。

琅琊山最高峰为小丰山，海拔321米，其他山峰高度都在海拔300米以下。山中现有植物153科，其中乔灌木58科；名贵药用植物140科803种，号称“天然药圃”。珍贵树木如琅琊榆、醉翁榆等是琅琊山的特有树种，主干大者高28米，胸径0.8米，屹立于寺庙周围。混交的树种繁多，有很高的观赏和科研价值。山中主要动物有獐、狸猫、狐狸、狗獾、狼等，珍禽益鸟也很多。据初步查明，琅琊山拥有鸟类162种，其中白肩雕属于国家一级保护动物，黑枕黄鹂、杜鹃、寿带、灰喜鹊、柳莺、金腰燕、伯劳等都是安徽省著名益鸟。琅琊山上具有生态、经济、科研、观赏价值的鸟类还有绿头鸭、绿翅鸭、苍鹭、池鹭、大白鹭、中白鹭、夜鹭、牛背鹭、环颈雉、鹰、鹞等。

琅琊山森林公园现主要有琅琊墨苑、醉翁亭、深秀湖、琅琊寺、南天门等景区。景区内丘壑、林泉、寺宇、亭台、古道、古关隘均以其蔚然深秀、清幽淡雅而得天独厚。

醉翁亭

公园内大小山峰81座，层峦起伏，沟谷深邃，溪流潺湲，森林茂密，具有高可眺、邃可隐、清可濯、幽可憩、芳可采、丽可咏的多种景观。其中的著名景点——醉翁亭，更是被誉为中国四大名亭之首。此亭因唐宋八大家之一的欧阳修命名并撰《醉翁亭记》一文而闻名遐迩。

深秀湖

醉翁亭依山傍水，幽雅而宁静。亭、台、轩风格各异，可谓园中有园，景中有景。这里古树婆娑，亭台错落，青山如画，碧水潺潺，环境十分优美。整个布局严谨小巧，曲折幽深，富有诗情画意。亭中新塑的欧阳修立像，神态安详。亭旁有一巨石，上刻圆底篆体“醉翁亭”三字。

离亭不远，有泉水从地下溢出，泉眼旁用石块砌成方池，水入池中，然后汇入山溪。水池三尺见方，池深两尺左右。池上有清康熙四十年知州王赐魁立的“让泉”二字碑刻。让泉水温终年变化不大，保持在十七八摄氏度。泉水“甘如醍醐，莹如玻璃”，所以又被称为“玻璃泉”。

琅琊让泉

琅琊山风景区白天空气清新，景色迷人。从琅琊山的东门进山，洗心亭旁的树林便是第一处最佳观赏点，这里的萤火虫飞得很低，一不留神便可以与你来个“亲密接触”。点点荧光穿梭在树影中，像星星般明明灭灭，看来也别有一番乐趣。进入琅琊寺内，那可是最大的惊喜所在，漫山的萤火虫在寺庙前、花坛边、树丛里飞舞，一点点的闪烁，一簇簇的明亮，置身其中别提有多梦幻，绝对可以醉翻你那颗爱浪漫的“少女心”。

琅琊古寺

琅琊山风景优美，物产丰富，而且人文底蕴深厚。继唐代诗人顾况、韦应物，北宋诗人王禹偁撰写的描绘琅琊山胜境的诗文后，欧阳修在出任滁州知州期间，又撰写了散文名篇《醉翁亭记》《丰乐亭记》等有关琅琊胜景的诗文约一百多首（篇），并由宋代著名书法家苏轼专为《醉翁亭记》《丰乐亭记》书碑。宋代的曾巩、王安石、辛弃疾，明代的宋濂、文徵明、王守仁等诗人、文学家、书画家、教育家，都曾宦游或旅居于此，并作诗文以记其胜。琅琊寺及醉翁亭、丰乐亭内外，唐宋以来的历代摩崖、碑刻比比皆是。琅琊山的古碑摩崖是山中珍贵的文物瑰宝，它留存了从唐代至今的名人手迹，记述了1200多年的沿革历史。内容上有对山景的咏赞，有游览纪胜，亦有题名记事。其中，以唐代李幼卿等人的诗碑尤为珍贵。

琅琊古道

散落在滁州琅琊山群峰涧壑间的石刻和碑刻常让人驻足流连，那承载着历史记忆的摩崖石刻及碑刻有几百段（块），书体有篆、隶、楷、行、草等，还有满汉两文同书；既有名人雅士的墨宝，也有普通儒、僧的民间书法；既有南方法帖风采，又有北方碑刻风趣。其内容丰富、形式多样、价值巨大，是我国宗教史、文学史、书法史、旅游史、社会经济史、民情风俗史上的珍贵见证。

唐代名画家吴道子所绘的观自在（即观音）菩萨石刻像原在观音殿（观音殿在地藏殿对面，大雄宝殿之后），1916年移至琅琊寺大雄宝殿后镶于墙壁。“眉目津津向人欲语”，堪称绝笔。

琅琊山摩崖石刻及碑刻从1993年申报第四批“国保”单位开始一直到2013年3月，历经20年的不懈努力，琅琊山摩崖石刻及碑刻终于圆了“国保梦”。

琅琊山摩崖石刻

中华人民共和国成立前后，琅琊山继续成为诗人、作家向往的游览胜境。1936年4月，著名女作家方令孺教授，与女作家丁玲、画家徐悲鸿等同游琅琊山后，写了散文新篇《琅琊山游记》。1985年10月下旬，中国散文学会和中国作家协会安徽分会在琅琊山联合举办了“醉翁亭散文节”，王西彦、何为、柯蓝、艾煊、江流等作家、诗人、评论家和编辑、新闻记者共四十多人，聚会琅琊山，研讨当代散文复兴的前景，集中创作了一批描绘琅琊胜景的散文佳作。

正如刘禹锡的《陋室铭》所说：“山不在高，有仙则名。水不在深，有龙则灵。”琅琊山虽没有泰山之巍峨、黄山之奇险，但却是一座融合了道教与佛教、儒家与道家、自然景观与人文景观于一体的风景名胜，从某方面来说这也代表了我国的名山极具包容性这一特点。

皇甫山

皇甫山国家森林公园位于皖东滁州市西48千米处，古称“曲亭山”“北将军山”，昔因南唐大将皇甫晖在此屯兵而得名。

皇甫山大门

最高峰北将军岭海拔400米，为皖东第一峰。景区总面积约34平方千米，森林覆盖率96%，是皖东地区唯一一个集国家森林公园、自然保护区为一体的特殊区域，存有江淮地区最完整、面积最大的原始次生林，素有“华东西双版纳”之称。这里因山水之美而著称全省，因自然景观与人文景观而名扬皖东各地。此地有唐朝中叶建立的弥陀寺，集名山、名池、名泉、名洞、名寺、名林于一体，旅游区内还有烽火台、将军井、新四军医院遗址等景点。

皇甫山鸟瞰图

皇甫山以山水之美著称。山势绵延起伏，山下幽谷深邃，溪流潺潺；山中古树参天，景色瑰丽，令人心旷神怡。丛林间鹭啼雀鸣，其中鹭鸟景观最为壮观，因而这里被称为皖东白鹭洲。皇甫山的鹭鸟种类很多，其中主要有白鹭、池鹭、牛背鹭、中白鹭、夜鹭、苍鹭等。据鸟类专家估算，每年来皇甫山自然保护区栖息繁衍的鹭鸟数量就达10万只。每年清明至初夏期间，来自越南、马来西亚等地的白鹭纷纷云集皇甫山，“两个黄鹂鸣翠柳、一行白鹭上青天”，这种群集数量如此之大的鹭群景观在安徽省乃至全国都是罕见的。唐朝大诗人杜牧《鹭鸶》后两句云“惊飞远映碧山去，一树梨花落晚风”，就是对当时皇甫山鹭鸟飞行姿态的赞美。山深林茂的森林公园内，还生长着100多种野生动物，其中小灵猫、狸猫、花面狸等均属于国家级保护动物。

皇甫山水塘

皇甫山中的人文景观也毫不逊色。明朝开国皇帝朱元璋曾经三次驾临弥陀寺。闻名天下的“弥陀贡茶”历经600多年的风雨，堪称国宝。而20世纪40年代，皇甫山一带是刘少奇同志领导皖东人民抗日的主要阵地，弥陀寺曾作为新四军二师的野战医院，为抗日立下赫赫战功。此外，皇甫山内还有宋太祖赵匡胤兵破南唐后所谓叹“此乃天意也”的“将军井”、梨花落晚的白鹭洲以及弥陀泉、会甲池、仙人洞、十里檀廊、千亩竹海、渡仙桥、将军岭等。由此可见，黄甫山国家森林公园颇有“深、奇、幽、秀、野”的特色。

皇甫山野营区

如今的皇甫山森林公园以发展森林生态旅游为主，开展登山、观景、观鹭、休憩度假、野营等活动，同时为了满足人们不同的休闲需求还倾力拓展野外训练场所，吸引更多游客的到来，逐渐成为集旅游、度假、休闲、娱乐于一体的综合性度假中心。

神山

神山国家森林公园位于安徽省滁州市全椒县城西北15千米草庵乡境内，为江淮分水岭向南延伸的余脉，与滁州琅琊山同为一脉。神山群山环抱，林深水秀，九座山围绕神山主峰，故称“九龙盘珠”。面积3万余亩，皆为低山丘陵，其一般山峰海拔只有200多米，最高峰不过295米，然而其绝对高度不低，山势不乏陡峭雄伟，加之山峦起伏，涧壑幽深，林海莽莽，石嶂奇峻，溪水绕山而流，甘泉破石而出，幽草广传异香，鸟鸣如弄笙簧，虽无名山大川之奇险，却有江淮独特之雅静。融入其间，您会心旷神怡，流连忘返。

神山湖

森林公园总面积20多平方千米，植被类型以天然阔叶林为主，有树木400余种，其中不乏珍稀植物资源。1992年，神山被中华人民共和国林业部批准为国家森林公园。

神山以古寺久远、石洞幽深、怪石迥异、泉清水冽而闻名。同时，神山的人文遗存也极为丰富。唐德宗兴元元年（784），诗人韦应物为滁州刺史，结交山中白石道人，并作诗《寄全椒山中道士》。此诗为韦诗巅峰之作，故神山由此名闻遐迩。神山之名，屡见唐以后各类韦诗注本。后周世宗柴荣和殿前都虞侯赵匡胤来到神山，借此奇袭后唐。明嘉靖吏部尚书胡松、都给事戚贤以及清代著名小说家吴敬梓等均到神山踏叶寻古，吟诗留存。近年神山森林公园已对山中道路、古寺等进行维修、开发和保护，并开始接待各地旅游者。

神山白石洞

神山分为神山寺、溶洞、神山湖、览胜塔、奇石等景区。神山寺景区以人文遗存和古树著称，内有惠峰双塔、卧狮石、龙纹石阶、柴王井、藏经楼、大雄宝殿等。溶洞景区在寺外，寺前200米有仙人洞，洞内幽邃并已开发。神仙洞在山的西边，此洞县志有载，极为深邃，数十年前政府因破除迷信封洞，尚未开封。白石洞又称“百十洞”，为神山最大溶洞，此外还有团山洞、龙洞和青牛洞。神山湖景区位于公园入口处，如公园之目。湖面水碧如镜，水质甘洌芬芳。湖水为山涧流泉汇聚而成，较著名的山泉有荷花泉（一名白石泉）、龙鼻泉、十里八道涧、御溪等。人们在览胜塔景区可俯瞰万亩林海。神山森林公园植被丰富，松、杉、枫、榆、栎、槐、朴、竹、君迁子、盐肤木等使四季景色五彩缤纷、变幻无穷。奇石景区，有滑牛石、黑石、石蛙振鼓、石龟望月，御座椅等奇巧石景。

神山除上述主要景点如白石泉、神山湖、览胜塔、御溪桥、仙人洞、团山洞、龙洞、青牛洞外，还有充满象形神山石的黑石芤和距今已存1 200多年的神山寺。神山寺位于神山森林公园东南，占地百余亩，始建于唐大历年间（766—779）。因九峰围视，取“九龙探珠”之意，在此建寺。原有大雄宝殿、观音殿、法王殿、藏经楼等，气势恢宏，错落有致，雕梁画栋，古朴肃穆。几经焚毁，几经修葺，现存前进楼房、中进大雄宝殿和两边耳房。院内有柴王井、龙纹石阶。殿墙嵌有明、清两代修寺碑文。据记载：“神山寺，在县西神山内。唐大历年间建。宋太祖从背山之策破滁，经此寺前，故白石阶皆龙纹。今尚存有石井，深七尺，凿石为之。父老相传，寺僧令工得石一升，与钱一升。”

神山仙人洞

神山寺旁有仙人洞。唐代有一道士居于洞中，以白石为餐，滁州刺史韦应物有《寄全椒山中道士》诗为证：“今朝郡斋冷，忽念山中客。涧底束荆薪，归来煮白石。欲持一瓢酒，远慰风雨夕。落叶满空山，何处寻行迹。”因而神山寺名闻久远。古典名著《儒林外史》作者吴敬梓在其《移家赋》中有“寻桑根之遗迹，过落叶之山房”，落叶山房疑为神山寺别称，亦传是清代文人雅士吟诗会友之所。山上古树参天，峰回路转，清泉涓涓。清人石照远赞其云：“古刹何年创，空山岁月长。诗篇传刺史，石井话柴王。登眺峰峦碧，幽寻草木香。最添清兴处，鸟语弄笙簧。”

1981年全椒县人民政府公布神山寺为县重点文物保护单位，1985年安徽省人民政府公布该寺为省级重点文物保护单位。作为名胜古迹，神山被收入《中国名胜词典》。

神山森林公园交通便捷，登山步道已于2002年完工。每年农历二月十九日，周边城市、农村有居士、香客到神山寺进香，并由此形成庙会。每逢庙会时节游人接踵而至，热闹非凡。近年人数已突破五万，神山的旅游接待能力也达到一定水平。

老嘉山

明光市南部山岭连绵起伏，层峦叠嶂，这便是老嘉山所在。老嘉山，这个坐落在管店林业总场老嘉山分场林区内的一座山，它和中、小嘉山，连同八达岭的北将军山（现为皇甫山），皆是“秦岭-大别山山脉”向东自然延伸出来的余脉。老嘉山最高峰明光顶332.4米，为皖东第二高峰。

老嘉山风光

老嘉山，原属来安县，1932年11月，在盱眙、滁县、定远、来安四县边缘之地设置嘉山县（县治所设在今天的老三界），从此老嘉山归属明光（1994年国务院撤嘉山县为明光市）。据道光十年（1830）《来安县志》记载：“山上有龙王庙，宋嘉定年间敕建，赐名嘉泽，山以此得名。”新设之县因此山而得嘉山县名。

老嘉山鸟瞰图

2009年2月，安徽省林业厅批准老嘉山为安徽省级森林公园，但森林公园的许多情况还不为外人所知。老嘉山森林公园区域面积约为8.6平方千米。园内岗峦起伏，岩石嶙峋，千姿百态，鸟语花香，空气清新，森林覆盖率45%，原生态景致空灵幽深，静穆宁谧，使人着迷。公园位于亚热带北部边缘地区的过渡带，四季分明，光照充足，雨量适中，降雨多集中在6至7月份，夏热多雨，冬寒干燥。公园内土壤多呈微酸性反应，主要是在角斑岩、玄武岩等上面形成的黄棕壤，适宜植物生长。老嘉山森林公园属北亚热带落叶、常绿阔叶混交林地带，南北物种汇聚，现森林植被多为人工针叶、阔叶纯林或针阔混交林，境内植物种类繁多，森林类型多样。次生阔叶林姿态万千，竹海、古楸林、麻栎林、马尾松等特色景观相映生辉，形成了独具特色的森林景观，构成一幅幅风景绚丽、色彩缤纷的自然画卷。公园内树种资源较为繁盛，据调查，园区有木本植物47科137种，加上引进的绿化树种共有57科223种，有楸树、黄连木、杜仲、黄檀等主要树种。另外，园区其他资源也较为丰富，有獾、獐、兔、狼、刺猬等野生哺乳动物13种；有白鹭、灰鹭、山鸡、鹰、灰喜鹊等鸟类106种；有松乳菇、黑木耳等食用菌5种；有金银花、白毛藤、葛藤等药用植物92种。这里交通方便，104国道和南洛高速公路纵贯林场南北，距老嘉山林场场部2千米处即有高速出口。林区道路纵横交错，路网密度达2800米/平方千米，接近发达国家水平。

为了使景区风景林结构充分满足多种旅游功能的需要，公园内全面的、重点突出的植物景观配置正在完善。特色植物景观随季节变化产生季换景异的效果，使色彩更加丰富。老嘉山森林公园主要由山、水、林组成，其中山体较多，植被覆盖率大。老嘉山山体属于典型的皖东丘陵地区，高低起伏，山上林木青翠，山下溪涧交汇，碧澄见底。老嘉山水系有翡翠湖和大峡谷、大沙渠、小沙渠等。老嘉山森林公园刚刚建设，还处在起步阶段，公园设计结合良好的自然生态条件，尊重园区原有的自然环境和生态特征，尽可能将原有的有价值的自然生态要素保留下来，充分利用老嘉山自然资源，计划建成约270平方米的人工湖泊点缀其间。依托良好的生态资源，发展观光、休闲、度假旅游。公园整体生态环境良好，山、林、湖等资源互为映衬，相得益彰。

老嘉山锦绣谷

老嘉山顶部双峰对峙，有巨石横亘如桥，内有石床石磴，可以坐卧。每逢大雨，石梁上瀑布奔泻如帘，犹如仙境，鬼斧神工。据记载，嘉山“又有法华寺、七盘岭、锦绣谷、清凉源、白云涧、过溪桥、丹凤栈、分宝岩、钓鱼台诸景。山之西北属盱眙县。宋嘉定十二年，金人寇淮西，自盱眙犯来安，李全败之于嘉山，即此。故垒犹存，周数里”。足见老嘉山自古就美景众多。最为著名的仙人桥是一块长十多米横跨于两山之间的巨石，巨石下方又有一立石，宛然桥墩，正好支住巨石。“桥”上没有丝毫刀削斧凿的痕迹。当时人们猜想，峡谷间这座桥，连接两山，不是仙人所为，谁又有此巨力呢？想那时，这里一定是仙人们常来派对集会的地方，不然，谁把桥修在这幽幽的峡谷呢？当然，在科学发达的今天，我们已经不再相信神化。仙人桥的形成，乃天生石梁，因为山势陡峭，水流激荡，将石梁下部冲空成桥，可谓鬼斧神工。仙人桥，巨石横亘，浑然天成；仙人洞，泉水如帘，宛若仙府。

老嘉山仙人桥

现在老嘉山森林公园在打造自然景观景区仙人桥、仙人洞、仙人池、后沟、桃花岗、九桠树等如诗如画的秀丽山水风景的同时，正在打造千佛庵、柴王城、嘉泽庙、红妮庵、甘露寺、花果寺等古老的历史遗迹景区，并且古今军事设施各具特色，游人凭吊古老的军事设施柴王城后，再观览军事营房，会有更多收获。

老嘉山湖

老嘉山景观具有自身的奇特性，给人以隐、奇、险、秀的心理感受。老嘉山虽然已是安徽省级森林公园，但对于外人，她是养在深闺人未识，虽然已揭开神秘的面纱，但神秘依旧不减。

老嘉山柴王城

凤阳山

凤阳山即安徽凤阳山国家地质公园，是国土资源部授予的第5批国家地质公园，位于凤阳县南部200多平方千米山区范围内，总面积55平方千米，区内集青山、绿水、秀湖、奇洞、迷谷、古寺于一体。地貌为密网状岩溶构造，有一线天、落水洞、溶洞、天生桥、石芽等喀斯特景观。该景区内的地质遗迹景观具有独特的典型性、稀有性、系统性和完整性、自然性、优美性、科学性。1987年被安徽省政府公布为省级风景名胜区，辖区内已开发的狼巷迷谷景区为国家AAAA级旅游景区，韭山洞景区为国家AAA级旅游景区。1992年被中华人民共和国林业部命名为韭山国家森林公园，2009年被国土资源部授予国家地质公园资格，2013年正式命名且同时更名为安徽省凤阳山国家地质公园。

凤阳山水库(一)

凤阳山不仅是典型的森林生态系统类型的保护区（主要保护对象为亚热带典型森林生态系统及列入国家保护的动植物），还有许多没有任何雕琢的天然美景，让游人直叹大自然的鬼斧神工。

凤阳山国家地质研究站

凤阳山以狼巷迷谷、韭山洞和卧牛湖三个景区为主体，其中狼巷迷谷和韭山洞在本书后文中有具体介绍，这里只介绍卧牛湖景区。

碧波万顷的卧牛湖依偎于峰峦起伏的凤阳山脉腹地，是凤阳人在1958年用智慧和汗水兴建的一容量1.03亿立方米、面积11.1平方千米的人工湖，所以又叫凤阳山水库，因湖边一小山酷似卧牛而得名“卧牛湖”。卧牛湖景区西与韭山洞景区相接，总面积29平方千米。卧牛湖是以起伏的山峦、开阔的湖面以及平缓的泥沙滩等为游览内容的景区。这里万顷碧波，静谧安宁，青峦叠翠，修竹茂林，浮山游云，雁飞鱼跃。湖上游艇如梭，渔帆点点；湖边山光水色，相映成趣；湖中竹岛引来百鸟栖息，跳跃欢唱。除了自然风光美不胜收之外，凤阳山水库现已建有游船码头，有多艘游艇可供人们进行多种水上休闲游乐活动，是人们休闲娱乐、放飞心情的好去处。

凤阳山水库(二)

狼巷迷谷

狼巷迷谷景区建于1993年，位于安徽凤阳县城东南30千米处，面积约9平方千米，因旧时常有野狼出没而得名。景区景观分古刹礼佛和迷谷探奇两大主题。其主要景点有禅窟古刹、禅窟洞、玉泉净心、摩崖石刻、谷中黄山、天落石、狼牙巷、瘦人谷、响石谷、千层岩、摩腹巷等五十多处。整个景区是以佛教文化为背景、绿色生态为重点、岩溶地貌为特色的景区。

狼巷迷谷景区大门

摩腹巷

景区的入口在东北角，古刹礼佛部分在东边，迷谷探奇部分在西边。先看到的是古刹礼佛部分，这里主要看禅窟寺、禅窟洞、摩崖石刻、塔林等人文景点。禅窟寺据说是建成于汉武帝年间的千年石寺，不仅可以烧香礼佛，还可以为您研究佛教的悠远历史提供素材。天然溶洞禅窟洞景观千姿百态，您既可领略大自然的神奇，又可在洞内对佛教文化寻根问祖。自唐以来的摩崖石刻不仅书法各异，还真实记载了历代文人墨客对禅窟寺的钟爱。有诗云："三月莺啼花满山，天风飞暖树芜间。不知洞内何年月，石自嵯峨水自潺。"迷谷探奇部分是天然的喀斯特地貌形成的迷宫，迷宫中的道路非常狭窄，最窄处只能弯腰躬身侧着通过，道路两边的岩壁都有一层一层的纹理，迷谷内的石灰岩形成于5.4亿年前的古生代寒武纪。此处地貌为典型的岩溶地貌，整个景区大多是水蚀作用形成的。另外树根和土壤对迷谷的作用也很明显，可以看见很多锯齿状或涡旋状的岩石，也可以看见许多植物就扎根生长在岩石中。

天落石

千层岩

这里既有黄山的清秀，又有华山的险峻，更有张家界的神奇。迷谷内地形奇特、沟壑纵横、明谷暗涧、沟沟相连、谷谷相通，谷深处抬头望天如一线，谷浅处举目观山如层峦。其岩石千姿百态、形神兼备，有的似鳄鱼探路，有的如野狼挡道，有的层层叠叠如天书万页。灰褐色的岩石千疮百孔，苍劲朴野，凝聚着远古的风韵。生长在岩石上的树木更具有特色，它们虽历经沧桑，不那么挺拔高大，但虬龙状的身姿能经得起风霜雪雨，不屈不挠，显示出顽强的生命力，给人启迪，催人奋进。

禅窟洞

清流关

清流关坐落在滁州城西12.5千米处的关山中段。说它是“三古”遗址，是因为这里曾是全国著名的古驿道、古关隘和古战场。现在的三古遗址仍清晰可见。经安徽省旅游资源考察团和参与琅琊山风景名胜区论证规划的专家、学者、教授们实地考察论证，清流关被评估为江淮之间仅存的一处保存完好的古道遗址，并赋予“国内罕见”的赞誉，是研究我国文化、交通、商业、军事等方面历史变迁的重要考证依据，1989年被公布为省级重点文物保护单位。

此关形势险峻，深30余米，用块石垒砌。关洞呈拱形，现残存基墙高2米以上。关西门额上嵌有“古清流关”大字石刻。因隋、唐、南唐时此地属清流县，又处于清流河上游，故名。此关北控江淮丘陵，雄踞于关山之口，战略地位十分重要，为历代兵家必争之地。后周显德三年（956），赵匡胤率兵攻南唐，首役即于此，破南唐军15万，并生擒大将皇甫晖和姚凤。明代农民起义军李自成、张献忠曾与明军激战于此，河水尽赤。太平天国时期，太平军亦在此与清军大战。明代，这里是连接京都（南京）与凤阳（府治）的官马大道。今仍存长4千米、宽5米的石铺道，车辙明显，并存有半壁关洞、军营旗杆基座、中军帐基、试剑石、上马石、古井及明代碑刻等文物，是保存较好的古驿道和关隘。

清流关门坊

清流四景（古迹春晓、清泉古井、中秋望月、清流瑞雪）、清流四石（上马石、点兵石、磨刀石、试剑石）及三古遗址（古关隘、古驿道、古战场）残迹犹在。

古清流关

清流关不仅为兵家必争之地，而且也是南北交通要道。古驿道东西两端古街尚存，乃昔日之驿站所在。据史书记载：站内有常住邮卒传送文报，也有脚夫为过境商旅上山、下山转运车、轿以及货物。关口曾竖碑立约曰："贱避贵，幼避长，轻避重，缓避急。"清末津浦铁路建成，此驿道为之所代，遂沦为偏僻山径。

清流关古道

清流关景区是内敛、含蓄的。它曾拥有荣耀与光辉，可它却安然坐落在关山林场之中，用层层叠叠的榆叶形成遮天蔽日的绿色海洋，将人文古迹淹没在苍苍茫茫的林海之中。也正因为如此，历代文人墨客颂清流关诗文甚多，尤以欧阳修"清流关前一尺雪"及陆游"阵云冷压清流关"为最。更有明代文学家程敏政的《夜渡西关记》及清代文学家戴名世的《乙亥北行日记》，记叙关中风景。

幽　静

白鹭岛

白鹭岛生态旅游景区位于安徽省滁州市来安县城西北13千米处，是省级森林公园，距古都南京50千米。景区总面积约28平方千米，因每年有成群的白鹭在此繁衍栖息而得名。园区内常绿植物300余种，森林覆盖率达90%以上，仅恋子湖内的鱼类就近20余种。全年平均气温14.9摄氏度，夏无酷暑，冬无严寒，具有“天然、清幽、秀丽、静美、纯朴”等特点。这里空气清新，气候宜人，山林美景，天造地设。春天，山花烂漫，幽香逼人；夏天，云蒸霞蔚，绿茵滚滚；秋天，层林尽染，红枫如火；冬天，银装素裹，绵延起伏。每年清明至白露，数万之多的白鹭云集，亮丽奇特，蔚为壮观，创设了“惊飞远映碧山去，一树梨花落晚风”的诗情画意。主要景点有峰峦叠翠的恋子山，秀色宜人的舜歌山，洞天明境的恋子湖，碧波荡漾的舜歌湖，翠竹环绕的大庵寺，香烟弥漫的孔雀寺，鬼斧神工的一线天，古色古香的赏鹭亭，变化奇妙的望日峰，气势恢宏的抗金古战场，怀中抱子的千年古树，流水潺潺的观音泉，绵延细腻的天然沙滩浴场，雄居山腰的穆桂英跑马道，观景揽月的望火楼等。

白鹭岛景色

来安县政府按照“树立精品，培育特色，面向南京、合肥、扬州，吸引苏、锡、常、沪”的原则，努力把白鹭岛景区建成一个集休闲娱乐、旅游度假、花果茶鸟购销为一体的国家森林公园。依湖傍山建了湖景公寓和别墅，住宿风光二者兼得；湖边上还有一个专供白鹭栖息的森林公园，可以近距离地观赏鹭鸟戏水；再加上2009年5月，这里又新开了一个温泉公园，其最大的特点就是将温泉全部融入森林景观中，这在江浙皖一带算是极少见的。

恋子湖

白鹭岛度假村

如果想要体验纯粹原生态自然景观，近距离接触野生鹭鸟、享受森林温泉的舒适与自然，白鹭岛生态旅游景区是不错的选择。

碧云湖

碧云湖原名“黄栗树水库”，位于安徽省全椒县城城西10千米处，建于1959年，是我省十大水库之一，也是我省自然风光优美的旅游度假区。正面库堤长270米、高32.2米，集水面积262平方千米，总库容量3亿立方米，常年水面16.8平方千米，有效灌溉面积约133平方千米。

碧云湖

这里风景秀丽，交通便利。整个湖面坐落于群山环抱之中，碧水蓝天，一年四季鸟语花香。常年气温比县城低3℃～5℃。两岸群峰争秀，落叶阔叶和常绿针叶混交林郁郁葱葱，湖水清澈见底。

碧云湖中心岛

由大坝乘游艇游湖，穿过心岛，湖面豁然开朗。碧波万顷，浩渺茫茫，船在水中走，人在画中游，水天一色，令游人心旷神怡。据考证，清代著名作家吴敬梓的曾祖父就葬于此风水宝地中。碧云湖除了山美、水美还有一些典故或历史传说：

（1）鹰嘴石，位于碧云湖大坝入口处，此石形状酷似苍鹰的头部，却为自然形成，无须雕刻，栩栩如生，十分形象逼真。

（2）钓鱼台，位于碧云湖北岸，十分清澈地印在水中。传说姜子牙钓鱼，因直钩常冷座，久而久之，留下太公座印，而南岸上一头神鹰，专门保护太公，鹰嘴石也自然形成。

（3）八仙石，位于湖上游陡山脚下，据传当年八大仙曹国舅、吕洞宾等路过于此，十分眷恋这里的湖光山色，常在此饮酒作乐，后留下了十分形象的行迹。

（4）石头窝，位于湖东岸边。这个石头窝据说是被雷公轰散而成现状。

（5）双人石，位于湖东北杨梅山下，酷似双人，就像黄山的飞来石一样优美。

（6）灯禅窝，位于湖西岸。前山环抱如巢，故得名。有寺庙遗址，传说明代四大名僧憨山大师九岁时在此寺读书。

（7）车毂尖，位于湖的南侧。全椒县古八景之一的“水帘飞玉”即指此。现虽无瀑布，但登上车毂尖，可鸟瞰碧云湖全景。另外还有一座湖心岛，位于大坝正面，距坝堤800米，面积1平方千米。四面临水，绿树成荫，有阿根廷人看中这块宝地，投资建了一座别具一格的欧式别墅。

近年来，全椒县政府和碧云湖管理处充分利用这里的山水自然风光，兴建部分配套项目，供游人到此观光，在发展旅游业的同时又着力保护生态环境，重点保护水资源，防治水资源的污染，让人民能够喝到放心水、安心水。

女山湖

女山湖位于淮河右岸，明光市明光镇以北8千米，为郯庐断裂带局部凹陷洼地积水而成。受洪泽湖水位抬高影响，湖面逐渐扩展。南纳池河来水，总来水面积4215平方千米。水产丰富，以银鱼、刀鱼、虾、蟹、芡实、鲤鱼著名。湖区与淮河间可通航100吨级船只。

女山湖风光

女山湖是安徽省重要淡水湖泊之一，山清水秀，水美鱼肥，湖内水草资源丰富，水质清澈透明，正常年景水深2米左右，很适合鱼、虾、蟹等水生动物的生长。据安徽省农业科学研究院提供的调研材料，湖内浮游生物很多，在女山湖内养殖鱼蟹不用人工投饵，所产螃蟹品质上乘。除螃蟹外，湖内还盛产银鱼、青虾、甲鱼及野菱角、芡实、莲子等，均是天然绿色食品，可年产野菱角1000吨、芡实5000吨。“女山湖”牌系列水产品，投入市场几年来，深受消费者的青睐，市场占有率在逐年提高。尤其是“女山湖”牌大闸蟹2001年度获国家优质产品称号，目前已远销国外。另外沿湖岗地所产的明光绿豆，也负盛名，畅销国内外。

女山湖大闸蟹

女山湖银鱼

女山湖不仅天然美景让人流连忘返，还有绿色美食让人回味无穷。

深秀湖

在本书的开篇就为大家介绍了滁州的一重要景点——琅琊山，而现在所说的深秀湖就在琅琊山中。它位于醉翁亭至琅琊寺山道中间的南侧，与滁州城山城一体。

深秀湖古为一水潭，是游人临溪垂钓之所。1958年，滁县人民将水潭扩建成一座小水库。1983年，琅琊山管理处因地制宜，将这里辟为新的景区，因其三面环山，景色秀丽，取欧阳修《醉翁亭记》中“蔚然深秀”之句，定名“深秀湖”。

深秀湖

湖水上源琅琊溪，下通余家洼水库，四季潺潺，清澈透底。湖面建有湖心桥，桥有九曲，通称九曲桥。桥墩用青石砌成，桥面为水泥预制件，具有明显的现代建筑特色。桥上筑有湖心亭，亭顶为金黄玻璃瓦。湖西侧建有三间六架梁木的水榭，为旅游服务场所。春夏季节，游人凭水而乐，清凉爽快，堪称妙境。

深秀湖之于琅琊山可谓是画龙点睛之笔。爬山本是辛苦劳累之事，琅琊山中悠长深邃的石板路会让人感到单调和厌倦，而深秀湖的一汪湖水却会让登山者驻足前行，放眼望去，湖水清澈见底，鱼儿穿梭其中，湖中那碧青悠长的水草，因水的滋养出落得婀娜多姿，仪态万千，在微风的吹拂和轻浪的拍打之下，尽情施展着袅娜的身姿。湖中的游船承载着人们的欢乐和童趣，人们可以在此享受划船之乐、山水之乐。

西涧湖

“独怜幽草涧边生，上有黄鹂深树鸣。春潮带雨晚来急，野渡无人舟自横。”这是唐代诗人韦应物任滁州刺史时，游览至滁州西涧，写下的这首诗情浓郁的小诗，也是其代表作品。诗中所写之处就是现今的滁州西涧湖。

西涧湖，亦名“城西湖”，位于安徽省滁州市市区西部，为“滁州十二景”之一，同时也是大琅琊山四大板块（城西湖、姑山湖、琅琊山、三古遗址）之一。西涧湖紧靠滁城及京沪铁路，属长江水系，依傍在风景秀丽的琅琊山下，坐落在滁河支流清流河的小沙河上。由于海拔较高，地势险要，该湖素有“滁城头上的一盆水”之称，是滁州城区重要的生活用水供应地。

西涧湖鸟瞰

西涧湖虽为水库，但因其依傍在琅琊山之中，湖光山色相互掩映，故美不胜收。散步湖边，清风徐徐，晨曦浅照，远山朦胧，如黛如烟。淡蓝色的天空白云悠悠，变化万千。空气中吹送这淡淡的清香，让人心旷神怡。当天边绚烂的晚霞铺满大地的时候，来散步的市民越来越多，人影、山影、树影、笑脸，簇拥而来，青山碧水的环绕里，落日缤纷，笑声串串，鱼儿畅游，鸟儿腾空，这真真切切的美浑然天成。

西涧湖落日余晖

西涧湖弯亭

随着休闲时代的到来，滁州市政府根据西涧湖自身的人文和自然资源，正在着力打造一个西涧湖休闲度假区，努力为人们提供一个旅游度假休闲的好去处。在这里，你完全可以忘却时间和空间，跟随感觉来一次不可思议的奇妙旅行。这里仿佛是韦应物当年的世外桃源，又仿佛承载了人们对童话世界的憧憬，在这里可以忘却烦恼和忧愁，来一次彻底的休闲。

幽　幻

韭山洞

韭山洞，位于安徽省凤阳县城南30千米处，这里因山暖多产野韭而得名，距今已有五亿年的地质历史，为喀斯特溶洞。此洞早在一千五百多年前《水经注》中已有记载，唐时就有很多人入洞探奇，并留下多处唐人题刻。

韭山洞东西主洞长1472米，侧洞与北山的蝙蝠洞相通，长4000多米，被专家誉为“江北第一洞”，其特点是深、大、险、奇、古。全洞分为虎踞龙盘、摘星揽月、峡谷幽深、清流碧影、玉溪泛舟五大景区，重要景点二十多处。其中“虎踞龙盘”是王惟忠备战屯兵的主要地段，“摘星揽月”是古人所谓“石形如器物者甚众”的景区，后三个景区曲折盘旋，奥妙无穷，在开发前从无先人涉足。

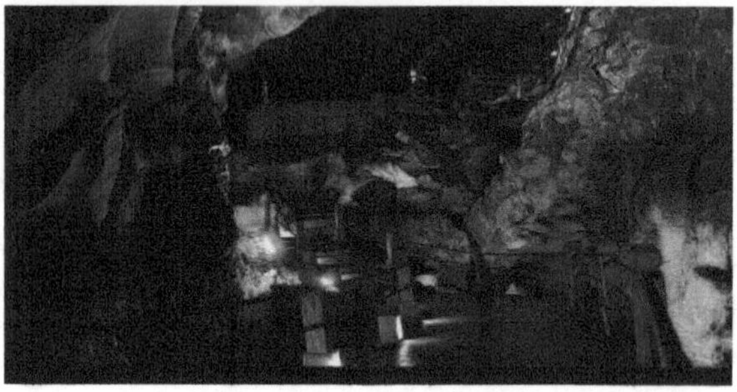

韭山洞口(一)

韭山洞作为江北著名的旅游景点，自然景观和人文景观珠联璧合，是人们寻幽探古休闲度假的好去处。踏进洞内，透过微弱的灯光，感觉空旷的溶洞其深莫测。行走几步，面前突然现出一只硕大的猛虎，定睛观看，原来是酷似老虎形状的石幔，经人略加点缀，显得惟妙惟肖，十分逼真。这就是“虎踞龙盘”。据史料记载，南宋抗金英雄王惟忠、明太祖朱元璋都曾在这儿驻扎军队。抬头仰望，“藏兵百万”四个大字展现在眼前；俯首细看，脚下有一个个圆形的磨盘石整齐地排列，这缘于南宋时，凤阳人王惟忠于建炎三年金兵南犯之时聚众9万余人，凭韭山之险，抗击金兵，韭山洞则为驻兵之所。当时由于洞内行走不便，兵士携带无数磨盘石将路铺平，从而形成了这一著名的磨盘古道。透过古道仿佛看到了当年王惟忠金戈铁马抗击金兵的悲壮场面。越过“演兵场”，“其石形如器物甚众”。有洁白无瑕的仙人卧榻、浑然天成的莲花台，还有百步云梯、雄鹰扑食、双凤呈祥、空中大戏院、水晶宫、金龟探海、仙女池、逍遥台、水帘洞、群猴山、跳水台、仙人桥、犀牛池等，丽景咸集，妙趣横生，令人目不暇接。

其中“双凤呈祥”尤为显眼。翘首观望，头顶上方有一对凤凰，右为凤，左为凰，它们金黄色的头部和身躯凸现于岩石上，一缕缕清晰可见的羽毛悬空飘洒，其中间还有一座宫殿形状的石幔，被称作凤凰宫。古代传说凤凰为百鸟之王，每一出现，百鸟群集左右应声鸣唱，犹如万民朝拜圣主，故有“百鸟朝凤”之说。你瞧，在凤凰斜对面有只头部较小、身体胖实且尾部拖得很长、未开屏的孔雀正虔诚地朝拜着它们。原来，爱媲美的孔雀见到凤凰也只有甘拜下风了。在孔雀旁边还有一只白色的鸽子，翘着翅膀、低着脑袋对凤凰叩拜。整幅画面栩栩如生，赏心悦目。

群山叠嶂

“金龟探海”亦很有特色。一只金龟伸长了脖子正遥望远方的东海。传说，这只神龟是受东海龙王的旨意，上天去接月宫里的嫦娥。在神龟上方，嫦娥的宠物小玉兔竖着两只耳朵，欲登上天鹅船。这一很像天鹅的小船，是神龟的使者，正在接玉兔前往东海。前行50多米，便到了东海龙王的水晶宫，宫内有一个倒垂的水晶莲花瓣，十分形象。

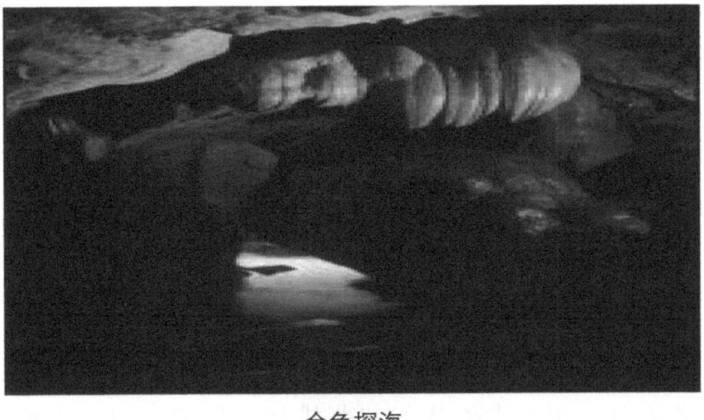

金龟探海

最令人忍俊不禁的当数仙女池，这是供九天女和王母娘娘沐浴的地方。在池边平躺着一个仙女，像是刚从浴池内洗浴后躺在那儿休息，在她旁边还有一位仙女身披浴巾坐在那儿。离仙女数米远的一块石头后面，躲藏着酷似《西游记》中描写的猪八戒。只见猪八戒头戴小佛帽，伸长了脖子歪着脑袋，好像正在窥看仙女洗浴，他的一只眼睛睁得很大，另一只眼睛却被玉皇大帝挖去，变成了“有眼无珠”，长长的嘴巴也被打得歪向了一边。

韭山洞口(二)

越往前走，湿度越大，溪水越多。快到出口处时，一段水路挡住了去路。原以为径直即可出洞，不曾想遇水而阻。正当我们一筹莫展之时，忽然柳暗花明，只见一叶小舟像箭一样驶了过来。我们乘上小船，船夫以手撑壁顶，逆水泛舟，行至数十米，露出光亮。靠岸之后，登上天洞，穿过石林，拾级而出洞口。出洞之后就到了定远县界内，这里森林茂密，环境清幽，山间小道旁还有韭山寨、石鸡亭等古迹遗址，别有一番情趣。

彩云洞

彩云洞位于滁州市南谯区花山乡内，距滁州市区12千米，距琅琊山风景区约13千米。花山境内四周群山环绕，中间低山起伏，因形似莲花，故名花山。花山山峰犹如花萼排列，形如簇锦。这里还曾有一个古老的神话传说：相传很久以前，这里有很多洞穴，洞洞相通，居住着两条恶龙，经常抢吃民间小孩。村里人哭儿呼女，凄惨之声惊天动地。恰逢玉皇大帝在南天门观赏天女散花，闻知后勃然大怒，派天女前去镇恶。天女将鲜花变作山头，堵住洞穴，镇住了恶龙。春天来临，群山开遍山花，争奇斗艳。如今山中尚有一洞，据说是玉帝派来监视恶龙的天神所居，来去彩云飘飘，故名“彩云洞”。

彩云洞口

彩云洞属石灰岩溶洞，全洞长600米，洞中钟乳石晶莹透明，石笋、石幔布满洞中，有栩栩如生的“仙女卧床”“猴子观海”等天然景观。步入洞中犹入仙境，因其幽深险奇、洞口陡峭，不便行走，故至今洞中景物保存完好，没有遭到人为破坏。洞内共分为五层，层与层之间坡度约为25度。从洞口至第五层的尽头约有1500米，每层分界地段都是陡壁，垂直高度不等。

在第三层有两个岔道各成一洞，奇的是洞内有形态各异的钟乳石，似“寿星捧桃”“大肚佛”“擎天柱”“宝塔”“白雪山峰”“美女迎宾”“蛟龙戏水”。洞内神秘诱人，洞外景色迷人，自然植被保存完好，春季山花烂漫，夏季郁郁葱葱，秋季遍山红叶，冬季墨绿相间。皖东最大毛竹园就位于洞外，每年都有许多外地游客慕名而来。山间小溪潺潺，深潭碧绿，景色宜人。

擎天柱

幽　美

大柳草场

大柳草场位于安徽省滁州市南谯区大柳镇以西3.5千米处，距市区36千米，草原面积约5.3平方千米。大柳草场前身为皖北农业试验场大柳分场，1949年12月兴建，主要任务是进行水稻、小麦试验研究和畜禽良种繁殖推广。为了发展畜牧业，由周恩来总理亲自批示建立了华东地区最大的优质绵羊种畜基地。2001年以后，草场大部分山场、土地都以个人承包和集体经营等方式进行植树造林，唯有上张、大胡两处牧场，始终保持着原始生态环境。因为这里生长着国家二级保护野生植物——中华结缕草，它是华东地区唯一的原生态天然草场，是一块未经开垦的处女地，是一方净土。它距国家森林公园皇甫山仅10千米，距AAAA级景区琅琊山约7千米。

草原被周围数万亩森林环抱，一年四季鸟语花香，呈现出不同的美丽景象……放眼望去，“蓝天白云，青青草地”，由于原生态的草场完全没有被人为开发，还未踏上草地，就能感受到来自草原的清新，让人忍不住想多呼吸几口这儿的空气。站在草场上，蓝天悠悠、白云轻轻，野花香，草芬芳，触摸之时，神清气爽，挥洒心情，自己似乎也飞翔起来了。

草地与湖泊

大柳草场虽没有北方大草原的一望无际，却恰到好处地展现了江南的俏丽。天空湛蓝，草地碧波荡漾，翻滚的草浪，令人眩晕，仿佛驾轻舟穿梭在万顷海洋上，微风拂面，芳草的香味扑面，令人陶醉，令人愉悦而激动。

大柳草场小河

远处群山环绕，坡下水如明镜，高大的铁塔下还有牧童牵着小牛犊。顺着山坡躺下，让阳光毫无吝啬地洒在身上，耳畔只有鸟鸣和孩童笑声。当你闭上眼睛，再也没有都市的纷扰，再也没有都市的喧嚣，属于你的，只有这片最纯净的世界。

黄寨牧场

黄寨牧场位于明光市境内距城区约30千米处，这里水草丰美、视野开阔，广袤的草场高低起伏，地面的牛羊群与空中的白鹭相映成趣，加上跃龙湖的波光粼粼，如一幅风景画让人陶醉。

黄寨牧场近景

黄寨牧场总面积34平方千米，规划开发面积为12平方千米，牧场与跃龙湖相邻，8286万立方米库容的水面及支流延伸于牧场腹内，周围有老嘉山、中嘉山、小嘉山、小横山、鲁山、清明山、尖山、杏山、宝塔山等九山环抱，岗岭逶迤起伏，丘壑纵横错落、舒缓有致。该处自然条件优越，小气候环境独特，是江淮之间至今仍保留着原生态环境的大型天然牧场。

黄寨牧场远景

虽然黄寨牧场是江淮丘陵腹地上面积最大的草场，但由于曾是一块养马场，外人不便随意出入黄寨牧场。正如一位大家闺秀由于长期养在深闺，外人很少有机会目睹其靓丽的容颜。也正因为如此，黄寨牧场的生态条件保存完好，被游人誉为“皖东大地上的最后一片净土”。

到了20世纪80年代，黄寨牧场渐渐撩开神秘面纱，游人可以自由出入，一睹真容，一饱眼福。不过，场内居民稀少，步行个把小时难见一处人家，显得非常空旷。道路均为自然形成，未经开辟修筑，徒步太耗时间，越野车辆出入较宜。黄寨牧场系天然形成，荒野无际，人工修筑的跃龙湖，穿插到草场的各个沟壑角落。草场傍着湖泊，湖水幽蓝，扁舟荡漾；湖泊依着草场，空气清润，面积辽阔，草色与湖水相映成景，鲜明别致。由于这个原因，这里环境优美，牛羊满山坡，珍禽任飞来，具有巨大的开发潜力。

黄寨牧场湖泊

春回大地时，草长莺飞，鸟语花香，风和日丽，天蓝地朗，绿野秀丽，空气清爽，鸥鹭翩然，牛羊欢畅。一切都在变化之中，转眼之间，柔嫩的小草长高了许多，缤纷的鲜花绽放了几许。到处生机勃勃，弥漫着沁人的青草气味，散发着浓烈的袭人花香；到处诗意盎然，目不暇接，美不胜收。最让人陶醉的是草场上的空气，新鲜纯净，没有丝毫杂质和灰尘，置身这里，你呼吸的全是清新自然的空气和花草吐出的芬芳。无论你到过这里多少回，你都会还想再来。

夏临黄寨时，气温迅速攀升，瓦蓝瓦蓝的苍穹之下，遍地的青草正在疯长，嫩绿舒心怡人，清香沁人心脾；妩媚的鲜花正在盛开，仙姿如诗如梦，娇态亦真亦幻。云影和天光在头上徘徊，眼前不时呈现出“风吹草低见牛羊”的奇特画面，眺望无垠的绿色海洋，感受原始的自然情趣。此时此刻，你的心会随风飞翔，在一望无际的草原上轻轻荡漾，每一根毛孔里都获得了从未有过的舒畅。

秋黄时节，远山的红枫羽翼流光溢彩，深洼的白杨绿叶渐渐泛黄，开始在风中随意飘零，近处的绿草仍然绿意盎然，充满了旺盛的生命力，遍地的野菊花摇曳生姿，馨香四溢。天愈加高远，空气愈加清爽。湖上不断有白鹭、鸥鸟飞来飞去，宁静祥和的湖面立刻生气勃发起来，令人更加亲近。吟诗作画，抚琴填词，很难再有比这里更好的去处。

黄寨的冬天很短，总觉得还是暮秋，天空依然那么湛蓝湛蓝，绿意始终流连在草场深处，久久不愿离去。无边无际的草原静默、宁谧、空旷、辽阔、沉寂、壮美。大地苍凉但并不会感到迷茫，气氛萧瑟但并不觉得肃杀。整个牧场很少被皑皑大雪覆盖过，虽有寒风，但风中蕴含湿润，绝不冷涩，从不会出现狂风大作、飞沙走石、天昏地暗的情境。冬天，这里视野开阔，茫茫原野地势起伏绵延，无边无际。没有“大漠孤烟直”，频见“长河落日圆”。这是一个真正无拘无束的自由世界，这是一个放松自己的绝好地方，您可以张开双臂，放声歌唱，恣意呐喊，尽情奔跑，疯狂畅想，你还可以把胸中的块垒、纠结、苦恼、郁闷、不满、愤慨，一切的一切都发泄到这里，来此一趟，就会轻松一次。

在黄寨牧场，虽然已经寻找不到当年万马奔腾的壮观景象，但她是隐藏在江淮之间的一颗碧绿翡翠，人人到这里都会流连忘返。

长城影视城

如果说大柳草场和黄寨牧场都是大自然的馈赠，它得天独厚，浑然天成，犹如世外桃源，让人们远离城市的喧嚣，净化心灵，陶冶情操，那么长城影视城则是一处由人工打造的集影视、网游、动漫、旅游、佛教文化为一体的综合性文创旅游产业集群基地，这里能让你穿越时空，来到历史的长河中，感受异国风情，体验别样人生。

影视城场景之河与桥

长城影视动漫旅游创意园项目于2014年4月11日正式落户滁州。它位于腰铺镇梅铺村境内，滁州城市职业学院旁。园区内主要配置六大主功能区块，包括“一街”——中华千年大道，“二城”——动漫城、网游城和“三园”——世界文化遗产博览园、龙盘寺佛文化博览园、文化旅游产业园。“中华千年大道”整个项目从洪武大道开始，全长约2600米，囊括自中国唐代至今1000多年历史。

景点主要有中华千年大道、江南水乡、阿房宫、乾清宫、总统府、新华门、大明宫、世界文化遗产博览园、狮身人面像、埃及金字塔、斗兽场等。

影视城场景之江南风光

影视城场景之古罗马角斗场

影视城场景之江南小镇

影视城场景之狮身人面像

滁州长城影视基地整体建筑风貌以徽派建筑为主，广泛采用砖、木、石雕，装饰艺术水平高超。砖雕大多镶嵌在门罩、窗楣、照壁上，在大块的青砖上雕刻着生动逼真的人物、虫鱼、花鸟等图案，极富装饰效果。

进入景区，顺着影视城内街道走着，道路两侧全是灰墙黛瓦的仿古建筑，檐角飞扬，勾勒出一派古风古韵。景区内不仅有仿古建筑，还有不同时代的民俗风情。“悦来客栈”，“中街打印店”，蒙古包，瞭望楼，白墙黛瓦的徽派建筑，小桥流水的江南风情，气势恢宏的宫殿城阁，时空交错的明清民居、明清宫苑等。这些不同风格的特色建筑，让人在游览中仿佛走进那个时代，穿越时空，古今同览，非常有趣。

入　　静

琅琊寺

琅琊寺位于琅琊山中，始建于唐代大历六年（771），唐代宗赐名“宝应寺”，宋代易名“开化禅寺”。后因山名相沿，称“琅琊寺”。琅琊寺掩映在绿树浓荫之中，潺潺泉水绕寺而过，亭台楼阁错落有致，正如宋人诗云：“踏石披云一径通，翠微环合见禅宫。峰峦郁密泉声上，楼殿参差树色中。”琅琊寺依山而建，殿堂隐映在绿树碧水之中，琅琊寺的第一道山门上有“琅琊胜境”四个大字。殿前院落中央有明月池，池上一拱桥曰明月桥，池北有一舍为明月观。大雄宝殿为寺内主要建筑，雄伟壮观，殿前的“大雄宝殿”匾额为中国佛教协会会长赵朴初所题。大雄宝殿后有藏经楼，相传唐高僧玄奘西天取经回来，有一部经书藏在这里。从楼右侧下，可抵园，园中翠微亭尤为别致。通过石板路进入韦驮殿，也称“弥勒殿”，殿中供奉着弥勒佛、韦驮菩萨。韦驮殿前为庭院，院中有放生池、明月观。明月观之北由三友亭、濯缨泉、积馨斋组成一院落。三友亭，是因院内有松、竹、梅“岁寒三友”而得名。濯缨泉，又称“庶子泉”，为唐朝滁州刺史李幼卿开发，泉面面积约9平方米，深约3米，泉流出石罅中，清冽见底，味甘可口。原泉旁有唐朝书法家李阳冰撰写的泉铭石刻，今已不存。明嘉靖三十二年（1553），莆田人邓大同因此泉清纯可洗帽缨子，题“濯缨”两字于崖壁之上，后人称“濯缨泉”。

琅琊寺大门

由明月桥向西为大雄宝殿，是琊琊寺的主要建筑，殿高约12米，进深14米，正殿5间，正中一间略大，以合抱粗的栋木为柱，气势十分雄伟。大雄宝殿包含大、雄、宝三层意思。“大”者包含万有；“雄”者慑服群魔；“宝”者，即佛、法、僧“三宝”。因此，它是一般寺庙的主要建筑。

琅琊寺天王殿

大雄宝殿后为藏经楼，相传唐高僧玄奘自“西天”取经回来，将一部经书藏在了这里。1990年6月，缅甸华人和仰光极乐寺赠送给琅琊寺一尊释迦牟尼玉佛坐像，高约1.2米，现供奉在藏经楼中，故藏经楼又称“玉佛楼”。

琅琊寺雪鸿洞

由琅琊寺东南偏门出去便可见琊琊山著名的南天门与无梁殿。无梁殿建在山腰，背靠大山，面对南天门，它不用木梁，全系砖石结构，以其独特的建筑样式而著称。登上南天门，这里可远眺长江和江南诸峰的雄姿，近瞰绿荫如盖、云雾缭绕、溪水潺潺、清幽俊秀的琅琊山自然风光，令游人为之陶醉。

琅琊寺在建筑风格上兼具南北两种建筑风格，庙门、院墙及寺外的各建筑均采用红墙、拱门，似北方皇家陵园建筑风格。但寺内的明月观、山门、藏经楼等建筑则采用粉墙、细木柱、漏窗、小青瓦屋等江南古典园林的建筑处理手法，十分独特。

琅琊寺鸿运大道

近年来，在政府的支持下，琅琊寺对殿堂亭阁进行了全面维修，大雄宝殿、韦驮殿、玉皇殿、藏经楼等修葺一新，殿内佛像、菩萨、罗汉像等次第重塑。寺内还添置了各类法器，约2500千克的钟，3.5米高的万年宝鼎，直径1米的大香炉，还有幡、经书等，把寺庙装点得幽静肃穆，使琅琊寺成为滁州市佛教活动的中心。

龙山寺

龙山寺，原名“宝公庵”，位于安徽省全椒县城西北40千米龙山西麓的管坝乡境内。它的历史比琅琊寺还悠久，创建于五代时梁武帝天监年间，元至正四年（1344）重修，明万历十四年（1586）续修。中华人民共和国成立后，大殿被拆，今仅存前进、两厢和三块石碑。寺后岗峦起伏，作朝拱状，山上有宝公（宝志公和尚）遗迹。该寺于1981年6月10日，被全椒县人民政府公布为县级重点文物保护单位。

古龙山寺大门

古寺山峦重叠，林郁景奇，苍松翠竹，黛色参天，岩山幽洞，瀑洒千峰，小桥流水，终年不息，冬暖夏凉，气候宜人。殿宇亭榭，清磐悠钟，千古胜地。“山不在高有仙则名，水不在深有龙则灵。”龙山因远观山势似龙，传说山中龙多（有龙洞、龙井、龙泉、五龙宫）。古代建南（拦）龙寺、锁龙桥、骑龙集。至清代宝公庵被更名为“龙山寺”，意从此将龙脉镇住。寺周古木葱密，黛色参天。山腰有泉水，终年不断。

宝公庵

迎驾桥

在寺前有一座小小的古石桥——“迎驾桥”，高高的万年宝鼎一直兀立一旁，青蓝色的香烟若有若无的从层层塔身中飘然飞升，青砖、黛瓦、黄墙都很低矮、平朴，有一点残损，仿佛一平常百姓人家的院落。“法轮常转，佛日增辉”，分列左右，在斜阳里倒有些庄严肃穆之气。走到门檐下，抬头可见中国佛教协会会长赵朴初先生所题的“龙山寺”三个字，却只简单地横刻在一块石碑上，平平地砌入门头之上的墙壁里，但那书法的雄劲端秀还是让人过目不忘。迈过门槛，侧壁上嵌着一块中央军委原副主席李德生的题词：“保护志公圣道，开发龙山旅游。”院子正中的一只老旧的大铁香炉，香火正盛，鼎身铸着“龙山寺”三字，仿佛在祈盼“风调雨顺”。

龙山寺

穿过正堂，崭新的大雄宝殿高高在上，金碧辉煌，让人眼前一亮。与前院相比，风光大气。拾级而上，迈入大殿，高大的佛像神采奕奕，光鲜照人。相连的观音殿、娘娘殿都是新近落成的，崭新的庙宇有着恢弘的气势。

院子里的积善桥也是小石桥，桥下为放生池。寺里的人说，放生池的水，古代是以竹通节引出山泉流入其中，又从池中流穿佛殿地下再回聚池内，所以空明澄澈，清可鉴人。每年庙会，前来上香的人们都会从桥上走过，祈祷大吉大利，万事顺心。

龙山寺虽不气派恢弘，却古朴宁静；虽不声名显赫，却心诚则灵。

龙兴古刹

龙兴古刹又名“龙兴寺”，在安徽省凤阳城北凤凰山日精峰下，建于明洪武十六年（1383），是明朝皇家寺庙建筑。它的前身是朱元璋出家礼佛的於皇寺，因该寺为明代开国皇帝朱元璋的发祥之地，与整个明王朝有着渊源关系，数百年来一直为国内名刹之一。

龙兴寺门坊

大雄宝殿(一)

龙兴古刹1981年被列为安徽重点文物保护单位。1992年，县委、县政府决定修复龙兴古刹，作为宗教活动场所对外开放。1993年，县政府聘请大九华百岁宫住持慧庆法师主持修复古刹。

寺初建之时，规模宏大，占地855平方米，向有“僧童骑马关山门”之说。《太祖洪武实录》载：（龙兴寺）佛殿、法堂、僧侣之属凡381间。加之朱元璋御制龙兴寺碑文，御书“第一山”碑，更加增添了龙兴寺威严。当时有人描写这里是“梵刹西连万岁山”，“梵王宫殿屹浮寰”。

龙兴寺经过600余年的风雨沧桑，大部分建筑遭到不同程度的破坏。但察其遗址、布局仍森然壮观，尚存的部分文物和建筑构件足可以证实其当年的气势、规格和规模。殿外四口硕大的铜锅，传为寺僧做饭所用，不难想象当年寺僧之众；殿前东西两侧各有古槐，枝丫纵横，为古寺增辉；殿内陈列有明代铜鼓和铜铸幽鸣钟，为皇家寺院的见证。

自1992年以来，在九华山佛教界的支持下，凤阳县先后投资1000多万元修建了弥勒殿、大雄宝殿、朱元璋殿、地藏殿、藏经楼和两侧禅房、法堂等各种建筑200余间，已初步形成规模，恢复了往日香火。龙兴寺已成为江淮一带重要的佛教寺庙。

大雄宝殿（二）

朱元璋殿

护国寺

护国寺位于安徽省天长市境内，始建于同治年间。原址在县城西门外，后迁至城内西门街，易名“天后宫”，又名“护国庵”。后屡遭兵燹，残败不堪。1984年12月，安徽省人民政府落实宗教政策，批准重建护国寺，并将其列为省级重点开放寺庙之一。天长县委统战部、县宗教局立即抽调专人长期负责具体筹建工作。为真正体现寺庙由僧人自己管理的原则，特邀请完镜、浪平法师来寺分别担任住持、监院。

长春楼

护国寺原考虑在天后宫基础上重修，但因该处面积狭小，交通不便，在再三斟酌下，最后将护国寺迁至离县城二里许的南郊望城冈建造。护国寺新址濒临川河，四周有桑竹环绕，环境清幽雅致。1987年4月，重建工程破土动工。十多年来，在各级政府及有关人士的大力协助下，先后累计投入250万元，新建起山门、大雄宝殿、观音殿、报恩堂、玉佛楼、方丈楼等，另建醒园，内有怡然亭、爱莲亭、咏丰亭、义城堡、长春楼、清凉园等景点。全部建筑仿苏州、扬州寺院格局建造，是一座具有园林风格的崭新寺院。迄今为止，护国寺已先后接待海内外香客游人50多万人次。现在的护国寺已成为天长市的主要景区和对外开放的窗口。

大雄宝殿

护国寺是一座园林式庙宇，有“袖珍九华”之美誉。寺内殿阁错落，亭台参差，花木繁茂，绿草如茵，环境幽雅，景色秀丽，是皖东地区著名的宗教旅游胜地。全寺分佛事区和休闲区两个部分，佛事区主要有天王殿、大雄宝殿、玉佛殿、藏经楼等，皆为传统庙宇式建筑，飞檐翘角；休闲区为园林式格局，亭台楼阁相映成趣，荷池花木交相辉映，主要设施有醒园、清凉园、观音庵、济公庵等。此外，护国寺还非常注重加强自身文化内涵建设，先后兴建了义城堡、二贤堂、报恩堂、文化碑廊、九龙壁等一大批供游客游览的文化基础设施，其中二贤堂是为纪念北宋时期曾任天长县令的包拯，以及著名孝子天长人朱寿昌而建。整个寺区布局精巧，结构紧凑，移步即景，钟鼓相闻，是人们休闲观光的良好场所。护国寺素宴色、香、味俱全，极具特色，深受游客喜爱。

二贤堂

护国寺声名远播，在东南亚一带极负盛名。每年前来进香拜佛、休闲览胜的游客甚多，庙会期间盛况更为空前。目前，护国寺是天长市区的主要旅游景点之一。

寺内珍贵文物主要有一对石狮和“仙人足印”。石狮原存于清嘉庆年间吏部尚书王安国宅内，后移至寺中。石狮雕刻精美，历经两百多年，线条依然清晰，栩栩如生。怡然亭北面有一块石头名曰“仙人足印”，原置于横山天官寺中，后寺毁乃被弃于横山脚下，1989年移入护国寺。石上凹处酷似仙人足迹，约一尺长，民间传说是张果老路过此地留下的足印。

复建后的护国寺第一任方丈宗镜法师，已圆寂，江苏江都人，10岁时出家于江苏永清寺，师从禅悟法师，17岁在南京栖霞寺受具足戒。1944年受邀掌天长毗尼禅林，抗战胜利后曾出任天长县佛教会长。改革开放后，致力于护国寺的重建工作，并把积蓄两万多元全部捐献出来，兢兢业业，呕心沥血，为该寺恢复发展做出了巨大贡献。

龙蟠寺

滁州龙蟠寺始建于北宋，后朝廷御赐“寿圣寺”额，便更名为“龙蟠山寿圣寺”，且因地处龙蟠山故俗称“龙蟠寺”。

龙蟠寺遗址

昙广禅师至滁州传禅始居龙蟠山，并且招来自己的徒弟正式落户于此着手兴建寺院。宋元祐年间（1086—1094）又得到希爰、绍安二人的鼎力相助，寺院即成，历时八年，极土木之丽，费钱千万。元祐三年（1088），其时昙广已老迈，滁州太守请广熙祠法诚禅师为住持，四方学士云集。

龙蟠寺鼎盛时，日有僧人百众，佛宇楼阁，金碧辉煌。南宋的滁州处于金宋对峙的前沿，几经战乱寺庙受损。过了一段时间，战乱稍息，滁州的佛教又有所恢复，绍兴十九年（1149）在州府的支持下龙蟠寺得到了修葺，郡守魏安行亲临龙蟠寺巡视，并留摩崖石刻于藏经楼后山坡。

龙蟠寺遗址基石

隆兴二年（1164），龙蟠寺毁于战乱，仅存藏经楼；淳熙十一年

（1184）僧人正祥重建龙蟠山寿圣寺。南宋嘉定以后金兵、元兵多次攻占滁州，在此期间龙蟠寺彻底被毁。元朝90多年没有兴建。

龙蟠寺遗址石刻

明代天顺、成化年间龙蟠寺又得到一次简单修建，明末彻底荒废，存遗址至今。

位于龙蟠寺后山坡的摩崖石刻群均刻于北宋，距今已有900多年历史，碑刻字体均为楷书和行书两种，多为名人记游。另有宽0.4米、高0.5米的一块宋代摩崖石刻，上书“蔡延庆、韦骧、沈铢，元丰庚申（1080）孟夏十七日游”，虽经千年风雨仍字迹清晰，殊为珍贵。

龙蟠寺位于琅琊山林场内，地处龙头山和龙尾山之间的腹地，龙头山在北，龙尾山在南，龙头山地势稍高，宛若昂起的龙头。古人把龙头山和龙尾山合称“龙蟠山”，称其“势若蟠龙，蜿蜒围匝”。在龙头山和龙尾山之间是一座突起的球状小山，远远望去犹如云龙蟠珠，当地人称之为“铸珠山”。

龙蟠寺遗址尚有直径0.6米的楹底石墩，旧时主体建筑自南向北分别为天王殿、大雄宝殿、藏经楼，共进深130米，东西宽80米。偃月洞位于龙蟠寺后，为一天然石灰岩溶洞，“洞中石刻最奇古，岁久字画半灭磨”。德云亭在龙蟠寺院的北侧山坡处，偃月洞的西北侧，久废。览胜亭在龙头山的山顶，20世纪被毁。

古 韵

久　远

濮家墩遗址

濮家墩遗址位于滁州市东北约8千米的大王镇林楼村濮家庄，为一台形地，南北长65米，东西宽55米，高8.3米，海拔高度25.4米。周边地形以丘陵为主，北高南低，土质为马肝土。东南与来安县水口、三城乡毗邻，西南与滁州市担子办事处隔清流河相望，西北与扬子办事处接壤，东北与来安县新河乡交界。

濮家墩遗址

遗址位于濮家庄中部，西有一池塘，北有一小渠，东为农田，南有一小河。濮家墩遗址所在地属于北亚热带向温带过度的湿润季风气候区。其主要特点是：季风明显，四季分明，气候温和，雨量集中，春温多变，夏季多雨，秋高气爽，冬季寒冷。

1997年11月至12月，安徽省文物考古研究所对该遗址试掘，开挖总面积50平方米，出土了石器、骨器、陶器、铜器、蚌器等文物。从出土的文物分析，专家初步将此遗址定为“新石器时期-商周遗址”。

濮家墩遗址出土文物(一)

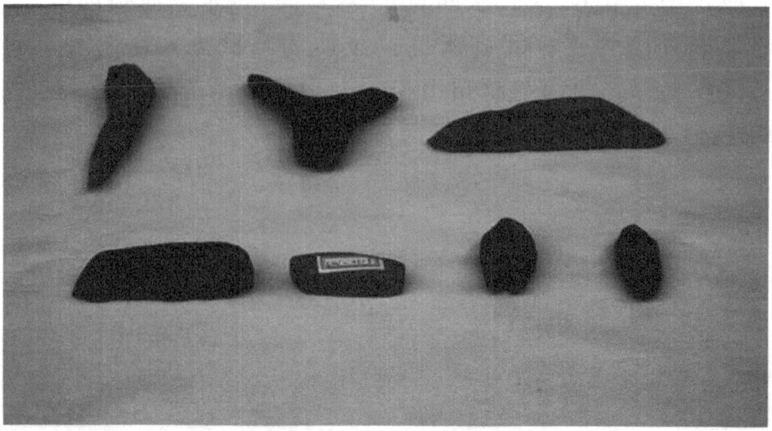

濮家墩遗址出土文物(二)

侯家寨遗址

侯家寨遗址，又称“侯家寨文化遗址”。位于安徽省定远县七里塘乡北3000米，四家刘村袁庄组后，为单一的新石器时代台形遗址，面积达到3万余平方米，1977年春发现，1985年5月进行过试掘，历史书有记载。

侯家寨遗址

侯家寨遗址迄今已发掘375平方米，出土较完整的陶器、骨器、石器等300多件，并收集了大量的骨骼标本，还发现了灰坑等遗迹。出土的陶器以夹砂粗红褐色陶、红陶为主，手制，素面，有少量的堆纹、划纹、刺点纹、指纹等。出土有鼎、钵、豆、壶、支座、盂形器、甑、勺、器盖等。彩绘内外彩都有，以外彩为主，一般是在器物的口部用红带装饰，腹部多饰水波、网状、条带等图案。刻划纹符号多为方格、斜方格、网状。多姿多彩的陶器显示出6900年前，侯家寨一带的先民生产、生活和多元的审美观念，特别是陶器上的花纹，已经透露出中国文字的雏形，为认识人类文明的起源提供了一定的依据。

侯家寨遗址出土的文物

侯家寨是安徽省境内新石器时期早期文化类型，经考古人员对出土陶器碳测定，分为早、晚两期文化，一期文化距今6900年左右，二期文化距今5800年左右，为独特的文化现象，考古专家名之为“侯家寨”。它是淮河流域史前文明的标志之一。

中都城遗址

安徽凤阳是中国农村改革的发源地，也是明朝开国皇帝朱元璋的出生地。在凤阳县城以西，有一座始建于明洪武二年（1369）的明中都城，当地人称为皇城。经过6年的营建，除城池、宫阙、鼓楼、钟楼等重要工程已基本建成外，大都督府、御史台圜丘、方丘、日月坛、社稷坛、山川坛、太庙、历代帝王庙、国子学、会同馆等庞大的建筑工程也基本完成。在总工程即将结束时，由于劳役繁重，人员伤亡，造成工匠们的反抗，迫使朱元璋于1375年以劳费为由中止筑造中都城。由于兴建和使用的时间短暂，未形成政治中心，但它在城市规划上的某些布局，包括宫城内的宫殿布局，却影响了明北京城的规划。该址在1949年以前，未引起学术界的重视。1982年国务院公布为全国重点文物保护单位。

中都城平面近方形，东西7760米，南北7170米，西南角的凤凰嘴向外突出。外城共9个城门。

中都城遗址（一）

皇城（明代称“禁垣”）位于全城的南部稍偏西，平面呈长方形，南北长2160米，东西宽1860米，有4个城门。宫城（明代称“皇城”）在皇城中央稍偏南处，平面近方形，南北长960米，东西宽890米，亦有4个城门。

中都城遗址(二)

宫城内尚存奉天殿、文华殿和武英殿的基址，而以午门墩台保存最好，门洞内石须弥座上的雕刻尤为精美。宫城北为苑囿。午门外左为太庙和中书省，右为社稷和大都督府、御史台。皇城承天门外左为城隍庙和国子监，右为功臣庙和帝王庙。这些遗迹尚历历可见。

大明门外云济街东西两端为鼓楼和钟楼，鼓楼的高大墩台仍保存完整。洪武八年（1375）停建中都以后，到洪武十六年（1383）首先拆中都宫殿的建筑材料修建龙兴寺，天顺三年（1459）又拆中书省、大都督府和御史台等500余间建筑重修龙兴寺。此时，中都宫殿已仅存遗址，中央官署也仅存中都留守司了。但在皇城东侧，陆续修建了5所“高墙”，专门囚禁皇族宗室罪犯。这是明中都城中很特殊的建筑，犹如郡县城郭。“高墙”遗迹至今尚存。

中都城从开建至今已有640多年了。在这漫漫的历史长河中，连年的灾荒水淹，不断的兵战厮杀，已使这座“建筑豪奢”的城池几乎毁于一旦。但据当地上了年纪的老乡说，在中华人民共和国刚成立时，还尚能见到不少都城的建筑遗址，后在“文化大革命”中遭到更为严重的破坏，使其彻底荒疏，任凭蛇蝎横行，豺狼出没。

坚　　实

上水关桥

上水关桥自北向南跨西涧之水，居永丰门和观德门之间。上水关桥始建于南宋嘉定十年（1217）。明洪武十六年（1383）重修，旨在拦西山诸溪之水。

上水关桥

上水关桥长22米，宽11.9米；三孔，拱圆半径基本相等，并以大条石为底座，拱孔之上用石头和砖等砌成。

下水关桥

下水关桥在今滁州市区环城路北端，其建筑规格基本同上水关桥，始建于明洪武十六年（1383），居化日门和环滁门之间。明嘉靖十三年（1534）滁州太守赵大纲重修，桥下增置铁栅。

下水关桥

1954年，当地政府拆除关上城墙，与环城路连通。下水关桥桥长21米，宽15.1米，桥下有3孔。1981年重修，2001年再度重修为混凝土桥面，两侧修筑水泥实板护栏，为机动车、行人通行桥。现为市级重点文物保护单位。

三元桥

三元桥，即今“文德桥”，明中后期万历壬辰（1592）年知州丁士奇始建。查明万历《滁阳志》，在州舆图中无桥，但在第三卷中却有建桥记录。建桥时因桥北建有“三元宫”道观，故得名。历经一百五十多年，到了清代乾隆年间，“桥岁久倾颓”。1748年，滁州知州温必聪筹资重建。原桥为三孔石台木板桥。

三元桥侧面

时光冉冉，到了1920年，桥板已岁久腐烂。1921年，由在外地学习的滁州籍学生捐资重修成今貌，一直通行至今。因当时桥北偏西处有文庙（夫子庙），故取名“文德桥”。现桥中孔径8米，两边孔径5米，桥面全长27米，宽3.65米。两旁栏杆和桥头牌坊均为钢筋混凝土结构。这种技法是受津浦铁路建桥之影响，实为滁州公路桥建桥史上的首例。桶装水泥由天津运来，经滁城瓦工马朝柱领工建成。其桥两头牌坊的外侧均刻有“文德桥”名，内侧北、南两头，分别刻有“仰观丰岭”和“俯鉴清流”的题额，为黄淮臣所书。“文革”初期更名为“东风桥”，后复名为“文德桥”。

三元桥桥面

广惠桥

广惠桥，今滁人又称“西桥”，古称“泓宏济桥”“赤阑桥”，位于滁州鼓楼街和四牌楼街交接处。相传此桥初建于东晋，真正有志记载始建于唐代，因岁久而塌。明正德十六年（1521），江西农民起义，官兵讨之，经滁州广慧桥，州守见状情急，以木板架桥供官兵通行。至明嘉靖二十九年（1550），历时30年，木朽桥毁。是年，由太守南昌（豫章）人熊琦等捐建，后又经新太守鄞县人张子韬续捐建，于1551年秋石桥修建成功。

广惠桥

该桥为三孔条石拱桥，中孔跨径8米，两边孔跨6.3米，每孔圆拱顶端两面，有形象各异兽雕，栩栩如生。广惠桥保存完好，基本是明代风貌。现被列为市级重点文物保护对象。

广惠桥拱顶

太平桥

全椒太平桥原名“贺鲁桥”，相传隋大将军贺若弼曾造橹于此而得名。清康熙后改名为“太平桥”，为旧时滁州至庐州（今合肥）古驿道的必经之桥。1931年前后，国民政府全椒县建设局曾修整过。太平桥为单孔石拱桥，中华人民共和国成立后改为木桥，后在桥上增铺了砂土。

旧时太平桥

1992年9月太平桥重建，1994年2月竣工。太平桥系传统风格、现代结构的钢索斜拉人行桥，长90米，宽3.56米。桥两端建有牌坊，高耸的牌坊檐下悬挂着题有“江淮背腹”“吴楚冲衢”的匾额。桥势若长虹卧波，不愧为全椒的一大人文景观。

1992年太平桥

烧炷“太平香”，为亲人求一份幸福；走趟“太平桥”，为自己许愿一个平安。每年的农历正月十六，去太平桥上走一趟无疑是全椒人民的“头等大事”，近年来也已吸引了30多万人的参与。“走太平”被列入安徽省非物质文化遗产，并在申报国家级非物质文化遗产。1992年建的太平桥，被全椒人民戏称为“世界上最小的斜拉桥”。由于时间久、桥面太窄且有着重大的安全隐患，2010年全椒县人民政府顺应民意决定重建太平桥。

新的太平桥桥梁跨径为101米，桥面宽16米。其中，中间桥面为8.8米，两侧廊道各3.6米，采用花岗岩石板铺面。新桥桥墩采用拱门式钢筋混凝土结构，并布置四角重檐亭4座，主墩位置的横梁和桥面各加宽2米，形成观景平台。而中跨桥面两侧布置连廊，既具有古典意韵，又充满现代气息。

新太平桥侧面

新太平桥桥面

宝林桥

宝林桥，位于全椒县宝林路口，建于元至正元年（1341）初冬，为三孔石拱桥。现存为1915年修。宝林桥头有一城门，叫“宝林门”，三国时吴赤乌二年（239）修建，后倾塌。明代有一县令，名叫方永昌，为防御张献忠义军，建关隘十二处，并首建宝林关。在宝林门旧址处，掘获木匾一方，上书“宝林门，立于赤乌二年”，墨迹古而犹新。门额题“虎踞犀潜”四个大字。门楼上，塑关公神像，意为邀忠义之灵，永障一方平安。

1916年冬，在重修完宝林桥后，当地人又重修了宝林门，由江克让题“宝林门”三字于石，仍旁书“赤乌二年建”。今宝林门已随老城墙一同毁去。

明代开国功臣乐韶风当年过宝林桥题观音庵诗：“竹外长桥过水西，尼僧结构理菩提。自知禅味多清淡，莫向扬州问阇黎。”

宝林桥

宝林桥下流淌的河水，清澈见底，可见卵石。“襄水环青”“宝林活石”可为全椒当年著名景点。

红栏桥

红栏桥，原名“州门桥”，北宋绍圣三年（1096）全椒县人高志密建，初名“高公桥”，为一孔石拱桥。1931年桥被水毁后重修，因桥栏杆涂以红漆，俗称“红栏桥”。此桥为县城通往北乡、东乡之要津，每逢农历二、五、八，桥上逢集，桥上车如水，人如潮。桥近大王庙码头，当年船只云集，是旧时商业繁盛区。

红栏桥

白汪桥

白汪桥，又名“霸王桥”，为三孔石拱桥，明嘉靖三十七年（1558）建，桥近白汪塘而得名。该桥为全椒当年直通庐州（合肥）大道上的一座主要桥梁，是沟通县城与西乡、南乡之要津。又因全椒境内有很多项羽遗迹，多年来，全椒人又称为“霸王桥”。

霸王桥

拖板桥

拖板桥，位于全椒县城西侧，离吴敬梓纪念馆不远，明万历四年（1576）建。桥原为木板多孔桥，后改木为石。桥北为河湾街，近有吴家的探花第、遗园、赐书楼，街北有北极阁（又名“玄武阁”，吴勖建），为清代文人雅会之所。现为吴敬梓纪念馆、吴氏故居所在地。拖板桥见证了襄水千余年的起落，见证了吴敬梓家族的兴衰。

拖板桥

池河太平桥

池河太平桥位于定远县城东25千米的池河镇，横跨池河，东西走向。

池河太平桥

池河太平桥，原名“太平桥”，位于安徽省定远县池河镇西官驿道上，雄跨于蜿蜒的池河之上。池河太平桥初建时设计精巧。砖石结构，白石栏杆，东西两头各雕石狮18只，极为雄伟美观。建造采用干修法，堆土券桥孔。因河底沙石较厚，每个桥墩下面布以密集的木桩为基，称之为“万年桩”。桥墩条石砌就，用糯米汁和石灰灌浆，中部填塞的囊石为粗糙短小的石料或碎砖，十分坚固。

池河太平桥桥墩

太平桥始建于明洪武八年（1375）。明建都南京后，南京至明发迹地凤阳交通频繁，然池河横亘其间，交通不便，定远知县朱玉奉旨建造此桥，后为南京至北京交通要道上的特大桥。桥为石拱桥，11孔（建成之初为13孔），长150米，宽10.5米，高11米。

池河太平桥新修桥面

该桥分别在清道光六年（1826）、光绪四年（1878）两次因水冲损而补建、重修。

池河太平桥有600余年历史。民间传说太平桥建造目的是为明太祖朱元璋从南京回凤阳探亲，免遭隔水之苦。1938年冬，桂系部队在与日军交战失利后从滁县向西撤退时，为断日军追路，炸毁太平桥居中三孔，桥上石狮荡然无存。1949年定远县人民政府拨款将被炸的三孔改建为木面。1953年滁县地区公路修复委员会以圆木为梁，铺以木板，临时通车。1954年又对被冲空的7个桥墩进行维修。1956年4月，对被毁的3个孔以双曲拱再接长的方法加固成月形钢架梁柱，上面铺以木板，限载8吨。以后又数次大修，换成钢架混凝土结构，沙子路面，荷载汽车13吨，挂60吨。1985年，太平桥损毁严重，定远县人民政府明令禁止太平桥通车。2004年10月，太平桥被列为省级重点文物保护单位。

定远桥上桥

桥上桥，又名“百炉桥”“北炉桥”“五孔拱桥”，位于安徽省定远县城西45千米的炉桥镇西，跨窑河支流之上。

定远桥上桥

原通寿春（现寿县），因河床经年淤塞而废。宋代在原桥基础上建造七孔红石板桥，后又淤平。明代又在桥上建起现在的五孔大桥。现河水漫溢，桥只通达桥西一岗。岗下尽为沼泽，河水稍涨，桥、岗均没入水中。桥长45米，宽3.7米，高4.4米，五孔，中孔径3米，两侧孔径分别2.82米、2.33米，砖石结构，部分砖上有“桥”字，白条石栏杆，条石上刻有莲花花纹，所有榫缝之间均塞有铁片，十分坚实。现白条石栏杆不全，桥砖剥蚀严重，行人往来稀少。为证实桥系桥上桥，1984年，县交通局组织人力试掘西端一孔下方，果见桥下有红石板桥，红石板桥下仍有桥。桥两头原有碑记17块，乱世中石碑被毁。岗西侧尚有几块碑底座和碑帽可见。有说三国时，曹操曾于此兴建百炉冶炼兵器，为方便外运，兴建此桥，百炉桥缘此得名，后该地逐渐发展演变为炉桥镇。

天长普济桥

普济桥位于天长市铜城镇的铜龙河上，又称“惠通桥”。历史上铜城叫过铜城市，下设三海、普济等镇，普济桥在普济镇上故名。据史书记载，当地有一位叫曾省三的老者奉出一生积攒下来的钱，振臂一挥募捐建桥。于是，当地百姓热烈响应，用了3年的时间于1818年将桥建成。

普济桥(一)

普济桥(二)

普济桥南北走向，宽约6米，长约20余米，四个船型桥墩，中间两个桥墩上雕有龙纹，在桥的两边各有15根栏柱。桥栏上有“鲤鱼跳龙门”“蝠盘寿”“凤凰戏牡丹”“万事如意”等浮雕，图案精美，形象逼真。最著名的要算“桥上桥”，其创意独特，已成为石栏浮雕的代表作。

历史上普济桥遭到三次大破坏，使这座大桥到了风烛残年。据镇上老人说，太平军攻占铜城，曾斩下桥墩上的龙头龙尾以向清政府示威；抗日战争期间，日寇飞机两次轰炸，炸飞了栏柱上的三个石狮，桥身受到较大的破坏；“文化大革命”中，石栏上的众多浮雕被砸。

普济桥(三)

普济桥如今仍是交通要道，每天车辆往来络绎不绝。普济桥虽经百年风雨历遭战争创伤，今仍造福一方!

积玉桥

积玉桥历史悠久，据记载，相传汉初已有。东晋简文帝咸安元年(371)，征西大将军、大司马桓温讨袁瑾时，曾恶战于该桥。

古桥历经宋、明多次重建重修，最早记载北宋嘉祐年间重建过，大观年间进士全椒人王彦成有记文，今佚。

积玉桥现仍为城内南北过往之要道。桥高9.6米，宽4.2米，长41米，三孔四墩，桥面用麻条石铺就，原砖砌栏杆被代以现代钢骨水泥栏杆。

积玉桥

涌金桥

涌金桥，又名“奎光桥”，位于孔庙东侧国光楼旁的襄河上，为三孔石拱桥。明代崇祯时邑人金光辰、县令孔尚则建。后兵燹桥塌，几经复修，现存为1920年所建。

积玉桥和涌金桥被称为“姐妹桥”，孔庙位于两桥之间，故积玉桥与涌金桥间的襄河有“泮池”之称，两桥被称为全椒的“金水桥”。

涌金桥

雄　伟

中都鼓楼

安徽凤阳是中国农村改革的发源地，也是明朝开国皇帝朱元璋的出生地。在凤阳县城以西，有一座始建于1369年明中都城，当地人称之为皇城。在这座明中都城里，有一座著名的建筑——中都鼓楼。

中都鼓楼城门

中都鼓楼广场十分雄伟，广场上车水马龙。

中都鼓楼广场

中都城大明门外云济街东西两端为鼓楼和钟楼，鼓楼的高大墩台仍保存完整。鼓楼是一座城阙式建筑。明洪武十六年（1383），朱元璋为纪念龙兴之地，下令把中都部分宫殿拆除移建龙兴寺。清乾隆二十年（1755），拆中都9门、禁垣等，新建凤阳城。

中都鼓楼浮雕

“谯楼归市”成为凤阳八景之一。咸丰三年（1853），楼宇遭焚，今天仅存皇城午门、西华门及两段城墙，但察其规模巨大的都城遗址，仍然十分壮观。

国光楼

国光楼，原名“尊经阁”，明隆庆六年（1572）为全椒县令严汝麟所建，是明清两代士人读书讲学之所，历代均重修。清嘉庆年间，国光楼改名为“奎光楼”，辛亥革命后更名为“国光楼”，现存于全椒中学。

国光楼

该楼高大雄伟，砖石垒成，楼座中有东西走向券门一道，楼身两层，重檐翘角，十分壮观，处于“面山临河，最为形胜”之地。清代吴敬梓青少年时代常登楼凭栏远眺。在他《儒林外史》小说中，对此楼亦有描述。1981年全椒县政府拨款重修，同年公布为县重点文物保护单位，1985年被安徽省公布为省级重点文物保护单位。目前该楼既为全椒中学用作校史展、名家字画展，同时又是全椒县文化旅游的开放点。

明正德七年（1512），提学御史黄如金来全椒视察时，看到具有儒学圣殿意义的学宫地势不好，也饱受水患，便想到大明建国近130年，全椒只出了十几位进士、举人，一定是学宫选址出了问题，于是建议把学宫迁走。这样，官民共同出资出力，学宫由襄河南岸迁至北岸，在老全椒中学一带重建。

1572年冬，县令严汝麟到任后，在学宫东面建一座尊经阁。尊经阁台基采用砖石结构，叠合严密，十分坚固，且中间设有券门东西相通。台基上建有两层楼，外飞檐，内斗拱，整座建筑高14米，矗立在襄河边，显得雄伟而古雅。

奎光楼是风水学说和科举制度产物的结合体。民国元年（1912），为了庆祝共和新政，摒除封建气息，奎光楼被顺应时风，改称“国光楼”。1981年，外观残破的国光楼得到第六次重修，后被确定为省级重点文物保护单位。国光楼重修过程中，出土了据传为朱熹所书的“仙苑”残碑。该碑现立于老全椒中学大门西。

为了发掘全椒文化深厚的底蕴，承继崇文重教的传统，2008年11月，全椒县委县政府完成了对已有430多年历史的国光楼的全面修缮工程，并将它开辟为国学讲习场所。

别　致

丰乐亭

丰乐亭，位于安徽省滁州市琅琊山旅游区丰山脚下紫薇泉旁，为北宋欧阳修任滁州太守时所建，是安徽省重点文物保护单位。

丰乐亭碑

北宋庆历五年（1045），欧阳修谪知滁州。第二年，他在丰山附近发现了紫薇泉，便在泉侧建了这座亭院。他在《丰乐亭记》中写道："修既治滁之明年，夏，始饮滁水而甘。问诸滁人，得于州南百步之近。其上则丰山，耸然而特立；下则幽谷，窈然而深藏；中有清泉，滃然而仰出。俯仰左右，顾而乐之。于是疏泉凿石，辟地以为亭，而与滁人往游其间。"

丰乐亭

当年欧阳修在家中宴客，遣仆去醉翁亭前酿泉取水沏茶。不料仆在归途中跌倒，水尽流失，遂就近在丰山取来泉水。可是欧阳修一尝便知不是酿泉之水，仆人只好以实相告。欧阳修当即偕客去丰山，见这里不但泉好，风景也美，于是在此疏泉筑池，辟地建亭。泉名“丰乐泉”，亭名“丰乐亭”，取“岁物丰成”“与民同乐”之意，欧阳修为此还写下了《醉翁亭记》的姐妹篇——《丰乐亭记》，还以《丰乐亭游春》一诗记载与民同乐之盛况：“红树青山日欲斜，长郊草色绿无涯。游人不知春将老，来往亭前踏落花。”后来苏东坡又把《丰乐亭记》全文书刻于亭中石碑上，供人阅读和欣赏，一样地留下了“欧文苏字，珠联璧合”的稀世瑰宝。

附：

丰乐亭记

欧阳修

修既治滁之明年，夏，始饮滁水而甘。问诸滁人，得于州南百步之近。其上则丰山，耸然而特立；下则幽谷，窈然而深藏；中有清泉，滃然而仰出。俯仰左右，顾而乐之。于是疏泉凿石，辟地以为亭，而与滁人往游其间。

滁于五代干戈之际，用武之地也。昔太祖皇帝，尝以周师破李景兵十五万于清流山下，生擒其将皇甫晖、姚凤于滁东门之外，遂以平滁。

修尝考其山川，按其图记，升高以望清流之关，欲求晖、凤就擒之所。而故老皆无在者，盖天下之平久矣。自唐失其政，海内分裂，豪杰并起而争，所在为敌国者，何可胜数？及宋受天命，圣人出而四海一。向之凭恃险阻，铲削消磨。百年之间，漠然徒见山高而水清。欲问其事，而遗老尽矣。今滁介江淮之间，舟车商贾、四方宾客之所不至，民生不见外事，而安于畎亩衣食，以乐生送死。而孰知上之功德，休养生息，涵煦于百年之深也。

修之来此，乐其地僻而事简，又爱其俗之安闲。既得斯泉于山谷之间，乃日与滁人仰而望山，俯而听泉，掇幽芳而荫乔木，风霜冰雪，刻露清秀，四时之景，无不可爱。又幸其民乐其岁物之丰成，而喜与予游也。因为本其山川，道其风俗之美，使民知所以安此丰年之乐者，幸生无事之时也。

夫宣上恩德，以与民共乐，刺史之事也。遂书以名其亭焉。

醉翁亭

醉翁亭位于安徽省滁州市西南琅琊山旁，名列四大名亭之首，由唐宋八大家之一欧阳修命名并撰《醉翁亭记》一文而闻名遐迩。“滁之山水得欧公之文而愈光。”脍炙人口的佳句“醉翁之意不在酒，在乎山水之间也”更是家喻户晓。景区内亭、台、轩风格各异，园中有园，景中有景，人称“醉翁九景”。其中欧阳修手书《醉翁亭记》碑堪称稀世至宝，醉翁亭被誉为“天下第一亭”。

北宋庆历五年（1045），欧阳修来到滁州，认识了琅琊山琅琊寺住持僧智仙和尚，并很快结为知音。为了便于欧阳修游玩，智仙特在山麓建造了一座小亭，欧阳修亲为作记，这就是有名的《醉翁亭记》。从此，欧阳修常同朋友到亭中游乐饮酒，“太守与客来饮于此，饮少辄醉，而年又最高，故自号曰醉翁也。”“醉翁亭”因此得名。欧阳修不仅在此饮酒，也常在此办公。有诗赞曰：“为政风流乐年丰，每将公事了亭中。”

醉翁亭

醉翁亭有九院七亭，如宝宋斋、冯公祠、古梅亭、影香亭、意在亭、怡亭、览余台等，风格各异，互不雷同，人称“醉翁九景”。醉翁亭依山傍水，幽雅而宁静。这里古树婆娑，亭台错落，青山如画，碧水潺流，环境十分优美。整个布局严谨小巧，曲折幽深，富有诗情画意。亭中新塑的欧阳修立像，神态安详。亭旁有一巨石，上刻圆底篆体“醉翁亭”三字。离亭不远，有泉水从地下溢出，泉眼旁用石块砌成方池，水入池中，然后汇入山溪。水池三尺见方，池深二尺左右。池上有清康熙四十年（1701）知州王赐魁立的“让泉”二字碑刻。让泉水温度终年变化不大，保持在17℃~18℃。泉水“甘如醍醐，莹如玻璃”，所以又被称为“玻璃泉”。

亭子本是一种有顶无墙的建筑物，自古以来，凡有些名气的亭子多与传统文化有着紧密的联系。醉翁亭以宋代文学大家欧阳修、苏舜钦之名传誉千载。醉翁亭建于北宋庆历六年（1046），位于当时的淮南滁州。欧阳修是北宋诗文革新运动的领袖，在他的身边，苏舜钦以卓越的文才、诗才成为这场运动的急先锋和中坚。苏舜钦还是欧阳修一生中最推崇的二位诗人之一（另一位是梅尧臣）。范仲淹的“庆历新政”失败后，欧、苏同受牵连。欧阳修被以莫须有的“张甥案”贬知滁州；苏舜钦则被所谓“奏邸之狱”所陷，流寓苏州。欧公居滁，是政治上的挫折，但他能坦然面对，怡然乐观，为政之余，陶醉于“环滁皆山”的秀美景色，常与僚属流连于琅琊山中，与州民同乐而成为历史佳话。山僧智仙敬重仰慕欧公的学术文章和道德人品，特于山中建亭为他的游山助兴。欧公以“醉翁”作为亭名，并由此创作出了千古名文《醉翁亭记》。当时他正值中年，“我时四十犹强力，自号醉翁聊戏客”，“四十犹未老，醉翁偶题篇”，从中可见他心境之一斑。而报国无门的苏舜钦，踯躅苏州，常出城闲游。一天，他在郡学东侧看到一片三面环水的空阔废地，此处草木蓊郁，有杂花修竹环绕，尚存园囿遗意。经访旧老，知是前人池馆，便毅然购下，重置水石，理水叠石，建楼阁亭台，以咀嚼自己的寂寞。他以《楚辞》“渔父”篇中“沧浪之水清兮，可以濯吾缨；沧浪之水浊兮，可以濯吾足”句命名为“沧浪亭”，寓意自己与世浮沉，幽闲独放的怀抱。

欧、苏两人政治上的不幸却带来了文学上的收获。《醉翁亭记》《沧浪亭记》均成为文学史上璀璨的不朽篇章。《醉翁亭记》以情写景，不仅精彩地描绘了琅琊山中四时不同、朝暮变幻的景色，还以“乐”为文眼，抒写出作者与宾从僚属的游赏、吟咏、宴饮、弈射之乐，生动形象地展现出欧公仁民宽政的风范和潇洒风神。全篇共用21个“也”，风格独特，一唱三叹，韵味无穷，历来有绝唱之称。苏舜钦《沧浪亭记》却是另一种情形：作者“时傍小舟，幅巾以往，至则洒然忘其归，觞而浩歌，踞而仰啸，野老不至，鱼鸟共乐”。苏舜钦善处逆境，生活恬淡自适，在虚僻、莹净的沧浪亭畔，他感受到脱去仕籍，并非个人的不幸。他在记文中写道：“返思向之汩汩荣辱之场，日与锱铢利害相磨戛，隔此真趣，不亦鄙哉！”诗人长于议论，这里以激切的语言直抒胸臆，体现出他对官场生活的鄙夷。

从欧、苏两人的文集中，还可获知当时他们友好的交往。苏诗记录欧阳修在滁州建丰乐亭并与民众往游其间的生动情形，“构亭于其间，四面开轩墉。名之丰乐者，此意实在农。”他还用“百人拥持大车载，城市观走风涛翻”的诗句，描写欧阳修用3头牛拖着两轮大车运送菱溪大石穿城而过，万人空巷争相观看的趣事。欧阳修也写了题寄沧浪亭的诗：“子美（苏舜钦字子美）寄我沧浪吟，邀我共作沧浪篇。沧浪有景不可到，使我东望心悠然。虽然不许俗客到，莫惜佳句人间传。”字里行间包含着对友人的无限关怀和不尽的思念，流露出挚友真情。如今，沧浪亭有一楹联：“清风明月本无价，远水近山皆有情。”此联为欧、苏诗句的集句联，诗意相谐，对仗工整，如出一人。

醉翁亭内的建筑具有江南园林特色，总面积虽不到1000平方米，却有9处互不雷同的景致。因《醉翁亭记》影响深远、千古传诵，醉翁亭位居四大名亭（滁州醉翁亭、北京陶然亭、长沙爱晚亭、杭州湖心亭）之首，又被誉为“天下第一亭”。

附：

醉翁亭记

欧阳修

环滁皆山也。其西南诸峰，林壑尤美。望之蔚然而深秀者，琅琊也。山行六七里，渐闻水声潺潺泻出于两峰之间者，酿泉也。峰回路转，有亭翼然临于泉上者，醉翁亭也。作亭者谁？山之僧智仙也。名之者谁？太守自谓也。太守与客来饮于此，饮少辄醉，而年又最高，故自号曰醉翁也。醉翁之意不在酒，在乎山水之间也。山水之乐，得之心而寓之酒也。

若夫日出而林霏开，云归而岩穴暝，晦明变化者，山间之朝暮也。野芳发而幽香，佳木秀而繁阴，风霜高洁，水落而石出者，山间之四时也。朝而往，暮而归，四时之景不同，而乐亦无穷也。

至于负者歌于途，行者休于树，前者呼，后者应，伛偻提携，往来而不绝者，滁人游也。临溪而渔，溪深而鱼肥。酿泉为酒，泉香而酒洌；山肴野蔌，杂然而前陈者，太守宴也。宴酣之乐，非丝非竹，射者中，弈者胜，觥筹交错，起坐而喧哗者，众宾欢也。苍颜白发，颓然乎其间者，太守醉也。

已而夕阳在山，人影散乱，太守归而宾客从也。树林阴翳，鸣声上下，游人去而禽鸟乐也。然而禽鸟知山林之乐，而不知人之乐；人知从太守游而乐，而不知太守之乐其乐也。醉能同其乐，醒能述以文者，太守也。太守谓谁？庐陵欧阳修也。

二贤堂

在醉翁亭的北面有三间劈山而筑的瓦房，隐在绿树之中，肃穆典雅，这就是“二贤堂”。在二贤堂我们见到的对联是：驻节淮南关心民瘼，留芳江表济世文章。二贤者，欧阳修和王元之是也。欧阳修自不待言，王元之，即王禹偁，宋初文学家，一生刚直敢言。滁州在宋代属于淮南路，欧王二人都曾在滁州做过太守，欧是江南西路人（江南又被称为江表），故有此名句。“瘼”，疾苦之意。

二贤堂

二贤堂，初建于北宋绍圣二年（1095），系当地人士为纪念滁州前后两任太守王禹偁和欧阳修所建。原堂已毁，现堂为中华人民共和国成立后重建。堂内有两联，一曰“谪往黄冈执周易焚香默坐岂消遣乎，贬来滁上辟丰山酌酒述文非独乐也”，二曰“醒来欲少胸无累，醉后心闲梦亦清”，对两任太守皆因关心国事而贬谪滁州愤愤不平，又为两位太守诗文教化与民同乐深表钦敬。

宝宋斋

出醉翁亭往西有一小室，名曰“宝宋斋”，是专门收藏宋代珍宝的地方，斋内的石碑上就镌刻着欧阳修的《醉翁亭记》全文，字为苏东坡手书，欧文苏字，相得益彰。此斋为明代南京太仆寺少卿冯若愚所建。后人为纪念他的善行又在宝宋斋附近建了一座冯公祠。

宝宋斋，建于明天启二年（1622），是明人为保护苏轼手书《醉翁亭记》碑刻而建。斋内有两块石碑，正反两面镌刻着苏东坡所书《醉翁亭记》全文。《醉翁亭记》初刻于北宋庆历八年（1048），因其字小刻浅难以久传，又于北宋元祐六年（1091）由欧阳修门生、大诗人苏东坡改书大字重刻，文章与书法相当益彰，后人称为“欧文苏字，珠联璧合”，视为宋代留下的稀世珍品，与琅琊寺中吴道子所画的《观自在（即观音）菩萨》石雕像，同为难得的古代文化瑰宝。

宝宋斋

宝宋斋南面是一个面积较大的庭院，院内有意在亭、古梅亭、影香亭、怡亭等亭台建筑。泉水从墙外流入，曲折蜿蜒。传说当年欧阳修常在这里与友人共饮，曾仿晋人作“曲水流觞”，为后世引为趣谈。后人在“九曲流觞”处建意在亭，并仿欧阳修戏水饮酒作乐，亭似苏州园林建筑，十分古雅。古梅亭在醉翁亭的北面，因亭前有一株古梅而得名，又称“赏梅亭”。

冯公祠

冯公祠的楹联是：泉声如听醉翁操，海日已照琅琊山。《醉翁操》，又称《醉翁吟》《太守操》，琴曲名。这里有个小故事，说是醉翁亭建成后，即吸引了不少游人前来观光，当时太常博士沈遵也慕名而来，观赏之余并创作了此曲，欧阳修亲为配词。数年之后两人故地重逢，“夜阑酒半”，沈遵操琴弹奏《醉翁吟》，日出方止。

意在亭

意在亭，一看这名就知道它是取自欧阳修“醉翁之意不在酒，在乎山水之间”的句意而来的。这里也有一副楹联：酒洌泉香招客饮，山光水色入樽来。饮着用让泉酿制的醇酒，边欣赏琅琊美景，确乎是人生的一大享受。

意在亭

影香亭

出意在亭向西拾级而上，有一方池跃入眼帘，池中的石礅上有亭耸然而立，这便是影香亭。亭上一联极为恰切：疏影横斜水清浅，暗香浮动月黄昏。这联出自宋代林逋《梅花》诗中的两句，上联写梅的姿态。梅以曲为美，以欹为美，以疏为美，加上傍以清浅的水边，相映成趣，就更显得其清新婀娜。下联写梅的清香。香气飘浮于幽暗之中，沁人心脾，月光之下，更加醉人。古今多少诗评家都认为写梅到此可谓绝笔。

影香亭

古梅亭

在影香亭与古梅亭之间是一株据说为欧阳修亲手栽种的古梅。古人为赏梅在古梅北建有一亭，称“古梅亭”，说是在亭子的不同位置能够看到古梅的各种姿态，尤其是到了冬季，雪映梅花，疏影寒淡，梅花凌寒而放的品格尽显。有联为证：品节追欧苏，千载芳梅撑铁骨；冰姿宜水月，一天香雪荡春风。

古梅亭

相传此梅系欧阳修手植，世称“欧梅”。原梅早已枯死，此株为明人所补植。古梅高7米，离地面六七十厘米便开始分成四枝。虽经几百年风霜雨雪，仍然枝茁叶茂，清香不绝。这株古梅品种稀有，花期不抢腊梅之先，也不与春梅争艳，独伴杏花开放，故名曰“杏梅”。古梅北有古梅亭，南面有影香亭，建于一方池上，原名“见梅亭”，后来有人在壁上题了“寒流疏影”“翠积清香”两块碑刻，遂改为今名。春天，“野芳发而幽香”；夏季，“佳木秀而繁荫”；秋天，天高云淡，“风霜高洁”；冬季赏溪中石景“水落石出”，四季之景不同而乐亦无穷。

洗心亭

游览完醉翁亭，从醒园出来，迎面便又一亭屹立在琅琊古道旁，这就是洗心亭。绕过小亭见南面的亭壁上嵌有一联：枕流漱石，游目骋寰。洗心，即悔过自新的意思。

洗心亭

让　泉

醉翁亭前有“让泉”，终年水声潺潺，清澈见底。琅琊山山色淡雅，文化渊源久远。自唐宋以来，韦应物、欧阳修、辛弃疾、王安石、梅尧臣、宋濂、文徵明、曾巩、薛时雨等历代无数文豪墨客，赋诗题咏，皆在山中。

让　泉

玄帝宫

醉翁亭中有宋代大文豪苏轼手书的《醉翁亭记》碑刻，称为“欧文苏字”。亭后最高处有一高台，名曰“玄帝宫”。登台环视，只见群山滴翠，百鸟齐鸣，令人心旷神怡。

玄帝宫

传　　统

龙岗古村落

龙岗村隶属于天长市铜城镇，2014年被列入第三批中国传统村落名录。龙岗古称“芙蓉岗”，坐落在美丽的高邮湖畔。清代时，曾出过皖东唯一的状元戴兰芬，韦门双探花，陈门四进士。2014年2月，在住房和城乡建设部与国家文物局联合公布的第六批中国历史文化名镇名村的名单中，天长市铜城镇龙岗村榜上有名，并成为目前滁州市唯一的“中国历史文化名村”。

龙岗古街

天长市铜城镇龙岗地处水乡，东枕高邮湖，南傍铜龙河，为一方风水宝地。这里历史悠久，人文荟萃，镇内民居多为明清风格，特色鲜明，古街、古阁、古楼、古庙、古井等布局合理，构成了一个原汁原味的古民居群落。

改造后的龙岗街道

1941年8月抗大八分校迁至龙岗，新四军副军长张云逸，二师师长罗炳辉曾先后兼任八分校校长。八分校在龙岗办学期间，共招收学员4期，为部队和地方培养了2000多名军政干部，为抗日战争的胜利做出了巨大贡献，中华人民共和国成立后八分校改为龙岗小学，1985年八分校旧址被公布为县级重点文物保护单位，1998年被安徽省人民政府列为省级重点文物保护单位。现已成为全国国防教育示范基地、全国宗教场所主要教育基地、省地市三级爱国主义教育基地。

钟离城

钟离城遗址位于凤阳县临淮镇东1500米处，凤阳至明光公路北的望城岗上，为春秋钟离子国故城遗址，后为吴楚兵争之地。该城南接丘陵、北凭淮河、左依濠水、右拂花园湖支流，为安徽省现存最完整的春秋古城遗址，安徽省首批省级重点文物保护单位。

钟离城遗址

公元前538年，楚箴尹宜咎筑此城。钟离名称由来已久，春秋时为钟离子国，后为楚之属邑。

古钟离城考古现场

钟离城自建至弃，沿用时间长达1200多年。现城址保存尚好，钟离城原有四方形夯土城墙，南北长约380米，东西宽约360米。夯土城墙历经千年风雨和农业耕作，今已颓成土垅，城垣基部宽18米，顶宽6米，城垣（残）高3至5米，城四角高5米。东南西北4个城门缺口和部分护城河依然可见，城墙由黄土夯筑，厚0.3米。城内外遍布春秋战国至秦汉时期的文化堆积。

古钟离城部分出土文物

古花铺廊街

古花铺廊街是凤阳县城内一条较繁华的商业街，南北走向，街边店铺林立。与现代商业街不同的是，古花铺廊街两边古建筑群挨个相拥，颇有古风遗韵的味道。街上开有古文化特点的商店，产品古朴，各种杂货售卖，颇有皖北民风特色。古花铺廊街北头紧接凤阳鼓楼，这座有“华夏第一谯楼”之称的明代鼓楼与古花铺廊街交相辉映，给凤阳县城增添了古城韵味。2008年，凤阳县政府对古花铺廊街进行大规模修缮，原本坑洼的地面铺上了光滑的大理石，街边房屋檐下挂上了传统的红灯笼。白天市民多聚集在古花铺廊街，热闹繁华。夜幕降临时，华灯初上，再现了数百年前“谯楼归市”的盛景。2014年，凤阳县政府对古花铺廊街进行了柏油沥青硬化，给古街增添了一份现代气息。

古花铺廊街

永　　恒

琅琊碑刻综述

琅琊山留存从唐代至今的名人官宦题刻手迹，主要有吴道子、韦应物、欧阳修、苏轼、辛弃疾、王世贞、文徵明等。内容主要是对山景的咏赞，有游览纪胜，有题名记事。书体有篆、隶、楷、行、草等。虽经漫长时间的风雨剥落，大多数碑刻尚可辨识。琅琊寺内“南谯灵光”“云荒石老”“南无阿弥陀佛”“云山之友”“江山留胜迹”等数块摩崖，最大字达1.35米见方，刻石高达6.67米以上，字体或淳厚，或峭拔，或洒脱，常使游人驻足，赞叹不绝。

琅琊摩崖

唐吴道子绘观音像碑

“观自在菩萨”画像碑最早起于唐代，存于琅琊寺内。史传为吴道子所作，后刻石立碑。该碑现存于琅琊寺大雄宝殿后壁。碑高1.3米，宽0.57米。碑端有阴刻楷书“观自在菩萨”五字，足下有祥云相托，人物双手交于腹前，神态生动安详，笔迹洗练劲爽，明净利落有飘逸之势，在我国碑刻中也是极为少有的。吴道子，唐玄宗和唐代宗时期阳翟（今河南禹县）人。少从贺知章、张旭学书，未成，改习绘画，年未二十已有成就。曾当小吏，做过县尉。后被唐玄宗任以内教博士，改名道玄，在宫廷作画。擅画佛、道人物，长于壁画，所画衣褶飘飘欲举，人称“吴带当风”，为唐时著名画家。

宋苏轼书《醉翁亭记》碑

苏轼书《醉翁亭记》碑刻，现存于醉翁亭景区宝宋斋内，两块四面，碑高2.39米，宽0.98米，正文402字，标题4字，跋95字，共501字。

北宋元祐六年（1091），王诏知滁州，见陈知明（字退蒙）所书的《醉翁亭记》字迹浅而小，恐难久传，遂请时任知颍州（今安徽阜阳）的苏轼书之，并刻石立碑。苏轼书《醉翁亭记》共两种书体，宝宋斋内碑刻为楷书，其字端庄敦厚，神韵飘逸，其中饱含苏轼一贯的文风、诗风、词风。明代冯若愚云：“宋碑文字最著者莫如欧公滁二碑。”

《醉翁亭记》碑问世九百余年来，历为书法爱好者仰慕之物，誉声逾传。惜碑石历风雨剥蚀，尤其是经过太平天国和“文革”时期两次破坏，碑上不少文字已斑驳不全。1982年，琅琊山管理处按原碑规格进行了精心复制，今碑与古碑相比，除采用四碑单面刻之外，基本保持了原碑风貌。

宋苏轼书《醉翁亭记》碑

宋苏轼书《丰乐亭记》碑

《丰乐亭记》碑与《醉翁亭记》碑为苏轼同时所书。北宋元祐年间所制的《丰乐亭记》碑刻毁于兵燹。现存碑刻系明代天启年间所复制，存于丰乐亭内。碑高2.1米，宽0.9米，楷书。该碑刻在“文革”前基本完好，“文革”时遭“红卫兵”破坏，现已字迹斑驳，残缺不全。苏书《丰乐亭记》，其笔法为历代书家称道。称其字“神采欲飞”“丰劲跌宕，中多偃笔”“字口锋锷毕露……精彩点点照人”。今以《丰乐亭记》碑较之《醉翁亭记》碑的书法造诣，书家多有过之而无不及者。

宋苏轼书《丰乐亭记》碑

明朱廷立《揽秀亭记》碑

明嘉靖十六年（1537）太仆寺卿赵廷瑞建揽秀亭。同年，太仆寺少卿朱廷立为其作《揽秀亭记》，并自书于碑。碑文对揽秀亭作了如下描述：“登斯亭者，诸秀可揽矣。乃名其亭曰揽秀。廷立曰，奇哉，琅琊之遭乎，前有醉翁亭，兹复有揽秀亭矣……”其碑今存于琅琊寺大雄宝殿后壁。楷书，字迹尚可辨识。

明胡杰《三友亭记》碑

明嘉靖四十二年（1563）南太仆寺少卿盛汝谦建三友亭于琅琊寺庶子泉旁。原亭侧有松、竹、梅“岁寒三友”，故为亭命名。时在滁州任职的太仆寺丞胡杰作《三友亭记》，同时自书于碑。该碑现存于琅琊寺大雄宝殿后壁。碑系行草，章法严谨，风格轻松，气势如行云流水而又不失稳健，为较优秀的书法艺术作品。

明《金刚经》塔形碑

《金刚经》塔形碑今在琅琊寺大雄宝殿后壁上。该碑为明万历四十八年（1619）滁人杨大化敬勒，碑文由其子杨桂秋所书。碑高1.98米，宽0.64米，碑中文字布局巧妙地构成一个完整的塔形，塔高1.73米，共七层，一部《金刚经》自塔刹至塔底正好书完，字为蝇头小楷，清晰工整，不苟一笔，自上而下无隔无逗，一气到底。迄今390余年，字迹清楚可辨。据考证此碑在同形《金刚经》塔形碑中属珍贵之物，在我国现存碑刻中属于珍品。

明《金刚经》塔形碑（局部）

清薛时雨《重修醉翁亭记》碑

薛时雨，清全椒人。咸丰三年（1853）进士，授浙江嘉兴县知县，补授杭州知府，执掌浙江粮储道。为清代著名文学家，工诗词，擅长书法。去官后，在金陵主讲时，经常往来于滁州琅琊古道，因仰慕欧阳修的人品学识，倡募重建醉翁亭。光绪七年（1881）完成修建工程，并作记勒碑。《重修醉翁亭记》碑现存于宝宋斋内，楷书，字迹可辨识。

《重修文庙碑记——附醉翁亭记》碑拓（部分）

事 件

侵　略

日军进犯滁州

1937年7月7日日本发动“卢沟桥事变”，从而拉开了日本全面侵华的序幕。8月13日，日本当局又借故寻衅，命令驻扎在上海虹口一带的日本海军陆战队首先攻击中国军队，发起了淞沪战役。上海守军在冯玉祥、张治中将军等人的指挥下，英勇抗击3个月，毙、伤日军9万余人。由于敌强我弱，日军于11月12日占领上海并急速西进。12月上旬日军进攻南京，驻守南京的国民党唐生智部逃出南京的一部分散兵，途经滁县败退，立即引起滁县居民恐慌。12月13日南京沦陷，国民党滁县政府逃亡含山县仙踪镇，滁县居民也陆续向西乡山区逃难。

1937年12月18日，日军第十三师团先头部队侵入滁县。其主力沿津浦铁路北上，留下的部队随即在滁县及乌衣、沙河等铁路沿线构筑碉堡、建立据点。从1939年初开始，日军在滁县保持一个中队加一个大队部或一个大队加一个联队部的驻军，并扶植汉奸走狗建立伪政权，组建了一批伪警，增调来一批伪军，以巩固其对滁县东部占领地区的统治。

日军侵占滁州后，安徽省立第八中学（今滁州一中）校址被占作军营。八中西面当时有一条沟和一个大土坑，是日军的杀人场，凡反抗日军或有新四军游击队嫌疑的人，被日军捉去常在那里处死。八中大门以西院墙内，紧靠围墙有6棵刺槐树，是日军用警犬撕咬人的地方。他们在树的四周缠上铁蒺藜，把捉去的人剥光衣服绑在上面，让警犬咬得骨肉分离，疼痛难忍。如果他全力挣扎，铁蒺藜就会刺进皮肉。

日军侵滁期间的难民

日军占领滁州之初，把留城居民分作7处集中住在难民营中，有半年多时间大片的民房内空无一人。日军炊事兵便先近后远，把居民的门、窗、家具砸碎，用马车拉到驻地去烤火、烧水、煮饭。后来门、窗、家具被烧光了，又把粗绳拴在房梁、房柱和马匹上，然后抽打马匹把房屋拉倒，再把房料拉去当柴火。西门一带有几百间民房就是这样毁光的。

日军侵占滁州未满一月，就在南大桥北面西侧开设妓院，名叫“嫖亭”；在北大街开设的名叫“酒保”，这两处共有日藉妓女20多人，尚不能满足日军的需要。日军小野少尉传令“维持会”限三日内开设“慰安所”，“如不照办，皇军就要自由行动了”。维持会副会长黄新农便用威胁欺骗的手段，从回城难民中物色、胁迫妇女8人成立了“慰安所”。乌衣镇也不例外，维持会长带领几个恶棍，深更半夜闯入老百姓家，连骗带抢把年轻姑娘和媳妇挟持到乌衣镇，办起“慰安所”，向日军讨好。

1938年，日军在滁州开始出售鸦片，剥削钱财，毒害居民。街上开设了土膏店，烟馆公开营业，强迫居民按规定数量认购烟土，违者受罚。同年秋，日军一个小队巡逻到醉翁亭，问守亭和尚果清有没有部队，果清说没有。岂知日军刚出大门，山上就有人打枪。于是日军立即折回搜索，在薛楼木坑下搜出破枪一支。第二天，日军便携带汽油，把醉翁亭、二贤堂、冯公祠、薛楼、梅亭、宝宋斋、醒园等古建筑全部浇上汽油，点火燃烧。果清和雇用的柴工谢四被绑在柱子上活活烧死。1939年春，日本海军陆战队士兵在南门城楼上用望远镜瞭望，发现琅琊山南天门观音顶上似乎有背枪的人，就用重炮轰击，把观音大殿等房屋击毁。

日军破坏后的滁州城

1938年冬，国民党珠龙区区长蔡家璋（后为地下党员、民主政府县长）有一支几十人枪的区队武装，日军获得情报后乘黑夜奔袭，区队被打得死的死、伤的伤，蔡家璋因不在现场、蔡的四弟蔡道培被群众隐藏下来而幸免于难。

1940年12月20日，日伪军1000余人由滁县进犯珠龙桥、施家集、常山岭等地，寻找我新四军第四支队主力，在皇甫山东面与第四支队老八团遭遇，日伪军被打死100多人，老八团牺牲也近百人。

1941年2月12日，日伪军3000余人，由滁县、张八岭、明光、蚌埠“扫荡”津浦路西地区。界牌集驻有国民党桂军一个连，桂军以为是新四军来进攻，顽强抵抗。日军即攻入界牌集，杀死老百姓20多人，街上房屋全被烧光。

同日，滁县日伪一路由大柳至曲亭，滁县直属机关干部在转移中与之遭遇于烂泥冲村，县民政司法科长朱迪光不幸中弹牺牲。另一路由珠龙桥经快活岭进占普益公司，我驻皇甫山的五旅十三团将该敌包围，在大风雪中激战整日，敌拼力突围向曲亭逃窜。当晚十三团一部尾追至曲亭附近，13日中午发起攻击，激战数小时，敌人向珠龙桥、张八岭溃退。是役毙敌40余名，我亦伤亡营长以下8名。

1941年夏，驻滁日伪军一部突然占领施家集，滁三区（花山区）区队不断发动攻击，迫使敌撤回滁城。同年，驻滁日军两个小队，伪军一个大队进袭滁五区（珠龙区），企图建立伪政权，被滁县独立营迎头痛击，狼狈败逃。

1942年2月22日，滁城日伪军向平桥、兴隆寺一带“扫荡”，炮击滁县县政府驻地施集和孤山，经抗日武装还击，敌被迫退回县城。

1944年5月28日，滁县增调日伪军1000余人，扫荡西部山区。当晚约200人前往珠龙桥，于29日夜袭击瓦湖（滁县县政府驻地）未逞即返珠龙桥。6月1日拂晓，分三路向滁县西乡回扑，其一路于上午11点攻占常山岭，一路至大汪家、黑狼庙，一路进犯章广集。这次“扫荡”目标是寻找新四军第四旅主力，并企图消灭津浦路西抗日根据地指挥机关。日军出动时，中共路西地委和专员公署已转移。当时四旅旅部及第十团在花山，十一团在黑狼庙至李集一线，十五团在曲亭。由缸窑湖转回的日军，奔袭了在窝子李养病的徐海东将军及其警卫连，由于徐海东已转移至皇甫山，日军焚烧了窝子李。日军一无所获，于6月3日拂晓退回滁县县城。

日军在滁县设立的据点，有乌衣镇、担子街、腰铺、沙河集、珠龙桥、石坝、小钱庄、十五里大桥、黄老棚，每处只有小股日军，另有伪军同驻，人数超过日军。

滁州军民抗击日寇

日军利用伪政权维护在滁利益。日军侵入滁城后10多天，即成立“宣抚班”，班长中井现吉招抚流亡百姓。开始没人敢回城，中井便叫地痞传令，大意是“皇军”保护良民，如再抗令不回，就要派部队清山。地痞把这一情况写信告知石某，石就派人分头转告。这时害怕日军“清山”，加上缺吃少穿、不堪流亡之苦，便陆续相约结伴回城。难民回城后，日军把警备区以外的地方划作难民区，建立县一级的伪政权“维持会”。1940年3月，国民党县大队在施家集被新四军和滁县抗日游击队打散，其残部逃至乌衣圩区。

沙河集于1938年秋成立维持会。1938年年底，沙河维持会改为区公所。滁城日军与沙河区公所联系的联络官叫白田，日军驻沙河集的小队长叫高木。1939年春至1940年冬，沙河区境内驻有伪军忠义救国军第十六支队。①

伟　绩

半塔保卫战

半塔又名半塔集，在安徽省来安县境内。抗日战争时期，半塔及其周围地区是我新四军第五支队领导机关所在地。我党我军的许多重要负责同志，如刘少奇、陈毅、张云逸、罗炳辉，邓子恢、方毅、张劲夫等，均在这里活动过。

1940年3月21日至29日，我新四军第五支队以半塔集为中心，同国民党顽固派韩德勤（国民党江苏省主席）部队进行了一场反摩擦战斗。当时，蒋介石命令桂系顽军李品仙（国民党安徽省主席）和江苏的韩德勤，从东西两面夹击皖东新四军。中原局和新四军江北指挥部决定，集中主力于津浦铁路西，先反击威胁最大的李品仙部，以巩固路西阵地，然后再挥戈东向，击破韩德勤的进攻。根据这一决定，罗炳辉、陶勇等同志于1940年3月上旬率主力驰援津浦路西。韩德勤趁新四军路东空虚，发起对以半塔集为重点的全面进攻。敌兵力共有10 000多人，武器装备良好。而守卫半塔集的兵力只有500多人，加上外围部队总兵力约3000人，其中还包括两个学生队、一个女生和少年队，大多没有枪。敌我兵力悬殊。

1940年3月21日拂晓，韩德勤派代号为梅九部队的两个团，首先

①楼纪和．日军侵滁史略［EB/OL］.http://b.0550.com/module/special/content/article/551/.

从半塔集东北向我接近，中午时分，抢占了半塔集西北制高点光山，完成了对半塔集的包围，当时我五支队指挥机关所在地苏营和半塔集之间的通路也被敌人封锁。五支队副司令员周骏鸣同志当机立断，亲率特务营由半塔集西北山后接近敌人，并令驻守半塔集的教导大队从正面配合，向敌人突然发起冲锋，迫敌退至贾大山，我军重新控制了制高点。

1940年3月23日，新四军江南指挥部指挥陈毅同志电令苏中挺进纵队兼程前进，增援半塔集。叶飞同志率部队从苏中吴桥地区出发，西渡运河，昼夜兼程，边打边进，于26日到达皖东地区。这时，我路西同桂系顽军李品仙的战斗已获全胜。江北指挥部指挥张云逸和五支队司令员罗炳辉率主力兼程东返。1940年3月27日，到达半塔集西南40千米的张山集。韩德勤得悉我东西援军逼近，自知溃败之势不可挽回。于是全线动摇，仓皇后撤。1940年3月29日，我军分三股全线反击。罗炳辉同志率五支队一部，陶勇、卢胜、梅嘉生等同志率苏皖支队，从中路突破，直插半塔集东北之王店集、莲塘、张公铺一带，与韩顽第十旅激战，将敌击溃。我五支队十团乘胜向西北追歼逃敌，与韩顽秦庆霖部三个团激战，打得敌人大败。我四支队七团、十五团在半塔集东南配合叶飞部队向韩顽独立旅发起攻击，把敌人一直赶到三河右岸。至此，半塔集保卫战取得了全面胜利。

半塔集保卫战的胜利，有力地促进了我淮南抗日根据地的迅速建立。很短时间内，我军即在宝山、盱眙、来安、天长、六合、高邮、仪征、高宝等八县建立了民主政权。接着，依托淮南抗日根据地，向西防御，向东发展，支援了苏北，对发展和巩固华中敌后根据地，为实现党中央从华北到江南打成一片的方针迈出了坚实的一步。

1954年纪念塔落成，塔正面为陈毅手书“革命先烈永垂不朽”的题词。塔顶屹立着身背斗笠、大刀、持枪远眺的新四军战士雕像，塔前立着张云逸撰文的《半塔烈士纪念碑记》。

位于纪念塔西侧的半塔保卫战纪念馆建于1982年，院内立有一组军民并肩夺取“半塔保卫战”胜利的雕像。纪念馆建筑面积400平方米，分前厅和展厅两部分。展厅分为三室，陈列着反映从日军入侵、皖东沦陷，到新四军东进皖东，建立津浦路东抗日政权，加强路东根据地建设，取得抗战胜利的有关历史资料、图片、文物等200余件。

2006年05月25日，位于安徽省来安县的半塔集保卫战旧址被国务院批准列入第六批全国重点文物保护单位名单。

天长抗大八分校

省级重点文物保护单位——中国人民抗日军政大学第八分校旧址位于天长市区以北的千年古镇龙岗（旧称芙蓉岗），与古民居交相辉映。老一辈无产阶级革命家刘少奇、陈毅、粟裕、郑位三、罗炳辉等曾在这里生活战斗过，他们的光辉事迹使这里成为独具魅力的革命遗址游览胜地。

1938年，在日寇疯狂进攻的面前，国民党部队不战而退，皖东、皖中大片国土，沦陷于日寇铁蹄之下。为了挽救水深火热之中的沦陷区人民，1938年11月，遵照党中央和毛泽东同志的指示，张云逸、徐海东、邓子恢等同志率领新四军江北游击纵队和第四支队挺进皖东地区，经过艰苦奋战，以原四支队八团为基础扩建的第五支队开辟了以来安半塔集为中心的津浦路东游击根据地，四、五两个支队由原来的5000人发展到10 000余人。为了适应形势发展的需要，中原局决定成立江北指挥部军政干部学校，校址在天长县的汊涧镇。该校有学员近千人，为部队培养基层干部，这就是抗大八分校的前身，也是后来组建抗大第五分校的重要组成部分。

抗大八分校雕塑

1941年1月28日，皖南事变之后，新四军进行整编。原江北指挥部所属第四、第五支队和江北游击纵队改编成新四军第二师。由张云逸任副军长兼师长，罗炳辉同志为副师长。为了加强二师和根据地建设，根据华中局和军部关于各师、各根据地应建立抗大分校的指示，1941年5月4日，二师以原江北指挥部军政干部学校留在淮南的一个大队为基础，在天长张公铺成立抗大八分校，后因日军扫荡，八分校由张公铺经铜城迁至龙岗镇正规化办学，直至1943年秋离开龙岗到葛家巷。抗大八分校由张云逸同志兼任校长，罗炳辉同志兼任副校长，冯文华同志任教育长，高志荣同志任政治部主任。天长是当时路东根据地比较安定的地区，龙岗镇地处高邮湖畔，远离日寇占领的天长县城，环境更为理想。所以，八分校充分利用这一有利条件进行正规化学校的建设，不断提高教学质量。1942年8月，华中总分校召开教育会议时，陈毅军长曾表扬过八分校取得的教学成绩。在四年多的时间内，八分校为二师培养出2500多名具有一定军政素质的干部，为加强部队建设做出了贡献。同时，抗大八分校又以她特有的组织形式，干部学员特有的品质和风貌，为千秋古镇树立了一代新风。八分校的同志与龙岗人民鱼水相依，留下了许多动人的佳话。

分校搬到龙岗后，急需一块练兵场地。农抗理事长陈善洪带领40个民工，20条耕牛，苦战了3天，很快就修好了训练场。修好后，分校领导请民工到校部开“座谈会”，并办了几桌丰盛的饭菜招待民工。民工们你看看我，我瞧瞧你，不知说什么好，并深有感触地说：“多少年来，当兵的抓夫是家常便饭，可今天，八分校领导却陪我们民工吃饭，真是军民亲如一家啊！”当年分校学员出操、练兵的场地在今江苏境内，当地的农民还称这块土地为“操场田”和“跳台田”。

1942年春节来到了，群众为能和“抗大”同志们一起过个太平年而感到十分高兴。家家忙着蒸点心、办年货，分校领导也召开各界人士座谈会，宣传抗日的大好形势，征求群众意见，各队学员忙着排演节目。但就在大年三十晚上，住在各家堂屋里的抗大分校的同志突然搬走了，有的搬到房东的破屋里，有的搬到城隍庙里。原来，分校的领导得知当地过年堂屋不睡人，家里不挂白毛巾的风俗，校部在节前做了布置，所以，大年三十这一天，大家一齐搬了出来。

龙岗有的住家门前是土地，每逢阴雨天，学员们常把泥巴带进房东家里。校部就发动全体学员捡碎砖头，在各家门口铺上人行道。他们还把镇上废地开垦出来，种上各种蔬菜，搞生产自给。龙岗居民过去没有种菜的习惯，在分校带动下，也纷纷开荒种菜。直到今天，龙岗还有许多当年“抗大”开垦的菜地。

这样的部队，过去龙岗人民没有听说过，更没见过。从他们的身上，龙岗人民看到了革命的光明前途，看到了美好的明天。1942年八一建军节，龙岗商界赠给八分校的锦旗是“钢筋铁骨”；1943年的建军节，龙岗人民赠送了“抗大抗大，越抗越大”的锦旗。不几天，抗大八分校的学员全部放假，帮房东挑水、干活，召开座谈会，征求意见；青年女学员依偎在大嫂、大妈的身边，絮絮交谈，恋情依依。一天早晨，人们起来，发现住在家里的抗大的同志不知去向，所借的东西整齐地放在院里，还附有清单和感谢信。各家走上街头，在寻找、在打探，“抗大”走了，喧闹的龙岗沉默了……

40多年来，龙岗人民把对抗大的怀念珍藏在心底，一代传一代，像川流不息的铜龙河一样，在人们心底缓缓流淌，时而激起深情的回忆浪花。

1985年年初，时任县委书记陈家声到龙岗检查工作，支持乡党委关于修建八分校遗址的建议，陈书记并指出修复经费由县政府、乡政府和群众自筹三方面解决。

县人民代表大会代表将修复抗大遗址作为议案提交人大常委会，县人大常委会于1985年5月做出关于修建抗大八分校遗址的决议，由县财政拨款5000元作为资助。县文化局将抗大遗址作为县级文物保护单位上报安徽省文化厅（现为省级重点文物保护单位）。

抗大八分校地下通道

龙岗乡党委专门召开会议，落实修建经费，制订修复方案。天长的革命老前辈、华东师范大学教授周原冰亲笔题字“中国人民抗日军政大学第八分校旧址”的匾额，省政府原副秘书长徐速之亲题“真武庙”门楼匾额。在纪念抗日战争胜利四十周年前夕，乡政府调集工匠，将庙门按原状修复，嵌上“真武庙”匾额。第一期工程于8月结束。9月3日，县人大、县政府、县政协的领导又亲临龙岗研究安排了第二期工程。如今工程已经全部完工，抗大的光荣传统又回到人们心中，鼓舞着大家奋勇向前。

藕塘抗日根据地

藕塘镇位于定远县东南30千米处，与滁州市南谯区接壤。藕塘历史悠久，人杰地灵，物产丰富，山清水秀，经济繁荣，有千年古镇之风韵，自然景观和人文景观荟萃。抗日战争时期，定远是皖东抗日根据地的创始地，定远藕塘是中国共产党领导创建的全国抗日根据地之一，淮南抗日民主根据地的中心区，被称为“小莫斯科”。老一辈无产阶级革命家刘少奇、叶挺、张云逸、邓子恢、徐海东、罗炳辉、赖传珠、谭震林、方毅、张劲夫等都曾经在这里战斗和生活过。

1937年“卢沟桥事变”爆发后，国共第二次合作达成。同年12月25日新四军军部在武汉成立，叶挺任军长，项英任副军长，辖4个支队。其中第四支队由高敬亭任司令员，下辖七、八、九团和手枪团。

1939年1月，中共中央中原局成立，刘少奇为书记。同年11月，刘少奇率中原局抵达皖东定远县藕塘附近，受到新四军江北指挥部指挥张云逸、政治部主任邓子恢等热烈欢迎。刘少奇先后居住在定远县东南乡得胜集、大桥集等地老百姓家中，在定远藕塘、大桥、仓镇、界牌等地开展工作，先后在定远县界牌镇山黄村、定远县大桥集湾杨村召开了中原局三次会议，参加会议的有张云逸、郑位三、邓子恢、徐海东、郭述申、李世农、戴季英等。1939年12月中旬在定远县与滁县交界处的瓦屋薛村召开中原局在皖东的第一次会议，会议讨论并确定了党在皖东地区独立自主发展武装，创建抗日民主根据地的基本方针。中原局在皖东的第二次会议1940年1月下旬在定远县山黄村召开，刘少奇主持，会议强调了建立根据地、建立民主政权、发展抗日武装的极端重要性，研究了建立抗日民主根据地的方针和任务。中原局第三次会议1940年2月下旬在定远县大桥镇三官村湾杨组召开，刘少奇主持，针对国民党顽固派进攻的形势，会议确立反摩擦斗争、巩固发展根据地的方针。

藕塘革命纪念馆

刘少奇主持召开中原局三次会议后，皖东局面迅速打开了。在军事斗争上，新四军先后取得了路西、路东反“扫荡”的重大胜利，赢得了定远县自卫反击战和半塔保卫战的全胜。在武装力量上，新四军第四、第五支队在不到三个月时间里就由7000人发展到15 000余人，地方武装发展到9000多人，不脱产的人民自卫军发展到近10万人。在政权建设上，3月17日，津浦路西第一个抗日民主政府定远县抗日民主政府成立，魏文伯任县长。在党的建设上，各级组织迅速建立，发展党员8500多名。短短一年，淮南抗日民主根据地的范围就扩大到东起运河，西至淮南铁路，北临淮河，南控长江的广大地区。

藕塘抗日英雄纪念碑

藕塘革命纪念馆于1980年建成，占地面积360平方米，附属设施有荷花池塘、金鱼池塘各1个、大小花坛6个及梅园、银杏园、果园等。馆内分一厅三室，正厅屏展“名垂千古，浩气长存”。三室陈展的是第二次国内革命战争时期定远地区的党、团组织发展和群众革命运动情况，抗日战争时期刘少奇等同志在藕塘地区的活动以及根据地军民对敌斗争情况和其他文物资料170余件，其中《烈士英名录》铭记着2000多个烈士英名。

1995年藕塘革命纪念馆被安徽省委省政府批准为“爱国主义教育基地”和“省级重点烈士纪念建筑保护单位”“省级国防教育基地”，现已成为皖东开展爱国主义教育的中心。1996年10月，刘少奇夫人，时任全国政协常委的王光美同志来藕塘烈士陵园瞻仰凭吊，并为陵园题词留言：“深切缅怀革命先烈。”馆内展出的知名烈士有：郑位三烈士、高敬亭烈士、徐海东烈士、罗炳辉烈士等。

全椒周家岗攻坚战

1938年，新四军四支队与战地服务团奉命挺进周家岗，开辟周家岗抗日革命根据地。1944年9月，新四军四旅奉命发起对周家岗的攻坚战，十团担任主攻任务。经四天四夜的激烈战斗，歼灭日伪军五百余名，残敌仓皇溃逃，一举收复周家岗。在这次攻坚战中，有二百余名战士壮烈牺牲。当时为掩埋烈士遗体，在周家岗建立公墓，并立碑纪念，1980年重立纪念碑、修建墓、亭，每年前往祭祀的各界人士近万人。1996年，县委县政府将周家岗烈士陵园定为爱国主义教育基地并投资约50万元建成周家岗烈士陵园。

周家岗烈士陵园

国民政府在皖东抗日

日本侵略军攻占南京后，将作战重心移向津浦线。1937年12月18日，侵华日军攻陷江北重镇滁县，来安、全椒、盱眙先后沦入敌手。国民党第五战区皖东、皖北正面战场保卫战就此展开。

针对当时的形势，根据国民政府军事委员会赋予的任务，国民党第五战区司令长官兼安徽省政府主席李宗仁制定《第五战区关于徐州会战的作战方针及指导要领》，除在北线调动第一线兵团利用黄河延缓日军南进速度外，部署第二线兵团在徐州准备决战，并要求津浦路南段各兵团于浦口、滁县、明光等处逐次抵抗，将北进之日军阻止于淮河南岸。为防止日军北上，李宗仁调第11集团军第31军急赴皖东地区。12月下旬，第11集团军到达津浦铁路南段，组成淮南兵团，在滁县、明光、定远等地设防堵截。一部在刘府附近，主力在凤阳、红心铺附近占领阵地，进行攻势防御，对沿铁道线北进之敌实施侧面攻击，将敌切断、分割包围而歼灭之；另一部进出张八岭、明光一带实施游击，迟滞并引诱敌之前进。

1938年1月，侵华日军第13师团在攻陷滁县、盱眙后继续沿津浦线北上进攻明光，遭到第31军刘士毅部的阻击。第31军利用有利地形，与3倍于己的敌人进行顽强战斗。侵华日军遭到抵抗后，从南京方面增调援军和坦克等重型武器投入战斗。在侵华日军的猛烈攻击下，刘士毅部奉命暂时向津浦铁路的西侧撤退，从明光沿池河向马家岗、三河集、池河镇一条垂直线展开，牵制敌人正面前进。进至皖东前线的侵华日军，在津浦铁路沿线与31军展开拉锯战。1月18日，侵华日军占领明光。然后，兵分三路向凤阳、定远一带进攻。其北路顺津浦线从石门山、小溪河向临淮关、蚌埠进发；中路则从红心铺沿凤阳山向西扑去；南路经池河直奔定远、合肥。

1月底，占领滁县、全椒县城的侵华日军同时出兵进攻定远。滁县的侵华日军兵分两路，一路经曲亭到定远县的藕塘、池河至老人仓（仓镇）；另一路经施集、常山岭、得胜集、永宁集至老人仓。全椒的侵华日军由石沛桥、周家岗、鸦窝集到小马厂，然后兵分三路：一路由广兴集至大桥，一路由界牌集至大桥，一路由章广、得胜集到永宁集。在定远县的池河镇和老人仓，侵华日军遭到第31军刘士毅部的顽强抗击。参加淮河阻击战的中国守军，主要是东北军于学忠率的第51军。

2月2日，侵华日军占领临淮关、凤阳、定远；2月3日，攻陷蚌埠。侵华日军攻陷蚌埠、凤阳后，国民党桂系军队全部撤回淮河北岸防守，并将淮河铁路桥炸毁，阻敌北进。这时，临淮关以西、蚌埠以东的侵华日军2000多人乘民船和橡皮筏在飞机大炮掩护下，两次强渡淮河，第51军第114师第342旅将士进行英勇阻击，侵华日军落水而死者400名左右。2月4日，第51军第113师及时赶到，共同阻击北犯侵华日军，将渡过淮河登岸的侵华日军全部歼灭。

2月5日、6日、7日3天，临淮关至蚌埠、怀远间全线连日均有激烈炮战。9日，侵华日军七八百人在飞机、大炮的掩护下，乘船和橡皮筏强行渡过淮河，向小蚌埠东北军阵地轮番发动猛烈进攻，第51军军长于学忠亲临前线督战，第339旅旅长窦光殿身先士卒，到前线指挥作战，国民党军队士气为之大振，与侵华日军进行白刃战，毙敌200余人，生俘200多人，大获全胜。侵华日军不甘心失败，继续疯狂地向国民党军队阵地进攻。9日、10日，临淮关3000名侵华日军在晏公庙以西强行渡河。11日凌晨，侵华日军又以一个师团以上兵力，在10余架飞机、数10门大炮掩护下，由临淮关强行渡河。第114师与侵华日军展开血战，阵地被敌突破。13日凌晨，经过调整部署，乘敌渡河部队立足未稳，第114师全线反击，血战4小时，临淮关方面之敌被迫退至淮河堤下。这时，援军张自忠第59军赶到，接替51军防务，继续与侵华日军战斗。

2月8日，第7军和第48军在定远县老人仓一线，向明光、定远、蚌埠入侵之敌进行攻击。周祖晃指挥第7军由定远经红心铺向铁道线进击，切断敌之后方联络线；韦云淞第48军在第31军右翼，协同第31军对刘府、考城、蚌埠之敌攻击。从廖磊2月21日的战况电报记载中可见当时的战斗情况："本军奉命牵制津浦南段之敌，相机侧击。经饬周祖晃军长以两师及保安一团向明光、池河、定远一带进袭沿津浦线北犯之敌侧背……我程师郭团之一部自铣卯占领桑家涧后，上午9时敌由定远调来骑兵六七百名、战车10余辆，由池河开来士兵七八十名，均向该处增援。因我陈团一部之增加，遂于7日晨将一部之敌约400余名包围攻击，当场毙敌约200人，击坏其战车3辆、装甲车4辆，俘获旗帜、钢帽及子弹等物颇多。"经过激烈的战斗，第7军、第48军共毙敌千余名，击毁敌战车十余辆，并一度收复凤阳、考城。正当廖磊部将侵华日军死死拖住之时，刘士毅的第31军又乘机从津浦路西向东出击，在空军的支援下将津浦路南段截成数段，阻敌北上。津浦路以东的第五战区苏鲁皖游击队，也乘机收复盱眙、临淮关等处。安徽省地方保安部队也奉命投入战斗，积极配合主力作战。

从9日到12日，侵华日军以两个师团以上的兵力，进攻51军两个步兵师，不仅在人数上占绝对优势，而且在空军、炮兵、坦克装备方面亦远远超过51军。经过4昼夜的血战，51军虽未将渡河北犯之敌全部歼灭，但使侵华日军付出极大代价。与此同时，李宗仁又命令参加淞沪抗战的廖磊第21集团军火速赶到皖东地区参战。第21集团军辖第7军、第48军。廖磊率第21集团军赶到合肥组成淮北兵团，加强了对津浦路南段侵华日军的攻击力量。

惨 烈

王小庙无名烈士墓

王小庙新四军无名烈士墓，坐落在中国革命老区——安徽省定远县观寺乡马厂村东北方向的王小庙，共有174座坟茔，占地约7100平方米。据中国新四军研究会秘书长马洪武教授和有关部门论证，它是迄今为止发现的全国最大的新四军无名烈士墓群。墓群存有碑记两块，其一记载某部营长张华龙在路东阴集战斗中牺牲移葬这里；另一块亦是记载某营长墓葬（姓名不详）。

1940年至1943年，新四军二师卫生部设在观寺乡东南官塘陈村，医院下设3个分所，其中一分所在官塘刘村，三分所设在马厂村。先后有黄桐庙、大塘赵、站家岗等战斗伤病员转送到这里医治，医治无效牺牲的烈士就安葬在王小庙。

王小庙无名烈士墓

这一座座用黄土堆成的坟墓，和当地老百姓的坟墓没什么两样，只是排列整齐、有序。据当时在新四军二师卫生部一分院当卫生员、现已退休的郭凯英、杨继枫两位老人介绍，那时候三天两头打一次硬仗，仗打得十分残酷，经常有重伤员被送到新四军二师设在王小庙的医院治疗。由于皖东根据地长期遭到敌人封锁，医院买不到药，医疗设备又十分简陋，许多重伤员得不到及时抢救治疗而壮烈牺牲。新四军老战士、原南京军区政委、新四军和华中根据地研究会第一副会长的傅奎清将军说，定远是淮南路西根据地的中心地区，有着光荣的革命斗争历史，许多著名的战役都发生在定远。当年，新四军二师与淮南地区的人民群众血肉相连，同敌军进行大小战斗3000多次，其中粉碎日伪军数千人以上规模的“扫荡”和进犯多达200多次。但是，我们也付出了大的代价，伤亡2万多人，牺牲县团级以上干部40余人。

飞　跃

小岗春雷

1978年11月24日晚上，安徽省凤阳县凤梨公社小岗村西头严立华家低矮残破的茅屋里挤满了18位农民，关系全村命运的一次秘密会议此刻正在这里召开。这次会议的直接成果是诞生了一份不到百字的包干保证书。其中最主要的内容有三条：一是分田到户；二是不再伸手向国家要钱要粮；三是如果干部坐牢，社员保证把他们的小孩养活到18岁。在会上，村干部严俊昌特别强调，“我们分田到户，瞒上不瞒下，不准向任何人透露。”1978年，这个举动是冒天下之大不韪，也是一个勇敢的甚至是伟大的壮举。

小岗村

1979年10月，小岗村打谷场上一片金黄，经计量，当年粮食总产量66吨，相当于全队1966年到1970年粮食产量的总和。

大包干纪念馆

从1958年人民公社化以来，在关于农村的文字中，“包产到户”是个出现频率很高的词汇，也是常被质疑和批判的。即使在小岗村获得丰收的1979年，批评“包产到户”的声音也是不绝于耳。

1980年5月31日，邓小平同志在一次重要谈话中公开肯定了小岗村“大包干”的做法。当时国务院主管农业的副总理万里和改革开放的总设计师邓小平对这一举动表示的支持传达了一个明确的信息：农村改革势在必行。

大包干纪念馆泥塑

1982年1月1日，中国共产党历史上第一个关于农村工作的一号文件正式出台，明确指出包产到户、包干到户都是社会主义集体经济的生产责任制。此后，中国政府不断稳固和完善家庭联产承包责任制，鼓励农民发展多种经营，使广大农村地区迅速摘掉贫困落后的帽子，逐步走上富裕的道路，中国因此创造了令世人瞩目的用世界上7%的土地养活世界上22%人口的奇迹。

1982年1月1日，中共中央批转《全国农村工作会议纪要》，指出目前农村实行的各种责任制，包括小段包工定额计酬，专业承包联产计酬，包产到户、到组，包干到户、到组，等等，都是社会主义集体经济的生产责任制；1983年中央下发文件，指出联产承包制是在党的领导下我国农民的伟大创造，是马克思主义农业合作化理论在我国实践中的新发展；1991年11月25日至29日举行的中国共产党十三届中央委员会第八次会议通过了《中共中央关于进一步加强农业和农村工作的决定》（简称《决定》）。《决定》提出把家庭联产承包责任制、统分结合的双层经营体制等作为我国乡村集体经济组织的一项基本制度长期稳定下来，并不断充实完善。家庭联产承包责任制作为农村经济体制改革第一步，突破了“一大二公”“大锅饭”的旧体制。而且，随着承包制的推行，个人付出与收入挂钩，使农民生产的积极性大增，解放了农村生产力。

家庭联产承包责任制，是指农户以家庭为单位向集体组织承包土地等生产资料和生产任务的农业生产责任制形式。其基本特点是在保留集体经济必要的统一经营的同时，集体将土地和其他生产资料承包给农户，承包户根据承包合同规定的权限，独立做出经营决策，并在完成国家和集体任务的前提下分享经营成果。一般做法是将土地等按人口或劳动力比例根据责、权、利相结合的原则分给农户经营。承包户和集体经济组织签订承包合同。家庭联产承包责任制是中国农民的伟大创造，是农村经济体制改革的产物。

具体形式有：（1）包干到户。各承包户向国家交纳农业税，交售合同定购产品以及向集体上交公积金、公益金等公共提留。其余产品全部归农民自己所有。（2）包产到户。实行定产量、定投资、定工分，超产归自己，减产赔偿。目前，绝大部分地区采用的是包干到户的形式。家庭联产承包责任制是我国农村集体经济的主要实现形式。主要生产资料仍归集体所有；在分配方面仍实行按劳分配原则；在生产经营活动中，集体和家庭有分有合。

家庭联产承包责任制是中国农民的伟大创造，是农村经济体制改革的产物。党的十一届三中全会以后，在党中央的积极支持和大力倡导下，家庭联产承包责任制逐步在全国推开，到1983年年初，全国农村已有93%的生产队实行了这种责任制。家庭联产承包责任制的实行取消了人民公社，又没有走土地私有化的道路，而是实行家庭联产承包为主，统分结合，双层经营，既发挥了集体统一经营的优越性，又调动了农民生产积极性，是适应我国农业特点和当前农村生产力发展水平以及管理水平的一种较好的经济形式，既提高了农民的积极性，又使农村经济得到了提高。

20世纪70年代小岗村村民

家庭联产承包责任制的实质是打破了人民公社体制下土地集体所有、集体经营的旧的农业耕作模式，实现了土地集体所有权与经营权的分离，确立了土地集体所有制基础上以户为单位的家庭承包经营的新型农业耕作模式。

现在的小岗村

“实行家庭联产承包为主的责任制”是特定社会经济条件下的历史选择。该种农业生产组织形式与传统的农业生产组织方式（大集体时期）相比具有较大的进步，在改变农村经济格局的同时，奠定了经济发展和后续改革的基础，调动了农业生产者的积极性，为脱贫致富创造了条件，推动了农业生产的快速发展，极大地改善了农民生活，被邓小平同志誉为“中国社会主义农业的改革和发展”的“第一个飞跃”。

人　　物

闲　情

庄子濠梁观鱼

濠梁在现在的滁州市凤阳县境内，当年庄子和惠施游于濠梁之上，在临淮见白鲦鱼出游从容，于是辩论是否知鱼之乐。后遂用“濠梁观鱼”“濠上观鱼”等表示纵情山水、逍遥游乐，或借指游乐之所。庄子观鱼的地方现在被称为“观鱼台”。钓台四面环水，台下洪波北流，激浪拍岸；台上垂柳摇曳，掩映茅舍；青山绿水衬托着钓台，诗情画意，令人神往。

观鱼台

庄子和惠子一道在濠水的桥上游玩。庄子说：“白鲦鱼游得多么悠闲自在、从从容容，这就是鱼儿的快乐。”惠子说：“你不是鱼，怎么知道鱼的快乐？”庄子说：“你不是我，怎么知道我不知道鱼儿的快乐呢？”惠子说：“我不是你，固然不知道你；你也不是鱼，你不知道鱼的快乐，也是完全可以肯定的。”庄子说：“还是让我们顺着先前的话来说。你刚才所说的‘你哪里知道鱼的快乐’的话，就是已经知道了我知道鱼儿的快乐而问我，而我则是在濠水的桥上知道鱼儿快乐的。”

濠梁观鱼

【原文】庄子与惠子游于濠梁之上。庄子曰:“儵鱼出游从容,是鱼之乐也。”惠子曰:“子非鱼,安知鱼之乐?”庄子曰:“子非我,安知我不知鱼之乐?”惠子曰:“我非子,固不知子矣;子固非鱼也,子之不知鱼之乐,全矣。”庄子曰:“请循其本。子曰‘汝安知鱼乐’云者,既已知吾知之而问我,我知之濠上也。”

清贫太守韦应物

唐德宗建中三年（782），德宗正准备发动讨伐河北藩镇的战争，必须以德才兼备者，确保这一带的安全。于是朝廷选拔韦应物转任滁州刺史。据其诗判断，他在滁州，大约干了三年时间，与此时任期制度相合。之后，调任江州刺史。随后，又担任苏州刺史。

韦应物任职滁州、江州、苏州期间，一直孤身一人。夫人元苹于大历十一年（776）去世后，韦应物终身未娶。韦应物亲笔撰写的元苹墓志证实夫妇情深意笃，每当夜深人静，他倍感孤独。

韦应物是一位清正廉洁的官员。任职期间，闲情逸致不少，忧国忧民更多。或与远方友人诗文唱和，或在山水民间抒情感怀。韦应物任职滁州，引得不少名人雅士旅居滁州。韦应物在滁期间留下了不少诗篇，主要有：

同元锡题琅琊寺

适从郡邑喧，又兹三伏热。山中清景多，石罅寒泉洁。花香天界事，松竹人间别。殿分岚岭明，磴临悬壑绝。昏旭穷陟降，幽显尽披阅。嵚骇风雨区，寒知龙蛇穴。情虚澹泊生，境寂尘妄灭。经世岂非道，无为厌车辙。

寄全椒山中道士

今朝郡斋冷，忽念山中客。涧底束荆薪，归来煮白石。
欲持一瓢酒，远慰风雨夕。落叶满空山，何处寻行迹。

宿永阳寄璨律师

遥知郡斋夜，冻雪封松竹。时有山僧来，悬灯独自宿。

秋景诣琅琊精舍

屡访尘外迹，未穷幽赏情。高秋天景远，始见山水清。上陟岩殿憩，暮看云壑平。苍茫寒色起，迢递晚钟鸣。意有清夜恋，身为符守婴。悟言缁衣子，萧洒中林行。

诣西山深师

曹溪旧弟子，何缘住此山。世有征战事，心将流水闲。
扫林驱虎出，宴坐一林间。藩守宁为重，拥骑造云关。

游西山

时事方扰扰，幽赏独悠悠。弄泉朝涉涧，采石夜归州。
挥翰题苍峭，下马历嵌丘。所爱唯山水，到此即淹留。

再游西山

南谯古山郡，信是高人居。自叹乏弘量，终朝亲簿书。于时忽命驾，秋野正萧疏。积逋诚待责，寻山亦有馀。测测石泉冷，暧暧烟谷虚。中有释门子，种果结茅庐。出身厌名利，遇境即踌躇。守直虽多忤，视险方晏如。况将尘埃外，襟抱从此舒。

滁州西涧

独怜幽草涧边生，上有黄鹂深树鸣。春潮带雨晚来急，野渡无人舟自横。

醉翁太守欧阳修

欧阳修于庆历五年（1045）十月二十二日到滁州担任太守，庆历八年（1048）闰正月朝廷诏徙知扬州，二月离开滁州，前后在滁州计约两年零四个月的时间。时间虽然不长，却给滁州留下了极其深远的影响。如今说到滁州，人们自然会想到琅琊山，想到醉翁亭，想到欧阳修。

欧阳修雕像

欧阳修在滁的第二年夏，一个偶然的机会使他发现了丰山脚下幽谷中的一眼泉水，经过实地察看，“俯仰左右，顾而乐之，于是疏泉凿石，辟地以为亭”，开始在这里进行美景胜地的建设。他很快修好了泉眼，建好了亭子，泉取名为“幽谷泉”，亭取名为“丰乐亭”，并亲自撰文作记。同年，与丰乐亭一山之隔的醉翁亭亦建成，他取名为“醉翁亭”，并作《醉翁亭记》记之。两亭的建成与《两记》的问世，迅速在当时引起轰动。尤其是《醉翁亭记》这篇文章，以其生动的文字、精美的语言，为滁州展示了一幅风光绚丽的大自然画面；又因为文章中深邃的含义，及其所表达的怡然情怀，文章一出，远近争传，滁州琅琊山从此热闹起来。此后，琅琊山、丰乐亭、醉翁亭，各景区陆续扩展，内容逐渐丰富，虽经历史沧桑，但屡废屡兴，久而不衰，终成今日之规模。追本求源，这些都是欧阳修打下的基础。欧阳修是唐代李幼卿之后开发滁州琅琊山最有力的奠基人，可以说，没有欧阳修，就没有滁州琅琊山之今日。

欧阳修在滁州时，除了开发幽谷泉、兴建丰乐亭及醉翁亭以外，还进行了其他一些建设，如在丰乐亭景区建设了醒心亭，特请曾巩作《醒心亭记》；在丰乐亭附近建练兵场，作训练民兵之用，以保卫地方；又维修损毁严重的滁城，使滁州之城更加坚固和壮观。有人读了欧阳修的《醉翁亭记》，从他悠游山水、饮酒作乐的表现，以为他因受贬守滁而处于不问政事的消沉状态，显然是不正确的。欧阳修在滁州，对于政事实行的是“宽简”政策。所谓“宽简”，顾名思义就是宽容和简化，办事遵循人情事理，不求博取声誉，只要把事情办好就行了。这是他一生为政的风格。他后来曾权知开封府，前任是有名的“铁面老包”，即包拯，威严得很；而他则秉持“宽简”政策，办事往往不动声色，同样把开封府治理得井井有条。清朝时，有人曾将他与包拯相比较，在开封府衙东西侧各树一座牌坊，一边写着“包严”，一边写着“欧宽”。

欧阳修所写滁州的诗文，对滁州山水之美作了极其生动、实在的描绘。如在《醉翁亭记》中写琅琊山，以“林壑尤美”“蔚然深秀”概括，同时以简练的笔触写出了琅琊山早晚和四时的景色：“日出而林霏开，云归而岩穴暝，晦明变化者，山间之朝暮也。野芳发而幽香，佳木秀而繁阴，风霜高洁，水清而石出者，山间之四时也。”他在《丰乐亭记》中则写道：“风霜冰雪，刻露清秀，四时之景，无不可爱。”他的许多诗，写景寄情，语言精美，读后同样令人流连。如他在《题滁州醉翁亭》中写道：“但爱亭下水，来从乱峰间。声如自空落，泻向两檐前。流入岩下溪，幽泉助涓涓。响不乱人语，其清非管弦。”真是美不胜收！因此，后人在醉翁亭不远处建了听泉亭，让人们不断体会这美好的诗意。又如他的《琅琊山六题》，对琅琊山归云洞、琅琊溪、庶子泉等景点都做了生动的描绘。虽然每首诗只有四句，但尽用了点睛之笔，字字珠玑。这些诗文是他用对滁州山水的真爱之情写出来的。

欧阳修在滁州两年多的时间，不仅给滁州留下了不可多得的珍贵遗产，也与滁州人民建立了深厚的感情。滁州这块古老的地方，与他结下了一生不解之缘。

如今，欧阳修离开我们已经一千多年了，但他的名字仍然时刻与滁州紧紧地相连着。醉翁亭自欧阳修在滁时建成后，历经沧桑，但屡废屡兴，数百年不败。醉翁亭大门原有一副对联，写道：“翁去八百载，醉乡犹在；山行六七里，亭影不孤。”联中的“翁”即指欧阳修。

当时制作这个大门及其对联的时间，是清光绪七年（1881），离欧阳修在滁时已经800多年。人们没有忘记他，至今人们依然没有忘记他，今后也永远不会忘记他。1998年新编《滁州市志》（原县级市）的《人物传》中，所列第一人便是欧阳修，俨然把他当作了滁州人。

传　　奇

晋元帝避难琅琊山

西晋建立结束了三国动乱局面，但晋武帝去世后，西晋政局不稳，宫廷争权夺利。时任琅琊王的司马睿，为了自保和发展自己的实力，以滁州琅琊山为据点开创自己称帝事业。从地理位置上来讲，滁州的琅琊山，向来都是南京的江北大门，被军事家们看作“金陵锁钥”。因为琅琊山与南京仅一江之隔，相距不到百里，恰是一道天然的屏障，既有险可守，又可囤积粮草、秣马厉兵；同时，由于滁州当时没有行政建制，而属扬州辖地，作为扬州都督的司马睿在这一带开展活动，也就是理所当然、名正言顺的了。司马睿正是牢牢控制了这把金钥匙，才最后真正地成为一匹化龙的骏马。

313年，晋怀帝司马炽被匈奴刘聪的军队俘虏，因不堪忍受“青衣行酒”的侮辱而被杀。三年后的316年，晋愍帝司马邺又被匈奴人俘虏，匈奴人的势力完全控制了长江以北的地区。而司马睿在他的军师王导的辅助下，经过十多年的苦心经营，终于在“避难琅琊山”之后得以“浮江回翔”了。他当年就在建邺（今南京）自称晋王。第二年（317）司马睿正式改元称制，为晋元帝。东晋王朝从此建立。

赵匡胤智取清流关

滁州在五代十国时期隶属“十国”中的南唐，是南唐（国都金陵，今南京）的江北重镇。后周显德三年（956），周世宗柴荣为了结束南北分裂的局面，在统一北方的基础上，发大军攻打南唐。首先攻打南唐的军事重镇寿州（今安徽寿县），由于南唐大军的坚守，后周虽然取得一些胜利，却久攻未下。周世宗因而命令赵匡胤带领一支兵马攻打滁州，以分散南唐的兵力，对寿州形成夹击之势。

赵匡胤即后来的宋太祖，涿州（今河北涿县）人，当时任后周的殿前都虞侯。他率领5000人马首先在涡口（今安徽怀远附近）打败南唐守淮河的万余人军队，夺取战舰50余艘，然后渡过淮河，直奔滁州。

赵匡胤画像

滁州西北10千米处的险隘清流关，为江淮之间交通咽喉。周世宗征淮南之始，南唐主李景命江州节度使充行营应援使皇甫晖和常州团练使姚凤提兵10万扼其地，并随时准备增援寿州。

赵匡胤带领人马昼夜兼程赶到清流山下，与南唐军队发生遭遇战。由于后周军对地形不熟，加上长途远征，兵马困乏，初战失利。皇甫晖整顿军队退到滁州城下休憩，赵匡胤屯兵于清流关下，整顿兵马，准备次日再战。当晚，赵匡胤从村民口中探听到附近有一位村学赵普颇有谋略，便轻装简从，亲自前往赵普家中拜访。赵普也听说过赵匡胤的大名，彼此一见如故。赵普分析了战争取胜的三个关键因素：其一，皇甫晖乃是老将，赵匡胤根本不是其对手。其二，除了将帅谋略，影响战局的关键因素还在双方的兵力。正常情况下，数千人根本就不可能打赢十万大军。其三，赵匡胤军队刚刚经历大败，此时若交战，没有丝毫获胜的可能。

赵普说："我知道一条小路，在山的背后，可以直抵城下。现在正值西涧水大涨之时，可以由小路至城下，闯关而入。"赵匡胤听说心中大喜，于晚饭后命令全军衔枚熄火，乘夜色循小路涉西涧直奔滁州。南唐军队发现后周人马时，皇甫晖大为惊恐，急令退兵入州城，断桥自守。但是赵匡胤军已席卷而至，紧逼皇甫晖于滁州城下。南唐军队人马混乱，不堪作战。最后生擒皇甫晖和姚凤，攻克滁州城。

寿州的将领听闻滁州失守，军心涣散。不久，寿州被后周攻下。寿州和滁州失去后，南唐的淮河流域全部归属后周，从此国力渐弱，最后只能投降后周。赵匡胤威名远播，逐步成为后周第一名将。几年之后，周世宗去世，随即，赵匡胤陈桥兵变黄袍加身，废黜后周恭帝，建立北宋。

清流关之战，使得赵匡胤在后周军中威信大增。滁州也就顺理成章地成为宋太祖的发端之地，大宋朝的祥瑞之地。而自古帝王凡起义及立功之地皆崇建浮屠，以旌示后人。而赵家与滁州一直有着不解之缘，父亲赵弘殷（宣祖）在滁州养病；其弟宋太宗赵光义的结发妻子尹氏（淑德皇后）是滁州刺史尹庭勋之女；赵匡胤与部下赵普在滁州相识、相交。

宋仁宗皇祐五年，滁州判官王靖奏请在滁州设太祖纪念地。朝廷在滁城天庆观西侧（今滁州一附小西校区）建造端命殿。兴建赵匡胤的纪念建筑，在宋初应是一件大事，宋史有两处记载。端命殿建成以后，除了供奉太祖赵匡胤的画像以外，还把赵匡胤在滁州赐给部下王嵒的书帖刻在端命殿内的墙壁上。南宋乾道八年，滁州知州辛弃疾在滁时曾作《跋太祖皇帝赐王嵒帖》。

端命殿的纪念活动主要是祭祀赵匡胤，"初以兵马都监一员兼管，至元丰六年，专差内侍一名。每月朔望，州官朝拜。岁朝、寒食、冬旦至节，诏遣内侍酌献。"朝廷对祭祀活动非常重视，刚建成时派兵马都监官员一名监管，到宋神宗元丰六年（1083）加派官员专人管理。每月的初一、十五，滁州的官员都要前来供奉祭拜。每至春节、清明、冬至等时节，朝廷还会派官员前来供奉祭拜。

宋仁宗不仅建造端命殿，且在琅琊山中琅琊寺建御书阁，藏四朝御书，"环寺多摩崖书，皆名人游者所题，自宋皇祐、乾道、淳熙以来有之”。

乞丐皇帝朱元璋

明太祖朱元璋，字国瑞，原名重八，后取名兴宗，濠州钟离人（今滁州凤阳），明朝开国皇帝。

天历元年（1328）朱元璋生长在濠州钟离孤庄村的一个贫苦家庭，其父为朱世珍，母为陈氏。家里排第四，家族兄弟排第八，所以叫朱重八，后改名朱元璋。根据他自己写的《朱氏世德碑》碑文记载：朱元璋这一朱姓宗族，出自金陵之句容（今江苏省句容市），家住朱家巷，地属通德乡，朱元璋以上几代人都以农业为生。他的父亲和祖父以及曾祖父等数辈人都是拖欠税款者，在淮河流域到处躲债，想找一个地方做佃户，能过仅能糊口的生活。他在兄妹中是大难不死的最小的孩子，除了最大的孩子外，其余孩子都因无力抚养而送人或嫁出。由于家里贫困无法读书，朱元璋从小就给村里的地主放牛为生。

1343年，濠州发生旱灾，次年春天又发生了严重的蝗灾和瘟疫，不到半个月，他的父亲、大哥以及母亲先后去世，只剩下朱元璋和二哥，家里又没钱买棺材，甚至连块埋葬亲人的土地也没有，邻居刘继祖给了他们一块坟地。兄弟二人找了几件破衣服包裹好尸体，将父母安葬在刘家的土地上。为了活命，朱元璋与他的二哥、大嫂和侄儿被迫分开，各自逃生。朱元璋在走投无路之下，就去投奔了皇觉寺（现在的龙兴寺）的高彬和尚，剃度为僧做了小行童。他在寺里每日扫地、上香、打钟击鼓、烧饭洗衣，还受到老和尚斥责。不久，当地闹饥荒，寺里得不到施舍，住持只好打发和尚们云游化缘。这样，年仅17岁的朱元璋才也只好离开寺院托钵流浪。朱元璋边走边乞讨，他从濠州向南到了合肥，然后折向西进入河南，到了固始、信阳，又往北走到汝州、陈州等地，东经鹿邑、亳州，于1348年又回到了皇觉寺。在这流浪的三年中，他走遍了淮西的名都大邑，接触了各地的风土人情，见了世面，开阔了眼界，积累了社会生活经验。艰苦的流浪生活铸就了朱元璋坚毅、果敢的性格，但也使他变得残忍、猜忌。这段生活对朱元璋的一生产生了深远的影响。而在外云游的三年，也正是元末农民起义风起云涌的时期。社会上广泛流传着“明王出世，普度众生”的说法，北方的白莲教也在进行同样的宣传。朱元璋在流浪中，也接触到这样的宣传。

至正十一年（1351）五月，韩山童、刘福通在颍州揭竿而起，士兵们头裹红巾，号称“红巾军”，并推韩山童为明王。接着，徐寿辉起于蕲州，李二、彭大、赵均用起于徐州。几个月之间，各地纷纷响应。第二年正月十一日，定远土豪郭子兴联合孙德崖等人起兵，数万百姓起而响应。郭子兴聚众烧香，成为当地白莲会的首领。二月二十七日，起义军攻下濠州后，郭子兴自称元帅。随后，郭子兴据濠州而坚守，号令彰明。

朱元璋画像

朱元璋收到儿时伙伴汤和的来信，邀请他参加郭子兴的义军。恰在此时，他的师兄秘密告诉他，说有人知道此信，要去告密。于是，朱元璋去投奔郭子兴的红巾军。这一年，朱元璋25岁。

朱元璋入伍后，作战勇敢，机智灵活，粗通文墨，很快得到郭子兴的赏识，于是把朱元璋调到帅府当差，任命为亲兵九夫长。朱元璋精明能干，处事得当，打仗时身先士卒，获得的战利品全部都上交郭子兴元帅，得了赏赐，又说功劳是大家的，就把赏赐分给大家。不久，朱元璋在部队中的好名声传播开来。郭子兴也把他视作心腹知己，有重要事情总是和朱元璋商量。当时郭子兴有一养女，是其至交马公的女儿。马公死后，他最小的女儿便由郭子兴收养。郭子兴见朱元璋是个人才，于是便把养女马氏嫁给了朱元璋，从此军中改称他为朱公子，朱元璋另起了正式名字元璋，字国瑞。

朱元璋见濠州城诸将争权夺利，决心依靠自己的力量，开创新局面。至正十三年（1353）六月中旬，朱元璋回乡募兵，少年时的伙伴徐达、周德兴、郭英等和同村邻乡的熟人听说朱元璋做了红巾军的头目，纷纷前来投效。于是很快就募兵700多人，回到濠州。郭子兴十分高兴，就提升朱元璋做了镇抚。

这年冬天，彭大的儿子彭早住自称鲁淮王，赵均用自称永义王，而郭子兴等仍是元帅。朱元璋见这些人半年没出濠州城，于是他从自己招募的新兵中挑选了心腹徐达、汤和等24人离开濠州，南略定远。在南略定远途中，朱元璋先招抚了张家堡驴牌寨民兵3000人，后又招降了豁鼻子秦把头的800人。统率着这支队伍，朱元璋向东进发，乘夜攻破定远横涧山的元军营地，元帅缪大亨投降。朱元璋从降军中挑选了精壮士兵20 000人编入了自己的队伍，并南下滁州。在南下滁州途中，定远名人李善长求见。李善长和朱元璋一见如故，李善长以汉高祖刘邦为例劝说朱元璋：只要效法刘邦知人善任，不乱杀人，很快便可平定天下。朱元璋认为很有道理，于是留李善长做了幕府书记，并嘱咐李善长好好协调将领间的关系，共创大业。

朱元璋很快攻下了滁州，其亲侄儿朱文正、姐夫李贞带着外甥保儿（后取名李文忠）前来投靠。从他们口中，朱元璋得知二哥、三哥、姐姐都去世了。其时还有定远孤儿沐英，于是，朱元璋就将这三个孩子收作养子，改姓朱。后来，朱元璋又收养了二十几个义子。

至正十六年（1356），朱元璋一举攻克了和县。郭子兴即刻任命朱元璋为总兵官，镇守和州。一次，朱元璋外出，看到一个小孩在哭，朱元璋问他为什么哭，答说是等父亲。朱元璋仔细一询问才知道，原来孩子的父亲和母亲都在军营，父亲在营中养马，母亲和父亲不敢相认，只好以兄妹相称。朱元璋意识到，部队军纪存在问题，他们攻破城池后，扰民滋事，掳掠妇女，这样下去，部队将失去民心。于是，朱元璋召集众将，申明纪律，下令归还军中有夫之妇，让城中许多被拆散的夫妻团圆。此事广为传颂，朱元璋深得民心。

在争取民心的同时，朱元璋还不断网罗人才，特别是知识分子，朱元璋在应天还专门修建了礼贤馆来接待他们。这些人在朱元璋统一全国的过程中起了重要作用。

洪武元年（1368），朱元璋于南京称帝，国号大明。大封诸将为公侯，部分追封为王。次年，朱元璋于鸡鸣山立功臣庙。

朱元璋在位期间，下令农民归耕，奖励垦荒；大搞移民屯田和军屯；组织各地农民兴修水利；大力提倡种植桑、麻、棉等经济作物和果木作物；解放奴婢；减免税负，严惩贪官；派人到全国各地丈量土地，清查户口等。经过洪武时期的努力，社会生产逐渐恢复和发展了，史称洪武之治。

朱元璋统治期间非常重视廉政，对那些以身试法的贪官，往往会处以极刑。在文化建设方面钦定《洪武正韵》，紧抓教育，登基后兴建学校，选拔学官，并坚持把教育工作作为衡量地方官政绩的重要指标。

朱元璋在世时也积极发展与周边国家睦邻友好的外交关系。对朝鲜，唐朝以来秉持着中华正统观的朝鲜一直都是以“藩国”自居，尊中原王朝为宗主国，但在历代王朝中，朝鲜最为心悦诚服的却是明朝。1372年，朱元璋给高丽王颁发了一道敕书，命令其遵循中国古代的惯例，每三年来朝见中国天子，贡献方物。1392年，高丽王朝大将李成桂发动政变，建立了李朝。之后，李成桂参考了高丽古名“朝鲜”和李父就仕之地“和宁”，并上书朱元璋要求赐予“国号”，朱元璋认为“朝鲜”是古名，而且“朝日鲜明”出处文雅，因此裁定朝鲜为新国名。

对日本，朱元璋登基之初派使臣下国书到日本，一是希望他们来朝贡，二是责令他们解决扰明倭寇问题。结果，国书送达后，日本不仅没来朝贡，反而砍了使者的脑袋。朱元璋知道后恼羞成怒，扬言出兵，要征服日本。但最终并未真正出兵。

对泰国，洪武十年（1377），朱元璋册封阿瑜陀耶国王为“暹罗国王”，“暹罗”这一名称正式固定下来，称为中文语境下对泰国的称呼。在明代，阿瑜陀耶遣使臣到中国访问112次，中国也派使臣访问阿瑜陀耶19次。

此外，朱元璋还注重关爱老人。朱元璋对天下老年人施以尊重，颁布诏书和法令，规定每地都要善待老人，并让县官定期送去米面衣物进行慰问。对于那些孝敬老人的人，朝廷不但给予精神表扬，还给予物质奖励，赏赐衣物，发放奖金。而且，这些孝子孝女年老时可以享受特殊待遇，当他们年届60岁就可以享受普通老人80岁时才能享受的福利待遇。如果孝亲模范不幸成为孤老，那么他们在家就可以享受到在养济院的同等待遇，当地养济院会每月按标准把钱粮送到他们家中；去世后，政府还会发放三两银子作为丧葬费。在朝廷的要求和带动下，形成了尊老养老的风气，赡养老人的要求也渗透到各地家法族规之中。被朱元璋称为“江南第一家”的浦江郑氏的《郑氏规范》是中国传统家法族规的代表作。

朱元璋是从凤阳走出来的皇帝，他建立了大明帝国，使得中国封建经济得到恢复和发展，汉文化得到尊重。

忠　诚

抗倭英雄戚继光

戚继光，字元敬，号南塘，晚号孟诸，卒谥武毅。汉族，安徽定远人。明朝抗倭名将，杰出的军事家、书法家、诗人。

戚继光在东南沿海抗击倭寇十余年，扫平了多年为虐沿海的倭患，确保了沿海人民的生命财产安全。他还写下了十八卷本《纪效新书》和十四卷本《练兵实纪》等著名兵书，还有《止止堂集》及在各个不同历史时期呈报朝廷的奏疏和修议。

同时，戚继光又是一位杰出的兵器专家和军事工程家，他改造、发明了各种火攻武器。他建造的大小战船、战车，使明军水路装备优于敌人。他富有创造性的在长城上修建空心敌台，进可攻退可守，是极具特色的军事工程。

明光戚继光雕像

戚继光幼年时十分好动。虽然家境贫寒，但是他喜欢读书，从而通晓儒经、史籍。1544年，戚继光继承祖上的职位任登州卫指挥佥事。1546年，戚继光负责管理登州卫所的屯田事务。当时山东沿海一带遭受到倭寇的烧杀抢掠，戚继光有心杀贼写下了“封侯非我意，但愿海波平”的诗句。1553年，戚继光受张居正的推荐，管理登州、文登、即墨三营二十五个卫所防御山东沿海的倭寇。1555年，戚继光被调往浙江担任参将一职，防守宁波、绍兴、台州三郡。

1557年，倭寇进犯乐清、瑞安、临海等地，戚继光率军前往救援。1558年，倭寇造好了大船准备驾船夜遁，俞大猷和戚继光趁机发动进攻，击沉倭寇大船，余党向闽南逃窜。

戚继光到浙江赴任后发现卫所的将士作战能力一般，而金华、义乌的人比较彪悍。于是戚继光前往招募了三千人组成“戚家军”，自己亲自指挥训练。戚继光根据南方多沼泽的地理特点制定阵法，又给他的部队配备火器、兵械、战舰等装备，戚家军因此名闻天下。

戚继光指挥抗击倭寇的主要事迹有：

台州之战

1561年，倭寇大举进攻桃渚、圻头等地，戚继光率军扼守桃渚于龙山大破倭寇，戚继光一路追杀至雁门岭。倭寇遁走之后乘虚袭击台州，戚继光一马当先手刃倭寇首领，余党走投无路全部坠入瓜陵江淹死。而圻头倭寇竟又来侵犯台州，戚继光率军于仙居将其全歼。台州大捷后戚继光官升三级。而后闽、广一带的倭寇流入江西一带作乱，总督胡宗宪无法平定于是让戚继光来增援。戚继光率军于上坊巢将其击破，倭寇奔走建宁，戚继光引军回浙江。

福建之战

1562年，倭寇进犯福建并联合福宁、连江等地的倭寇先后攻陷寿宁、政和、宁德等地。从广东侵略的倭寇联合福清、长乐的倭寇攻陷玄钟，并进犯龙岩、松溪、大田、古田、莆田等地。

倭寇声势浩大导致当地官军不敢进攻，于是胡宗宪传令让戚继光带兵剿贼。戚继光领命后引兵先进攻横屿，横屿四面水路险隘不易通行，戚继光命将士们每人手持一束稻草填壕而进，大破横屿倭寇斩首2200余级。而后戚继光乘胜追击杀至福清，捣毁牛田，端了倭寇巢穴。倭寇余党慌忙逃往兴化，戚继光也不停歇一路狂追，又捣毁倭寇据点60余座，斩首无数。

戚继光平定福建倭患后，班师回浙江行至福清遇见少量倭寇从东营澳登入，戚继光率兵急攻斩首200人。经过几番战斗，闽广一带的倭寇几乎被戚继光杀光。

兴化之战

戚继光回到浙江后，从日本国本土而来的新的倭寇又伺机侵略我国东南沿海。明朝屡战不胜，倭寇日益猖獗。

1563年，戚继光率领浙江兵前来支援。戚继光到后，地方官谭纶立刻筹备对倭寇的总攻。先在各海道上环立栅栏，阻断倭寇归路。而后谭纶以刘显为左军，俞大猷为右军，谭纶自领中军以戚继光为先锋围攻平海卫，一举斩寇首5000余级。

仙游之战

明嘉靖四十三年（1564）二月，倭寇余党纠合10 000多人围攻仙游，戚继光率兵前往解围，倭寇败走，被斩首百余级，不少人都坠于悬崖摔死，仍有数千余党逃走占据漳浦蔡丕岭。戚继光令将士攀岩而上与倭寇短兵相接，俘杀倭寇100多人。剩下的倭寇劫掠渔船逃到海上，而后不久又侵扰福宁。戚继光率领李超等将领前往将其击败，又乘胜追至永宁杀倭300多人。

同年，潮州倭寇聚众20 000与海盗吴平互为犄角劫掠潮州，俞大猷率兵杀败倭寇并将吴平招降，让吴平驻扎在梅岭。不久之后吴平纠合被明军击败的流散倭寇10 000多人，伙同林道乾、曾一本先后在走马溪、泊浦澳登陆洗劫南村堡和港口村。戚继光即刻率军前来围剿吴平。1565年，俞大猷率领水军，戚继光率领步兵二人合力围剿吴平，吴平破败孤身逃往凤凰山。

鸳鸯阵

因为浙闽沿海多山陵沼泽道路崎岖，大部队兵力不易展开，而倭寇又善于设伏好短兵相接。戚继光针对这一特点创造了一种新的战斗队形，这种阵形在与倭寇作战时好像是结伴而行的鸳鸯，于是被命名为“鸳鸯阵”。这种以12人为一作战基本单位的阵形，长短兵器互助结合，可随地形和战斗需要而不断变化。

鸳鸯阵阵形以12人为一队，最前为队长，次2人一执长牌、一执藤牌。带有标枪、腰刀长牌手和藤牌手主要掩护后队前进，藤牌手除了掩护还可与敌近战。再2人为狼筅手。狼筅是利用南方生长的毛竹将竹端斜削成尖状，又留四周尖锐的枝丫杈。每支狼筅长3米左右，狼筅手利用狼筅前端的利刃刺杀敌人，以掩护盾牌手的推进和后面长枪手的进击。接着是4名手执长枪的长枪手，左右各2人分别照应前面左右两边的盾牌手和狼筅手。再跟进的是使用短刀的短兵手。如长枪手未刺中敌人短兵手，即持短刀冲上前去劈杀敌人。最后1名为负责伙食的火兵。“鸳鸯阵”不但使矛与盾、长与短紧密结合，充分发挥了各种兵器的效能，而且阵形变化灵活。可以根据情况和作战需要变纵队为横队，变一阵为左右两小阵或左中右三小阵。此阵运用灵活机动，正好抑制住了倭寇优势的发挥。戚继光率领“戚家军”经过“鸳鸯阵”法的演练后在与倭寇的作战中对倭寇进行了毁灭性的打击。

修筑金山岭

“南倭北虏”即东南沿海一带倭寇的侵扰和北部边境鞑靼骑兵的袭扰是长期困扰明朝廷、危及大明江山社稷的两大问题。在与俞大猷、谭纶等人消灭南部倭寇之后戚继光被调往北边防御鞑靼。

明朝为加强北方防务，将长城沿线划分为九个防御区，分别驻有重兵，称之为九边重镇。每镇均设有总兵官管辖。蓟镇东起山海关、西至居庸关，拱卫京师，是九镇中最重要的一镇。戚继光为蓟镇总兵官。

蓟镇长城最早修建于明朝初期洪武六年（1373）。洪武十四年（1381）徐达发兵修永宁、界岭等32关。虽然到弘治、嘉靖年间长城也都有所修筑但过于简单。真正大规模的修筑则从隆庆至万历初由戚继光完成的。

戚继光在修建长城过程中依据“因地制宜，用险制塞”的建筑思想：山势低矮处加高城墙，山势高峻处修建敌楼，个别地方加修支墙、挡马墙，全部为砖石结构，使这段长城设施完备、构筑牢固、布局严谨、可攻可守。经专家鉴定，金山岭长城是我国万里长城的精华之所在。

建空心敌台

戚继光在加固城墙的同时又修建了空心敌台。空心敌台由上、中、下三部分组成。下部为基座，用大条石砌成，高与城墙相同；中部为空心部分，有的用砖墙和砖砌筒拱承重构筑成相互连通的券室，有的用木柱和木楼板承重外侧包以厚重的砖墙形成一层或二层较大的室内空间，以供士兵驻守存放粮秣和兵器；上部为台顶，多数台顶中央筑有楼橹，供守城士兵遮风避雨，也有的台顶铺成平台，供燃烟举火以报警而无楼橹。

空心敌台

戚继光在《练兵杂纪》中对空心敌台有详细记载：空心敌台高低大小不等，各台之间互为犄角、相互救应，台里都配备有火炮，敌人的弓箭无法射到台里的士兵，在火炮的攻击下也不敢靠近长城。每个空心敌台配有百总一名负责指挥战斗。

发明戚氏军刀

戚氏军刀是戚继光专门针对倭寇使用的倭刀所改良制造的武器。明朝军队之前所用的刀在与倭寇交战时经常被倭寇的倭刀砍断，为此戚继光吸收倭刀的长处对中国军刀进行改良。刀刃弧度加大、宽度缩小，刀尖带有一个小小的弧度，保留和刀身基本相同的厚度，刀背采用削栋减轻刀刃整体重量但是不减少刀刃的强度。中国国家博物馆现收藏有一把登州戚氏军刀，刀上部刻有“万历十年登州戚氏”八字。

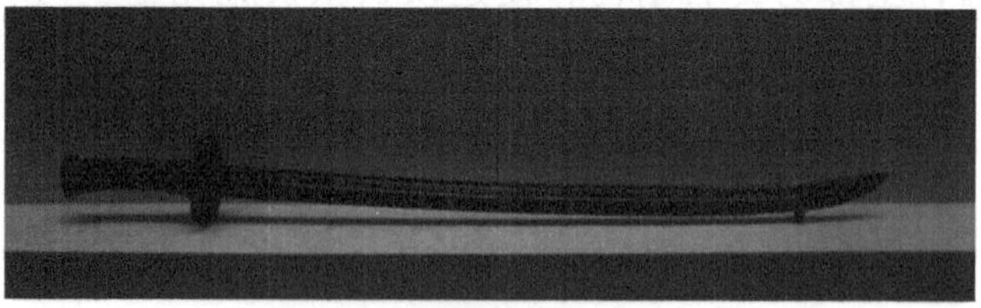

戚氏军刀

发明狼筅

狼筅是戚继光对付倭寇给戚家军所配备的武器之一，长一丈五六尺。明朝的军队在与倭寇交战时，因惧怕倭寇的倭刀而张皇失措。戚继光在长而多节的毛竹顶端装上铁枪头，两旁枝刺用火煅烧，使其有直有勾，再灌入桐油敷上毒药。战斗时倭寇长刀虽锋利，却砍不断软枝竹节。狼筅上的枝端茂盛，持有者冲阵时既能自保，又具有杀伤力，可谓攻守兼备，被称为“刺倭利器”。

狼　筅

发明“虎蹲炮”火炮

戚继光给戚家军装备的火炮又称为“虎蹲炮”，因为其射击的姿势像猛虎蹲坐的样子所以得名。明朝军队重视火器的使用并专门成立了配备火器的部队“神机营”。在与倭寇作战时戚继光发现鸟铳与佛朗机使用起来缺憾极大。鸟铳虽然精准但是杀伤力太弱，而佛朗机虽然有杀伤力但非常笨重不利于扛行。于是戚继光便发明创造了“虎蹲炮”，杀伤力大且便于携带。

虎蹲炮

戚继光不仅是一位军事家，同时也是一名诗人，他的文学造诣也很深。他的《止止堂集》就享有赞誉。《四库全书总目提要》称赞戚继光的诗“格律颇壮”“近燕赵之音”。王士祯将其列为古今名将能诗的十一人之一。

1582年，戚继光把历年所写诗文合编成五卷即《横槊稿》三卷、《愚愚稿》二卷合称《止止堂集》。止止堂是蓟州总理署中戚继光的三间书房也兼办公之用。堂名“止止”取《周易》“大畜”卦意。《止止堂集》以诗为主，也有戚继光“誓戒、祭告、奏凯、悼亡、纪行、赠答”等方面的文章。

戚继光在书法上也颇有造诣。他的书法行笔流畅，个性化的书法艺术，表达整幅作品果敢潇洒，用笔奔放骏爽，挥洒自如，气韵自然，颇受黄山谷书风的影响。其作品透露出的是他内心的沉静与刚毅，棱角分明的粗线条勾画出的正是他不受拘束的气概。戚继光工诗文、善书法，行草笔法娟秀、豪劲、端重，不减晋、宋诸贤气格。

在生活上，相传戚继光比较惧内，现举例如下。一是戚继光被部下所激命亲兵接老婆入军营。帐内众将皆盔明甲亮，手执利刃，一派杀气腾腾，想给其妻一个下马威。不一会儿，其妻抵达营帐，见了这等阵势，却无丝毫恐惧之色反而目光威严，对着戚继光喝道“唤我何事？”戚继光闻言胆战心惊，“扑通”一声跪下说道：“特请夫人阅兵。”二是戚继光架不住部下的怂恿冲入家里，想用利剑吓唬一下老婆，以振夫纲。当时其妻午睡刚醒，立马怒吼：“你拿着宝剑想要干什么？”戚将军吓得浑身哆嗦，宝剑掉地，匆忙应答：“我想给夫人杀只鸡吃。”夫人一听开口说：“以后杀鸡，再不要大声嚷嚷。”戚继光连连称是。三是王夫人所产下的几个孩子都夭折了，于是戚继光背着夫人偷偷地纳了陈姓、沈姓、杨姓三个小妾一共生了5个儿子。本来夫人不知道，一直相安无事。哪晓得有人不慎漏了口风，被妻子知道了，大白天的顺手拿了把刀，要找戚继光算账。听到这个消息的戚继光，在衣服里面穿好铠甲后，就到王夫人的卧室里找她。一见面就号啕大哭，说：“无孝有三，无子为大。”妻子见状也心软了，把刀扔了后也号啕大哭起来。后来从妾生的儿子里过继了一个，作为自己的儿子来养，事情才平息下来。

戚继光在生活上惧内，但在工作中雷厉风行。戚继光斩子的故事一直在闽、浙一带广为流传。据记载，戚继光率领戚家军在海门一带抗倭，一次约三千名倭寇在海门沿海上岸准备去临海、仙居一带抢劫。戚继光命令戚印领兵在双港与城西交界的花冠岩一带埋伏，自己出兵佯败把倭寇引到上界岭，等倭寇全部进入包围圈后，再两军夹击一举全歼。结果戚印年轻气盛交战心切，没等倭寇全部进入包围圈就下令擂鼓冲锋，结果让一部分倭寇逃脱了。戚继光回营升帐，因戚印没按照军令行事，下令推出去斩首。陈大成等将领跪在地上要求从宽处罚，留他一条性命将功赎罪。戚继光不答应，说：“我是一军主帅，如果我的儿子犯了军令可以不杀，以后还怎么带兵，军中的命令还有谁去执行。”于是就在白水洋上街水井口这个地方，戚继光将戚印斩杀。后来当地的百姓怀念戚公子，便在常风岭上为他建造了一座太尉殿。

“戚继光斩子”的故事虽然是虚构的，但是该故事被广为流传民间，艺术家们还将此事改编成闽剧、秦腔等戏曲广为传唱。

刘少奇与皖东人民在一起

1938年秋天，抗日战争形势严峻。上海、南京、徐州、武汉等大城市相继陷落，华中大片国土沦入敌手，惨遭日军铁蹄蹂躏。国民党军队节节败退，纷纷西撤。一时间，华中地区土匪盗贼蜂起，横行乡里；伪军、伪警接踵出现，为虎作伥；广大人民陷入国破家亡的苦难深渊，亟盼中国共产党来领导他们保家卫国。

面对严峻的形势，1939年9月，中共中央派遣刘少奇率中原局机关深入华中敌后，具体指导敌后斗争。经过近两个月的艰难跋涉，抵达皖东。上午9点多钟，刘少奇在支队领导人彭雪枫、张震等陪同下骑一匹枣红马向村庄款款而来。看到欢迎的人群，刘少奇很远就下了马。他身材修长，朴素爽朗，谦逊地微笑着，不停地向人们点头挥手。

从这一天起，刘少奇马不停蹄地在豫皖苏、皖东、皖东北各根据地奔波劳顿，直到1940年10月前往苏北，在近一年时间里，初步完成党中央关于发展华中的战略任务。华中地区尤其是安徽的抗战局面业已开创，时人称之为“江淮春晓”。

皖东革命纪念馆

在新兴集，刘少奇多次听取了豫皖苏边区党政军委员会书记兼新四军游击支队司令员彭雪枫等人有关六支队和豫苏边区工作情况的汇报，并传达了中共六届六中全会关于发展华中的方针。针对豫苏边区群众工作尚未充分开展的情况，刘少奇强调：必须进一步深入发动群众，进行减租减息，积极组织群众，武装群众，建立和改造政权。他还对豫皖苏边区的工作提出了具体规划：首先创造永城、夏邑、萧县、宿县连成一片的根据地，同时建立两块小根据地，再向津浦路东发展，创建苏北根据地。在一次集会上，他深入浅出地讲了发展根据地的方针：打日本要有枪，有了枪还要有个“家”，这个“家”就是抗日民主根据地。

1939年11月下旬，刘少奇一行离开新兴集，经颍上、正阳关，于月底来到皖东定远县新四军江北指挥部，与张云逸、邓子恢等会合。到皖东不久，刘少奇即指示新四军江北指挥部：应在皖东全境、江苏西部，积极开展地方工作，放手发动群众，发展武装力量，创建一个巩固的抗日民主根据地。

然而，建立抗日根据地的过程充满艰辛，首先是日伪军的频繁“扫荡”。皖东根据地刚建立，刘少奇就指出：今后根据地斗争的主要形式是日伪的“扫荡”和我们的反“扫荡”。果不出所料，1939年12月中旬，侵华日军第六师团长谷寿夫纠集南京、明光、蚌埠等地的日伪军2000余人“扫荡”全椒县周家岗及古河地区，“扫荡”的日伪军仗恃其优良的装备，非常疯狂，沿路鸣枪放炮，烧杀掳掠，无恶不作，国民党古河守军李本一部不战而逃。

1939年，国民党安徽省政府主席廖磊死后，李品仙继任。李出身桂系军阀，他忠实执行蒋介石的反共政策，企图与国民党江苏省政府主席、顽固派分子韩德勤相互策应，用武力压迫新四军江北部队南退，安徽尤其是皖东抗战形势日益险恶。

1940年春，争夺皖东的斗争已公开化。3月，国民党制定了围歼新四军的方案。时驻定远县西南杭家圩的国民党安徽省皖北行署主任兼第五战区第十二游击纵队司令颜仁毅率本部及桂军一个营共3000余人从定远南下，驻全椒县古河镇的国民党安徽省第五行政公署专员兼第五战区第十游击纵队司令李本一率桂军先头部队138师2000余人及本部1000余人由古河北犯。两路大军直逼定远县大桥镇，妄图两面夹击，一举消灭我中原局机关和新四军江北指挥部。

定远新四军江北指挥部

然而，在刘少奇领导和指挥下，新四军粉碎了顽固派的进攻，取得了定远、半塔自卫战等大规模反磨擦自卫作战的胜利，也是华中地区首次进行反顽作战取得的胜利，极大地振奋了人心，打开了东进的大门。

1940年4月初，刘少奇、邓子恢率中原局机关和江北指挥部安全跨过津浦路，抵达半塔集。同年4月底，刘少奇北渡淮河，到皖东北和张爱萍等共商创建苏皖根据地事宜，为皖东北根据地的创建指明了方向。7月初，陈毅、粟裕部顶着酷暑渡江北上，然后迅速向泰州以西、扬州以东展开，创建了以黄桥为中心的抗日民主根据地。

不久，豫皖苏、皖东、皖东北、皖中、苏北、淮海、盐阜等根据地已创建起来，经过反"扫荡"、反磨擦战斗的锻炼，新四军实力大大增强，抗日民族统一战线也得到了巩固和发展

永远的忠诚——沈浩

沈浩，原名沈明月，1964年5月，出生于安徽省萧县圣泉乡孙秦庄行政村。1986年6月，铜陵财经专科学校（今铜陵学院）会计专业毕业。1986年7月，加入中国共产党，同年在省财政厅参加工作。先后担任省财政厅副主任科员、主任科员、副调研员。

沈浩生前照片

2004年2月，作为优秀年轻党员干部，他积极响应省委号召，作为全省第二批选派到农村任职干部来到凤阳县小岗村，任小溪河镇党委副书记，小岗村党委第一书记、村委会主任等职务。

2006年年底，沈浩在小岗村任职三年届满，村民强烈要求把沈浩留下来，起草了一份言辞诚恳的挽留信，按下红手印，表达了自己的愿望。98颗鲜红的手印，感动了组织，也感动了沈浩。村民们派了十个代表，按下手印送到安徽省组织部、财政厅要求沈浩留在小岗村，再带领他们干三年。

2009年11月6日凌晨，安徽省滁州市凤阳县小岗村党委第一书记、村委会主任沈浩在小岗村临时租住的房子内去世，年仅46岁。胡锦涛在批示中对沈浩的去世表示沉痛悼念，对沈浩的亲属和小岗村村民表示亲切慰问。应小岗村村民第三次按下红手印强烈请求将沈浩同志骨灰安葬在小岗村公墓。

2009年11月8日，时任安徽省省委书记王金山等看望沈浩同志亲属，并转达胡锦涛总书记的重要批示和亲切慰问。

沈浩在担任小岗村村委员会主任期间，先后为村里修建公路、为散居的二十六户村民集中盖了住宅楼，并在村里成立了大包干纪念馆。依托已建成的80亩葡萄示范园，通过党员的带头示范作用，培育壮大葡萄特色产业，办起葡萄文化旅游节。以市场经济的头脑发展种植、养殖和高效农业，促进小岗村振兴发展。2007年，沈浩争取来资金，全村每户发两万元加盖2层楼房，修复自来水和广播电视等设施，兴建党员活动室、卫生服务中心和档案室。当年，3个居民小区200多户村民入住新居。2008年9月，小岗村幼儿园开班。

2006年，小岗村跻身2005年度“全国十大名村”，沈浩从安徽科技学院首批引进3名大学生到小岗村创业，发展双孢菇生产，先后成立蘑菇、葡萄等产销合作社，不仅给村民们带去先进理念，推广种养技术，也解决了销售难题。2007年5月，沈浩通过招商引资成立小岗村面业。2007年年初，小岗村被授予“安徽省乡村旅游示范点”称号，一个美丽、和谐、富裕、文明的社会主义新小岗重新向世人展示着它独有的魅力。GLG生命科技集团在小岗村创建GLG高科技产业园。

2006年，沈浩在村民大会上提出了酝酿已久的发展思路：把土地集中起来，以“安徽省凤阳县小岗村发展合作社”为龙头，整合资源搞适度规模经营。全村1800亩耕地，扣除前些年办的400亩葡萄园，村民以土地持股的形式成立合作社。

2006年12月19日，小岗村到合肥的长途线路开通。2008年6月，小岗村快速通道正式通车。由于京沪铁路隔开了小岗村与307国道的联系，长期以来，小岗人出行要绕行20多千米。小岗村快速通道正式通车，进出村比原先缩短了20多千米路程。

沈浩在小岗村任职近6年来，始终以党和人民的事业为重，干事创业，勤奋务实，勇于创新，无私奉献，以实际行动践行科学发展观，忠实履行共产党员的神圣职责，在广大干部群众心中竖起了一座巍峨的丰碑。

沈浩同志先进事迹陈列馆

2008年9月30日，中共中央总书记、国家主席胡锦涛同志视察小岗村。胡锦涛同志对沈浩同志说：群众拥护你，这是对你最大的褒奖。

沈浩事迹得到国家领导人高度评价。习近平指出，沈浩同志是深入实践科学发展观活动涌现出来的生动典型，他是我们党员干部的一面镜子，我们所有的党员干部都应该和他对照，想一想应该怎样对待群众，怎样对待组织，怎样对待责任，怎样对待人生。

李源潮对沈浩的评价是：你是一粒种子，深深地埋进这片多情的土地；你是一面旗帜，高高地飘扬在这希望的田野。你把人民捧在心里，人民就把你举过头顶！站起来，你是一尊雕塑，倒下去，你是一座丰碑！

王金山对沈浩的评价是：沈浩是安徽省下派干部的优秀代表，他扎根基层群众、竭诚为民服务，为广大党员干部做出了榜样。他的离去是家庭的一大损失，也是我们干部队伍的损失。我们纪念沈浩，就要把他未完成的事业继续向前推进，团结带领人民群众同心同德、顽强奋斗，把安徽的事情办得更好。

2009年度感动中国人物评选组委会授予沈浩的颁奖辞是：两任村官，六载离家，总是和农民面对面、肩并肩。他走得匆忙，放不下村里道路工厂和农田，对不住家中娇妻幼女与高堂。那一年，村民按下红手印，改变乡村的命运；如今，他们再次伸出手指，鲜红手印，颗颗都是他的碑文。

海协会首任会长汪道涵

汪道涵，原名汪导淮，安徽嘉山县（今明光市）人，中共党员。曾任中共上海市委书记、上海市市长、海峡两岸关系协会会长、中顾委委员等重要职务。

汪道涵1915年出生于安徽嘉山县。1932年，18岁的汪道涵从南京中学（今宁海中学）考入国立交通大学物理系（现西安交通大学），次年3月加入中国共产党，11月底遭国民党逮捕，三个月后被父亲保释出狱并在家乡继续从事革命工作。1937年春，复考入光华大学（今华东师范大学）理学院数理系，插入二年级继续读书。

抗日战争时期，先后担任新四军四支队战地服务团团长、县长、行署副主任、专员、地委委员等职。

1940年后，任淮南嘉山县县长、县委书记，淮南行署副主任，淮南津浦路东专员公署专员，淮南地委财经部部长、行署副主任。1945年后，任苏皖边区政府财政厅副厅长、建设厅副厅长，华中军区、山东军区军工部部长、政委，胶东区行署代主任，安徽省财办主任。

中华人民共和国成立后，任杭州市军事管制委员会副主任兼财经部部长，浙江省财办副主任、省财政厅厅长兼商业厅厅长，华东军政委员会工业部部长。1952年后，任第一机械工业部副部长、对外经济联络委员会常务副主任。

“文化大革命”期间遭受迫害。1978年后，任对外经济联络部副部长，国家进出口管理委员会、外国投资管理委员会副主任。1980年后，任上海市委书记、副市长、代市长、市长。1985年任上海市政府顾问。同年12月28日上海市台湾研究会诞生，他又被一致举荐为名誉会长。1985年，美国塔夫茨大学授予他公共管理学名誉博士称号，以赞扬他在上海市长任内的政绩。芝加哥市授予他荣誉市民称号。1991年12月16日海峡两岸关系协会在北京成立，年高德劭的汪公被推举为会长。1993年4月，与台湾海峡交流基金会董事长辜振甫在新加坡举行汪辜会谈，为两岸关系的发展做出了贡献。1993年11月被推选为第九届上海市工商联名誉会长。

汪道涵2005年12月在上海逝世，享年90岁。汪道涵生平最大嗜好就是“逛书店”。上海的大大小小的书店里，经常可见到这位平易近人的市长的身影。他喜欢买书，文学评论、历史专著、名人传略、音乐美术、科技专著、经济理论，古今中外，无所不包。他有句名言：“读书就是生活。”他的办公室和家里堆满了书籍，每每工作至深夜，回家还要从床头的“书山”中取一册看看，有时至凌晨仍手不释卷。汪道涵为人儒雅，无论什么时候，他总是一身笔挺的西装革履，银发光亮整齐，有着学者睿智的风度，虽届古稀之年，却精神矍铄、红光满面、笑容可掬。

汪道涵的一生是革命的一生，他把毕生精力都献给了中国革命和建设事业，在退休后他关心台湾问题，致力于实现祖国和平统一大业。

濯　莲

一代文豪吴敬梓

吴敬梓是清代最伟大的小说家之一，字敏轩，号粒民，因家有“文木山房”，所以晚年自称“文木老人”，又因自家乡安徽全椒移至江苏南京秦淮河畔，故又称“秦淮寓客”。吴敬梓生于清康熙四十年（1701），卒于清乾隆十九年（1754），享年54岁，其中在全椒生活23年。他出身于仕宦名门，小时候受到良好教育，对文学创作表现出特别的天赋，及至成年，因为随父亲到各处做官而有机会见识了不少官场内幕。吴敬梓22岁时，父亲去世，家族内部因为财产和权力而展开了激烈的争斗。吴敬梓生性豪迈，但不善经营，不几年，家产挥霍俱尽，时或至于绝粮。雍正十三年（1735）移家金陵，为文坛盟主，晚年，客扬州，尤落拓纵酒，后卒于客中。

吴敬梓故居

吴敬梓一生创作了大量的诗歌、散文和史学研究著作，有《文木山房诗文集》十二卷，今存四卷。不过，确立他在中国文学史上的杰出地位的，是他创作的长篇讽刺小说《儒林外史》。该书中《范进中举》一文还被选入语文教材。

《儒林外史》是我国文学史上一部杰出的现实主义的章回体长篇讽刺小说。鲁迅先生评为“如集诸碎锦，合为帖子，虽非巨幅，而时见珍异”。冯沅君、陆侃如合著的《中国文学史简编》认为“大醇小疵”。全书故事情节虽没有一个主干，可是有一个中心贯穿其间，那就是反对科举制度和封建礼教的毒害，讽刺因热衷功名富贵而造成的极端虚伪、恶劣的社会风习。这样的思想内容，在当时无疑是有其重大的现实意义和教育意义的。加上它那准确、生动、洗练的白话语言，栩栩如生的人物形象塑造，优美细腻的景物描写，出色的讽刺手法，艺术上也获得了巨大的成功。当然，由于时代的局限，作者在书中虽然批判了黑暗的现实，却把理想寄托在“品学兼优”的士大夫身上，宣扬古礼古乐，看不到改变儒林和社会的真正出路，这是应该加以批判的。

《儒林外史》是我国古代讽刺文学的典范。吴敬梓对生活在科举制度下的封建文人群像的成功塑造，以及对吃人的科举、礼教和腐败事态的生动描绘，使他成为我国文学史上批判现实主义的杰出作家之一。《儒林外史》不仅直接影响了近代谴责小说，而且对现代讽刺文学也有深刻的启发。现在，《儒林外史》已被译成英、法、德、俄、日等多种文字，成为一部世界性的文学名著。

全椒吴敬梓纪念馆

后人为了纪念吴敬梓，在他的出生地全椒建立了“吴敬梓纪念馆”，在南京秦淮河畔桃叶渡建立了“吴敬梓故居”。

一代忠良鲁肃

鲁肃（172—217），字子敬，临淮郡东城县（今安徽定远）人，中国东汉末年杰出战略家、外交家。鲁肃出生于一士族家庭，幼年丧父，由祖母抚养长大。他体貌魁伟，性格豪爽，喜读书，好骑射，常召集乡里青少年练兵习武。

东汉末年，宦官专权，横征暴敛，豪族大地主疯狂兼并土地，农民大量逃亡，成为流民。在这民不聊生的情况下，184年爆发了黄巾起义，东汉王朝受到毁灭性的打击。东汉王朝在镇压农民起义的过程中，各地封建割据势力不断扩大，群雄四起，天下大乱。此时的鲁肃不仅不治家事，相反大量施舍钱财，卖出土地，以周济穷困，结交贤者。为此，深受乡民拥戴。

当时周瑜任居巢长，闻鲁肃之名，带数百人来拜访，请他资助一些粮食。当时，鲁肃家里有两个圆形大粮仓，每仓装有3000斛米，周瑜刚说出借粮之意，鲁肃毫不犹豫，立即手指其中一仓，赠给了他。经此一事，周瑜确信鲁肃是与众不同的人物，主动与他相交，两人建立了牢不可破的朋友关系。

当群雄相互争夺的混战将要扩展到鲁肃家乡时，为了避害，鲁肃举家迁居东城。当时的东城，为袁术的辖地。袁术闻其名，请他出任东城长。但鲁肃发现袁术部下法度废弛，很难成其大事，率百余人南迁到居巢投奔周瑜。南迁时，他让老弱之人在前，自率敏捷强悍的青年在后。袁术得知鲁肃迁居，急速赶来阻拦。鲁肃排开精壮人等，张弓搭箭，对追兵说：“你们都是男子汉，应该明白大势。方今天下纷纷离乱，有功得不到赏赐，无功也受不到责罚，为何要逼迫我呢?”说着，命人将盾牌立在地上，远远开弓射去，箭把盾牌都射穿了。追兵一方面觉得鲁肃的话有道理，一方面估计凭自己的力量也奈何不得他，只好退回。鲁肃顺利到达居巢。

不久，周瑜东渡长江，投奔孙策，鲁肃与他同行，把家留在了曲阿。见到孙策后，孙策很赏识鲁肃。后来，鲁肃的祖母去世，他回东城办理丧事。

刘子扬是鲁肃的好友，写信给他，信中说：“当今天下豪杰蜂起，凭你的资质才干，尤其适宜于当今社会形势。你还是赶快回去接走双亲，不可滞留东城。现今郑宝这个人，在巢湖拥有10 000多士兵，占据富饶的地区，庐江郡许多人都前往依附他，何况我们这些人。看他的趋势，还会广聚更多的人众，机不可失，你应该速去那儿。”

鲁肃同意了刘子扬的意见，安葬完祖母，返回曲阿，当即整顿行装，欲投奔郑宝。正巧周瑜已经把鲁肃的母亲接到了吴郡，鲁肃去见他，把刘子扬的建议和自己的打算都对他说了。时孙策已经去世，孙权仍住在吴郡。周瑜劝鲁肃留下来，他说：“过去马援答复光武帝说过，‘当今时势，不仅君主可以选臣下，臣下也可以选择君主。’如今孙权亲信贤人智士，接纳奇才异能，况且我听说古代哲人的神秘论证，接承天命替代刘氏者，必定起于东南，推算历数观察形势，最终会建造起帝王基业，与天命相符合，也正在东南。现在正是有识有志之士归附英杰的时代。我正领悟到这个道理，你不必把刘子扬的话当作一回事。”

鲁肃从其言。周瑜马上向孙权推荐鲁肃，说他有才干，可为辅佐之臣。并且建议孙权应该多方搜罗鲁肃这样的人才，以成就大业，不能让他们流散外地。

鲁肃墓

孙权立即约见鲁肃，与其交谈，非常高兴。等在场宾客起身退出时，鲁肃也告辞而出。但不一会儿，鲁肃又被孙权悄悄领了回来，合榻对饮。孙权对鲁肃说："当今汉室如大厦即倾，四方纷乱不已，我继承父兄创立的基业，企望建成齐桓公、晋文公那样的功业。既然您惠顾于我，请问有何良策助我成功？"鲁肃回答说："过去汉高祖耿耿忠心想尊崇义帝而最后无成，这是因为项羽加害义帝。如今曹操，犹如过去项羽，将军您怎么可能成为齐桓公、晋文公呢？以鲁肃私见，汉朝廷已不可复兴，曹操也不可能一下子就被除掉。为将军考虑，只有鼎足江东，以观天下变幻形势。天下局势如此，据有一方自然也不会招来嫌猜忌恨。为什么呢？因为北方正是多事之秋。您正好趁这种变局，剿除黄祖，进伐刘表，尽力占有长江以南全部地方，然后称帝建号以便进而夺取天下，这犹同汉高祖建立大业啊！"孙权又说："我如今尽一方之力，只是希望辅佐汉室而已，你所说的非我所能及。"

张昭认为鲁肃不够谦虚，多次非议、诋毁他，说他年少粗疏，不可重用。孙权却对鲁肃另眼相看，非常器重。他厚赐鲁肃，使鲁家的富有程度达到了一定水平。

鲁肃尽力辅佐孙权，每遇大事，他都参赞谋划，且思深虑远，有过人之明。

208年，孙权命甘宁西攻江夏，斩太守黄祖，进而准备夺取荆州。

曹操本无暇南顾，如今见孙权攻取江夏，唯恐其攻取荆州，养成羽翼。于是在七月份开始南征，集结大军于南阳。

同年八月，刘表病死。鲁肃向孙权进言：荆楚之地与我们江东邻接，顺水而往可达北方，外连江、汉，内隔山陵，有如金城坚固，沃野万里，人民富足，如果占有这块地盘，就是打下了建立帝王之业的基础。如今刘表刚刚去世，两个儿子素来不和，军中的将领也由此分为两派。加之刘备是天下枭雄，与曹操存在矛盾，寄身在刘表那里，刘表嫉妒他的才能而不敢重用。如果刘备与刘表的儿子们协力同心，上下合力，我们则应该安抚他们，与他们结盟友好；如果他们之间离心离德，我们就应另作打算，以成就自己的大事。我请求奉命前往荆州吊唁，并慰劳荆州军队中的将领，以及劝说刘备安抚刘表的部下，同心一意，共同对付曹操，刘备一定乐于从命。如果这件事处理得好，则天下就可以平定了。现在如不速去荆州，恐怕让曹操赶在前面了。说完，鲁肃提出代表孙权去荆州吊丧，了解情况。孙权批准了他的请求。

鲁肃刚到夏口，闻曹操已向荆州进兵。鲁肃日夜兼程，等他到了南郡，刘表的儿子刘琮已经献出荆州降曹，刘备准备南撤渡江。鲁肃当机立断，去找刘备，和刘备共论天下形势刘备听了鲁肃的分析，决定并力抗曹。这时诸葛亮正跟随着刘备，鲁肃对诸葛亮说“我是你哥哥的朋友”，两人当即结下交情。刘备率部进驻夏口（今湖北汉口），派诸葛亮随鲁肃去柴桑（今江西九江西南）会见孙权。

孙权得知曹操准备渡江东侵，召集众位将领商议，将领们都劝孙权降曹。唯鲁肃不发一言。

孙权起身如厕，鲁肃跟到屋檐之下。孙权知他要单独表述意见，就拉着他的手说：“你想说什么？”鲁肃回答说：“刚才观察众人议论，都是想让您失误，不足以与他们共谋大事。当今我鲁肃可以迎接曹操，对于将军来说却不能。为什么这么讲？如今我迎降曹操，曹操理当送我回到故乡，品评我的声名地位，总还能做个小官，乘牛车，有随从，交游士大夫，慢慢升迁上去，也少不了做个州郡长官。而将军您迎降曹操，将把您作如何安置呢？希望您早定大计，再莫听取众人的议论。”孙权听完，叹息道：“这些人的主张，深深让我失望，现在你阐明长远大计，正与我的想法一致，这是上天将你赐给我啊！”

此时周瑜正在外地，鲁肃劝孙权将他召回。周瑜归来，更坚定了孙权的抗曹决心。孙权授权周瑜，让他主持战事，任命鲁肃为赞军校尉，帮助周瑜出谋划策。终于在赤壁大败曹军。

大战结束，鲁肃先行归来。孙权聚集众将，大张旗鼓地迎接他。鲁肃进殿拜见孙权，孙权起身向他示敬，并对他说：“子敬，我扶鞍下马迎接你，足以表彰你的功劳吧。”鲁肃趋前几步，摇头说：“未能够。”众人闻之，无不愕然。鲁肃就座后，才徐徐举鞭说：“我希望至尊的威德遍及四海、总括九州，完成帝王大业，再用软轮小车召见我，这才算显扬我。”孙权听后，抚掌大笑。此后愈加倚重鲁肃，把他称作自己的邓禹。

赤壁之战后，刘备派人谒见孙权，请求借荆州。吕范等将领劝孙权扣留刘备，周瑜在外地，也上疏陈说此意。唯鲁肃从全局考虑，劝孙权把荆州借给刘备，以孙刘联合，共同抗曹。鲁肃说：“您（孙权）固然神武盖世，但曹操的势力太大了。我们刚刚占有荆州，恩德信义尚未广行于民众。如果把荆州借给刘备，让他去安抚百姓，实是上策。因为这样一来，曹操多了一个敌人，我们多了一个朋友。”孙权同意了鲁肃的主张。曹操闻孙权借荆州给刘备的消息时，正在写信，震惊之下，落笔于地。

周瑜病危，写信给孙权，推荐鲁肃代替自己。信中说：“当今天下，正值混乱多事，这正是我日夜忧心的事，愿陛下预先考虑尚未发生的事，然后才想到安逸享受。现在既然与曹操作对，刘备近在公安，边境附近的百姓尚未归附，应当用良将前往驻守镇抚。鲁肃的智谋才略足以胜任，请求起用他来接替我。我死之日，也就没有牵挂的事了。”孙权采纳了周瑜的建议，当即任命鲁肃为奋武校尉，接替周瑜统领部队。周瑜私属部队四千多人，以及原来的奉邑四县，全都转归鲁肃所有。鲁肃开始时驻守江陵，后移兵下驻陆口。威望恩义，大行于众，部属增加万余人，被任命为汉昌太守、偏将军。

214年，随孙权攻破皖城，改任横江将军。

在此之前，益州牧刘璋法度纲纪颓败废弛，周瑜、甘宁等人曾劝孙权借机攻取蜀地。孙权就此事征询刘备的意见，刘备心中有自己的打算，假意对孙权说：“我与刘璋托名为皇族后裔，希望借助先人英灵，以匡救汉室。如今刘璋得罪了大家，我独自心内惊惧不安，不敢听说攻取蜀地的话语，希望您对他实行宽恕。如果这个请求没有得到答复，我当披散头发归隐山林。”孙权答应了刘备的请求。然而，后来刘备却向西进军，图谋吞并刘璋，留关羽镇守荆州。孙权明白刘备的意图后，勃然大怒，骂道：“狡猾的东西竟敢耍弄诈术！”对刘备深为不满。

这时鲁肃与关羽邻界统兵，疆土犬牙交错，多次发生摩擦。鲁肃顾全大局，总是以友好的姿态安抚双方。

刘备平定益州，孙权请刘备归还荆州中的长沙、零陵、桂阳三郡。刘备不肯。孙权派吕蒙率军进取，长沙、桂阳二郡望风归附，唯有零陵太守郝普坚守不降。刘备得知，亲自引兵50 000从成都赶回公安坐镇，派关羽率军30 000争夺三郡。孙权也从秣陵进驻陆口，派鲁肃率领10 000人屯守益阳，和关羽对抗。

鲁肃为了大局，邀请关羽相见，提出各自将兵马布置在百步以外，只有将军们各带单刀赴会。鲁肃做出决定后，他部下将领怕出变故，劝鲁肃不要轻蹈险地。鲁肃毫无畏惧，他说："事到今日，应该把话说清。刘备辜负国家，是非尚未论定。关羽又能怎么样呢？"毅然赴会。

会上，鲁肃数次指责关羽："我们江东真心诚意将土地借给你们，是因为你们兵败远方而来，没有立足之地。现在已经得到益州，既然没有奉还荆州意思，那么就只求你们归还三郡，而你们还不从命。"鲁肃话音未落，荆州方面的一将说："说到土地，只有仁德之人才能占有，哪来一家永远占住不放的道理！"鲁肃当即大声呵斥，辞色严厉。关羽此时也操刀而起，对那人说道："这些自然是国家大事，你知道什么！"用眼光示意那人离去。

单刀会没有结果，双方僵持不下，战争一触即发。时曹操进攻汉中，刘备害怕失去益州，派人跟孙权讲和。双方议定，以湘水为界，平分荆州。江夏、长沙、桂阳三郡属孙权，南郡、武陵、零陵三郡属刘备。孙、刘休兵罢战。

217年，鲁肃病逝，孙权亲自为其操办丧事，并参加了他的葬礼。诸葛亮也为他举哀。孙权始终不忘鲁肃在东吴政权创立过程中所起的重要作用。在他称帝登坛祭天时，他对公卿们说："昔鲁子敬尝道此，可谓明于事势矣。"鲁肃遗腹子鲁淑长大后，历任昭武将军、都亭侯、武昌督、夏口督，他治军严整，有才干，病逝后，由其子鲁睦承袭爵位并统领兵马。

革命英雄王超

王超（1921—1945），原名王怀奎，来安县施官乡周桥村人，少年时在家乡私塾读书，1938年入来安县县立初级中学学习。1939年回乡后在耿郢教书。其时，在新四军的感召下，他为抗日斗争做了大量工作，不久便加入了中国共产党。

1940年夏至年底，他接受了抗日民主政府在彭岗铺开办的干部训练班的培训，培训结束后被分配到埝塘乡任乡长，后又调到中所乡任指导员。1943年中共来六办事处成立后，他被调任交通站站长。1945年春夏之际，他参加了办事处在竹镇张王郢举办的整党整风学习班，学习结束后被分配到刚开辟的水口区任中共水口区委委员。

日本宣布投降后，王超积极响应中共中央“争取东北”的号召，加入了挺进东北的干部队伍。1945年10月，他抵达沈阳，先被分配在齐齐哈尔工作，后被调至中共白城地委。同年11月，他担任了中共安广县委第一任书记，兼任东北人民自卫军安广县独立团政治委员。

1945年12月1日深夜，安广县独立团某连连长毛贵生突然发动武装叛变，包围了独立团团部所在地。王超在指挥突围时，被叛敌机枪射中倒地。他由于伤势过重，在被送往医院的途中停止了呼吸。叛乱被平息后，中共安广县委为王超举行了葬礼。王超的灵柩最初安葬在安广县东门外。1950年，安广县烈士陵园建成后，县人民政府以隆重的仪式将王超的遗骨移葬到烈士陵园。

艺　术

美　丽

凤　画

凤画，即凤凰画，是安徽省凤阳县一带流传的汉族民间绘画形式，已有600余年的历史，现为安徽省非物质文化遗产项目之一。凤凰多以凤凰为主题，象征吉祥、幸福，一般绘制成中堂形式于春节时张挂。

据传明代初年朱元璋做了皇帝，便将家乡濠州改为凤阳府。自古以来，人们对凤凰总报有神秘与崇敬之情，所谓“凤凰衔书”是帝王受命于天的祥瑞，“凤鸣朝阳”喻贤才遇时而起或稀世之瑞等。传说中又有“雄为凤、雌为凰”之说，转为“帝为阳凤”，所以朱元璋将家乡改为“凤阳”，实有自喻受命于天的意思，而凤阳人画凤画除了象征幸福、和谐、吉祥之外，也有这层将凤凰与皇权观念结合起来的涵义。为了说明朱元璋做皇帝乃“天意”，有人就根据“凤凰不落无宝之地”的传说，编造出“凤阳南乡朱元璋母亲的葬身处，在明朝开国的500年前，曾降落过一只凤凰”的神话。后来民间绘画艺人根据传说中的凤凰的起落形态，创造了凤凰美妙多姿的艺术形象。

凤画在画诀上有“蛇头龟背，九尾十八翅，鹤腿鸡爪如意冠”之要领。凤画属于“重彩工笔画”，以画凤凰为主，翎毛花卉为辅。传说中的凤画其造型、配色、衬景都有一套固定的程式。凤画按色彩分类有三种：即全彩凤画、素彩凤画、全水墨凤画。

全水墨凤画

明初，朱元璋于凤凰山之阳营建中都皇城，定家乡名为“凤阳”，使凤阳成为“龙凤之乡”，象征着吉祥如意的凤画得以广泛流传。晚清时凤画最为兴盛。过新年时，皇宫内都悬挂着凤画以示吉祥。由于凤画成为贡品，凤画生意更加兴隆。外国传教士回国时也曾带往本国收藏转卖。

素彩凤画

凤画昌盛时期，从事绘画的人，大多聚居于府城的东街，该街也因此而称为“凤画街”。

改革开放以来，在老艺人、文化工作者及业余爱好者的共同努力下，创作了一大批具有时代精神及新内容的凤画精品，部分作品分别在国家、省、市主要报刊上介绍发表，多次参加国家、省、市美展并获奖，还进入艺术市场，被各界人士收藏及远销海外。中央新闻电影制片厂曾专题制作影片及地方电视台多次录制专题片播放。展望未来，凤画事业定会前程似锦，凤凰会更高地翱翔。

2006年12月，凤画入选我省第一批省级非物质文化遗产名录。

天官画

天官画是安徽天长的汉族传统工艺美术品，起源于17世纪60年代，距今已有350多年历史。350多年来，天长天官画经过历代艺人的不断传承，相继经历了三个发展阶段，逐渐形成了独特的程式和风格，具有自己独有的特点。

天官画，画材为白棉布和宣纸，有大色画、小色画、墨色画之分。画法上，一是吸取工笔画技法（勾线），二是兼蓄木版年画的通俗风格和技法（平涂法），三是吸收佛、道两教绘画的色彩（单元色为主），四是吸纳历代壁画的画风，极富装饰味，深受大众所喜爱。

天官画

形式上，天官画有天官像、堂神、五堂、三堂等。除此还有赐福天官、招财天官、消灾天官、太平天官、送子天官、进宝天官、镇宅天官、水上天官等数十种，仅招财天官的题材又分出许多种类，如监察财神、镇宅财神、聚宝财神、金鞭财神、三路财神、九路财神、水路财神等。内容上，主要宣扬人间真、善、美，反映百姓祈盼平安、吉祥、富裕、幸福的心灵诉求。天长天官画广泛应用于居家悬挂、门市开张、新居落成、车辆出行、渔船出航、生儿育女、堂会续家谱等，表达了一个共同的主题，即广大劳动人民对现实生活的美好愿望。

天长天官画对于中国民间绘画艺术研究具有重要的参考价值。

鱼骨画

鱼骨画产生于20世纪90年代，是将形态各异的鱼骨，不做任何改变的情况下，粘贴于画面上，依型入画，依意组画，即“遵其意，保其神韵；仿其型，保天然美；画随骨，不失特色”。整个画面中，既能显示鱼骨天然奇特之美，又可显示被组合成的画面所独有的风格和艺术特色。

鱼骨画一是取鱼骨的形作画，二是以意境作画。先构思，然后再寻找合适的鱼骨。鱼骨有不同的造型和色彩，不动刀、不用笔，以鱼骨天然形状来构思，这样的作品才是满意的作品，才是敢拿出来展示的作品。

鱼骨画作之《月上柳梢头》

用鱼骨作画需要精心收集来的鱼骨经过清洗、晒干、构图后再加以巧妙的构思，可以说是“别有韵味”。制作上首先要从各种鱼身上提取出一个个完整的鱼骨件，再将这些骨件进行除油、防腐、增白、烘干等技术处理，方可作为作画的材料。一般从鱼的头部便可提取出约120个骨件，再加脊梁骨、肋骨、分水、浆水和尾骨等处，一条鱼不分大小，一般都可细心提取出近200个完整的骨件。提取出的骨件要放入适量盐或碱，经加温除油，再用防腐剂浸泡，以防变色、变质或腐烂；然后进行清洗，用增白剂增白，放于阴凉通风处晾干，冬日可放于暖气上蒸干。

鱼骨画最小的只有20厘米左右，最大的有3.3×1.3米。题材有花卉、动物、风景、昆虫、人物等。作品构图巧妙，错落有致，手法细腻，立体感强。如用鳞片绘制的梅花、葡萄，肋条骨绘制的兰草，鳃边条和脊梁骨绘制的竹子，鱼下嘴骨及脑盖骨绘制的菊花等，都以其天然的白色和鱼骨原貌的特异幽雅展现于画面上，给人以形象生动逼真和天然奇特之美感。

精　湛

凤阳花鼓

凤阳花鼓与花鼓灯、花鼓戏并称“凤阳三花”。凤阳花鼓主要分布于凤阳县燃灯、小溪河等乡镇一带。其曲艺形态的表演形式是由一人或二人自击小鼓和小锣伴奏，边舞边歌。历史上艺人多以此为出门卖艺的手段，凤阳花鼓因此而传遍大江南北。清康熙、乾隆年间，许多文人的诗文记录了凤阳花鼓表演时载歌载舞的热闹场面。清中期以后，舞蹈因素逐渐从民间的凤阳花鼓中淡出，仅剩下唱曲部分，分为“坐唱”和“唱门头”两种形式。

凤阳花鼓表演

凤阳花鼓是根植于凤阳民间的戏曲艺术瑰宝，有凤阳“一绝”之美称，被誉为“东方芭蕾”，2006年凤阳花鼓入选国家非物质文化遗产名录。

相传，朱元璋建立明朝，徙江南巨户到凤阳府。由于凤阳府地区人口激增，灾荒也不断，导致这些迁徙的江南巨户希望回到江南，但朱元璋严禁他们离开凤阳府，所以他们想出了假扮卖艺、以打花鼓唱曲为生的方式离开凤阳府。又因明清两代，由于凤阳府（今皖北地区）一带是“三年恶水三年旱、三年蝗虫灾不断”的长年灾区，每年秋后都有成群结队的妇女外出卖唱乞讨。同时也有身背花鼓流落各地卖唱的职业艺人。明末流传范围继续扩大，表演盛况空前。清末，凤阳花鼓流传更广，有的甚至漂洋过海到东南亚一带活动。

乾隆年间，有人将二人演唱的凤阳花鼓改编为凤阳花鼓歌舞，在宫廷中为皇帝演出。乾隆年间编纂的《霓裳续谱》一书中就收录了《花鼓献瑞》《鼓乐呈祥》等歌舞节目。到了20世纪30年代，凤阳花鼓在唱片中广为流传。上海的“百代”“得胜”“大中华”等唱片公司制作了大批凤阳花鼓唱片。在中华人民共和国成立后摄制的《大路》《拉郎配》《巨澜》《鼓乡春晓》等影片中，均出现过凤阳花鼓的表演场面。

改革开放以后，凤阳花鼓的形式和内容也随之起了很大变化。凤阳花鼓成了凤阳人自娱自乐的工具。花鼓演唱在城乡更加普及，凡是遇到喜事，或接待宾客，凤阳人总要热情表演一番，以表达欢乐的心情。一直以来，凤阳县的孩子们还在节庆时跳这一地方特色的舞蹈，保持着古城的特色。花鼓的打法、舞步、花势、演唱等融入了现代歌舞的技巧，在保持浓郁的地方特色的同时，形式更加活泼多样，气氛更加热烈欢快，凤阳花鼓的名声也越来越大。凤阳民间花鼓艺术团体多次参加全国及省市民间艺术表演和比赛活动，参加多部影视片的拍摄，并在全国获奖。凤阳花鼓还走出国门，到日本表演，获得赞誉。2010年上海世博会期间，凤阳花鼓还参加了上海世博会安徽周巡演。

凤阳花鼓

如今，凤阳花鼓受到了市场经济大潮的冲击，为抢救性保护这一艺术瑰宝，凤阳当地政府实施了凤阳花鼓艺术保护工程，成立了凤阳花鼓研究会和凤阳花鼓乡艺术团，组建凤阳花鼓艺术学校，筹建凤阳花鼓艺术博物馆，组织凤阳花鼓民间艺人及其专业创作艺术家对花鼓进行深度研究、搜集和整理，滁州城市职业学院教育系也开设了凤阳花鼓课程，培养了一批又一批凤阳花鼓人才。

为了弘扬凤阳花鼓，发展滁州旅游，第一届中国·凤阳花鼓文化旅游节在2006年9月12～19日在花鼓之乡安徽凤阳举行。之后，第二届、第三届也都在凤阳举行。

剪　纸

剪纸，又叫刻纸，是一种镂空艺术，是中国最古老的民间艺术之一，其在视觉上给人以透空的感觉和艺术享受。剪纸的载体可以是纸张、金银箔、树皮、树叶、布、皮革等。

剪纸在中国农村是历史悠久并且流传很广的一种民间艺术形式。这种民俗艺术的产生和流传与中国农村的节日风俗有着密切关系，逢年过节或新婚喜庆，常常会贴“囍”字，人们把美丽鲜艳的剪纸贴在雪白的墙上或明亮的玻璃窗上、门上、灯笼上等，节日的气氛便被渲染得非常浓郁喜庆。剪纸艺术是汉族传统的民间工艺，它源远流长，经久不衰，是中国民间艺术中的瑰宝，已成为世界艺术宝库中的一员。那质朴、生动有趣的艺术造型，有着独特的艺术魅力。其特点主要表现在空间观念的二维性、线条与装饰、写意与寓意等许多方面。

剪纸的内容很多，寓意很广。祥和的图案企望吉祥避邪；娃娃、葫芦、莲花等图案象征多子；家禽家畜和瓜果鱼虫等因与农民生活息息相关，也是剪纸表现的重要内容。作为民间艺术的剪纸，具有很强的地域特点：陕西窗花风格粗朴豪放；河北和山西剪纸秀美艳丽；宜兴剪纸华丽工整；南通剪纸秀丽玲珑。滁州的剪纸在全国来说虽然不具有代表性，但艺人技艺娴熟，其中以定远、明光、天长剪纸最具代表性。虽然制作简便，造型单纯，但由于其能够充分反映百姓的生活内涵，具有浓郁的民俗特色，是滁州农村喜闻乐见的一种艺术形式。

剪纸技艺起源于西汉之后，唐代有了进一步的发展，宋代造纸业成熟，纸品名目繁多，为剪纸的普及提供了条件。南宋时期，已经出现了以剪纸为职业的行业艺人。据宋人周密《武林旧事》中记载，此时杭州的剪纸多达上百种。其中就专门有“剪镞花样”者，有的善剪“诸家书字”，有的专剪“诸色花样”。

民间还采用剪纸的形式，用驴、牛、马、羊等动物的皮雕刻成皮影戏的人物造型；蓝印花布工艺制作的镂花制版是用油纸板雕镂成纹，刮浆印花的花版纹样就是采用剪纸的技法，有阴、阳刻之分，长线要割断，以点分虚实。

明、清时期剪纸手工艺术走向成熟，并达到鼎盛时期。民间剪纸手工艺术的运用范围更为广泛，凡民间灯彩上的花饰、扇面上的纹饰以及刺绣的花样等，无一不是利用剪纸作为装饰再加工的。而更多的是中国民间常常将剪纸作为装饰家居的饰物，美化居家环境，如窗花、柜花、棚顶花等都是用来装饰门窗、房间的剪纸。

滁州的剪纸在明朝中后期开始发展起来，改革开放以后由于商品经济的冲击曾一度低迷，如今在地方各级政府的大力扶植下又重新发扬光大。

滁州剪纸可分为单色剪纸、彩色剪纸、分色剪纸、填色剪纸、木印剪纸、喷绘剪纸、勾绘剪纸、彩编剪等。

单色剪纸

单色剪纸是剪纸中最基本的形式，由红色、绿色、褐色、黑色、金色等颜色剪成，主要用于窗花装饰和刺绣的底样，主要有阴刻、阳刻、阴阳结合三种表现手法。折叠剪纸、剪影、撕纸等都是单色剪纸的表现形式。

单色剪纸作品

彩色剪纸

随着剪纸表现形式的探索和发展，彩色剪纸的形式和技法在逐渐增多，有点染、套色、分色、填色、木印、喷绘、勾绘和彩编等。诸种形式各有自己的特色和独到之处：点染剪纸滋润、装饰性强；套色剪纸脆利、色块鲜亮；分色剪纸分色截然、色感丰富；填色剪纸则单纯、洁净、鲜明，均给人不同的感受。

彩色剪纸作品

分色剪纸

分色剪纸有的也称为剪贴剪纸，是两种或两种以上单色剪纸的组合拼贴，基本上属于单色剪纸。它是用剪好的不同颜色形状的纸拼成一个画面。拼贴组合时要注意颜色之间的协调性，不宜过于琐碎。也有一种是将剪纸分成主纹和底纹，然后以底衬托主纹，交错重叠拼贴的。如一幅剪纸中天空是蓝色，云是白色，地是草绿色，骆驼是赭石色，分别剪好后，拼贴在一起，这种剪纸鲜丽明快，装饰性很强。

分色剪纸作品

填色剪纸

填色剪纸亦称笔彩剪纸，着色时运用笔绘。具体做法是，将黑色剪纸贴到白衬纸上，用笔在线条轮廓内涂绘。平涂效果与套色剪纸相似，只是手法不同。填色后可出现浓淡变化和自然晕出的效果。注意用笔不要呆板和反复涂改，可充分利用自然浸开的效果。

填色剪纸作品

木印剪纸

木印剪纸是印刷与剪刻相结合的一种剪纸形式，其方法有的在木刻印刷即“开相”后再镂刻，有的在木版印好的剪纸上再染色，还有的直接印刷成剪纸效果直接贴用。木印剪纸近似民间木版年画，可大量制作，多用于表现戏曲人物和神话故事的题材，与纯刻纸相比有更强烈的表现力，但不及点染刻纸那样完美自然。

木印剪纸作品

喷绘剪纸

喷绘剪纸是经喷笔（喷枪）喷染成的剪纸，可喷在衬纸上，也可喷在裱好的剪纸上。喷笔喷出的雾点，有特殊效果，像薄雾、晨露、霜雪、雨珠。点有大小、疏密之分。

喷绘剪纸作品

勾绘剪纸

勾绘剪纸是剪纸与绘画相结合的一种形式。一种以剪刻为主，兼用毛笔勾绘细部，也有全用线条勾出画面，然后用剪刀将空白处镂空；另一种是用金箔纸刻出花纹的大体轮廓，使某些局部空白，并适当勾以线条。由于它是剪画结合，很多细部可以直接用笔画出。剪画结合可以产生一种新的意趣，既使用了绘画技法，又保留了剪纸的独特性。

勾绘剪纸作品

彩编剪纸

彩编剪纸是一种编剪并用的剪纸类型。就是用各种色彩的纸条，经过不同的裁剪和编织，组成各种几何图案及花卉、动物、人物等。其线条明快、构图别致，除了具有装饰作用外，还具有广泛的实用价值，可用于席编、筐编、刺绣、儿童手工等。

彩编剪纸作品

滁州民间剪纸善于把多种物象组合在一起，并产生出理想中的效果。无论用一个或多个形象组合，皆是“以象寓意”“以意构象”来造型，而不是以自然形态来造型，同时，又善于用比兴的手法创造出来多种吉祥物，把约定俗成的形象组合起来表达自己的心理。追求吉祥的喻意成为意象组合的最终目的之一。

滁州剪纸之所以能够得以长久广泛地流传，纳福迎祥的表现功能是其主要原因。地域的封闭和文化的局限，以及自然灾害等逆境的侵扰，激发了人们对美满幸福生活的渴求。人们祈求丰衣足食、人丁兴旺、健康长寿、万事如意，这种朴素的愿望，便借托剪纸传达出来。

定远花布印染技艺

由于池河是滁州市定远县古镇之一，水陆交通便利，也是能工巧匠聚集之地。花布印染历史悠久，具体传入定远已无法考证，最鼎盛时期是清末至中华人民共和国成立初，以刘氏家族为主。随着市场需求发展了几家印染坊，到民国时期受战乱波及，手工业主纷纷外逃谋生。现在已流传在民间的仅是一些陈布了。

晾晒染过的花布

用镂空花版铺在白布上，用石灰、黄豆粉调成防染剂，用刮浆板刮入花纹空隙漏印在布面上，干后入染，晾干后刮去防染剂，即显现出蓝白花纹。这种蓝印花布有蓝底白花和白底蓝花两种。蓝底白花只需一块花版印花，构成纹样的斑点互不连接。白底蓝花的制作常用两块花版套印，印第一遍的叫“花版”，印第二遍的叫“盖版”。盖版的作用是把花版的连接点和需留白地之处遮盖起来，更清楚地衬托出蓝色花纹。

蓝印花布大多以鸳鸯荷花、鱼戏莲、桃、凤凰、牡丹等由动植物和花鸟组合成的吉祥纹样，采用暗喻、谐音、类比等手法表现了连生贵子、多福多寿，尽情抒发了民间百姓憧憬美好未来的理想和信念。

随着社会发展，时代的变迁，这门手工艺生存环境和发展空间逐步萎缩，运用范围小，传承人年高体弱，无后人继承，濒危状况急待改变。

虎头鞋

虎头鞋是中国传统手工艺品之一，是一种童鞋，因鞋头呈虎头模样，故称虎头鞋，中国北方地区也有人称为猫头鞋。它既有实用价值，也有观赏价值，同时它又是一种吉祥物，人们赋予它驱鬼辟邪的功能。虎头鞋做工复杂，仅虎头上就需用刺绣、拨花、打籽等多种针法。鞋面的颜色以红、黄为主，虎嘴、眉毛、鼻、眼等处常采用粗线条勾勒，夸张地表现虎的威猛。定远县连江镇虎头鞋制作已有上百年历史，技艺精湛，深受人们的喜爱。在当地政府大力支持下，虎头鞋制作已成为带动地方老百姓发家致富的重要途径之一。

在虎头鞋制作上先打袼褙（用碎布或者旧布加衬纸裱成的厚片），按鞋样的大小剪下一块，再将一层好看的布料缝在剪下的袼褙外。

虎头鞋鞋面的颜色以红、黄为主，还常用兔毛将鞋口、虎耳、虎眼等镶边，红、黄、白间杂，轮廓清晰。孩子穿上虎头鞋，兔毛随风飘动，虎头也有了动感。虎头鞋鞋底肥大，插空纳上九个菱形破花，九个破花称为九颗圆子，意为“九子十成”。

穿虎头鞋的时间，是在幼童百天以后。人们认为虎是百兽之王，穿了虎头鞋孩子将来眼明、耳灵。虎是威信、英勇和尊贵的象征，虎能为宝宝守神护岁，守护平安。

虎头鞋的传说

在中国，虎头鞋有着源远流长的历史，而在这历史的背后，蕴藏着这样一个传说。很久很久以前，在扬州这座著名的古城内，住着一个船夫，他的名字叫大羊，他很慷慨也很大方而且很乐意帮助别人。不久，村里来了一位年迈的旅行者，她对大羊善良的品格大加赞赏。临走时，她将一幅古画送给了大羊。画中是一个漂亮的姑娘正在用针线缝一双虎头鞋，船夫非常喜欢这幅画，他一回到家，立即就将画挂在了他床头的墙上。

一天晚上，画中的姑娘突然从画中走了出来，与大羊共同度过了一段美好的时光。打那后，他们每晚都见面。一年以后，他们生了一个男孩，他为两口子带来了更多的欢乐。然而不幸的事发生了，村长耳闻了大羊家中有奇画的事后，蛮横地将这充满神奇的画抢走了。大羊对恶毒的村长恨之入骨，然而却无能为力。贪婪的村长像大羊那样将画挂在了床头的墙上，每天都期待着画中女子能够下来，令他失望的是，什么事也没有发生。

大羊的孩子长大了，他总是不停地呼唤着自己的母亲，大羊只得不停地哄骗他说他的母亲已经去了遥远的西方不能回来了。大羊的话语丝毫无济于事，那孩子坚持要寻找他的母亲，最后，他踏上寻找母亲的旅程。他夜以继日地不停向西方航行，最终在森林中他看到他的母亲正同许多仙女在一个水坑中洗澡。“噢，我的孩子，你怎么走那么远来找妈妈了?”母亲正说着，两滴晶莹的眼泪流下滴在孩子面颊上。“直到你穿着我为你缝的虎头鞋走进村长的卧室时，我们才能够真正的团聚。孩子，闭上你的眼睛，让我先把你送回家吧。”

一阵旋风之后，他惊讶地发现自己已经到家了，他告诉村长说他可以将画中的妇子召唤下来。贪婪的村长，急不可耐地将这孩子带入了自己的卧室。孩子看到自己的母亲，就大声地对着画召唤道：“妈妈，我们走。”话音刚落，画中女子应声下地，搂起孩子就往外走。然而贪婪的村长已经挡住了去路。他蛮横地要那女子做他的妻子。遭到拒绝之后，村长愤怒地向母子俩扑过来。那孩子勇敢地冲上去与他搏斗。正当这时，那双虎头鞋从男孩的脚上松脱下来，立刻变为一只斑斓猛虎，只见它迅速地扑向那邪恶的村长。村长的呼救声与猛虎的吼声响彻整个村庄。

虎头鞋拯救了母子俩和他们的家庭。从那以后，人们开始为他们的孩子制作虎头鞋，期望它能够保佑孩子与家庭的安全。

如今人们仍认为虎头鞋能除恶魔保平安，因此都要给孩子做双虎头鞋穿。有些地区还讲究穿三双虎头鞋，并保留让姑姑做三双不同颜色的虎头鞋送侄儿的风俗。俗语有：“头双蓝（取谐音拦，即拦住不夭折），二双红（红能辟邪，可以免灾），三双紫落成（意即孩子在自家长大成人）。”有了蓝、红、紫三双不同颜色的虎头鞋，孩子必会安然无恙。

虎头鞋

实用价值

虎头鞋的实用价值不言而喻，宽敞的内部空间和宽阔的鞋底，既有利于幼儿脚丫的生长发育，又可以防寒保暖；既能满足孩子脚丫的安全防护，又能使鞋子大面积接触地面，帮助孩子脚踏实地、稳步行走。虎头鞋艳丽的色彩搭配和栩栩如生的造型，既满足了人们的审美情趣，又借虎的形象传递了爱意和祝福，美学价值更是一目了然。

民俗学价值

虎头鞋所包含的民俗学价值，是它在民间流传至今的主要原因。老虎的外貌雄健，气势威猛，更以其额头有像“王”字的花纹，自古受到中国人的喜爱和崇拜，被尊为“圣兽”“兽中之王”等。早在东汉应劭所著《风俗通义·祀典》中就有了这样的描写：“虎者，阳物，百兽之长也。能执搏挫锐，噬食鬼魅。”虎不仅能吞食鬼魅、威慑敌害，还能庇佑人神、赐福示瑞。虎具备的这些特性，极大地迎合了人们借物祈福的美好愿望，自然而然地成为人们崇尚的对象。民间给孩子戴虎头帽，穿虎头鞋，裹虎头兜肚，用虎头围嘴，睡虎头枕等，甚至以“虎”字命名的风俗，都是对此有力佐证。

虎头鞋的历史已无法准确考究。但缝制和穿着虎头鞋的风俗在我国至今仍流传甚广，当然滁州民间也不例外。

由于虎头鞋深受大家喜爱，民间逐渐演化出新的品种，有孔雀头的，有鱼头的，青蛙头的等。每一种都有其不同的寓意。

优　　美

手狮灯

来安县独山乡手狮灯（原名“狮子灯”）历史悠久。始于清康熙年间，流行于县内及江苏的六合、江浦一带，至今已有三百多年历史。手狮灯狮身长四尺半，高三尺余，用篾扎纸糊后彩绘而成。狮子两前足捧一绣球，绣球用竹篾扎制，糊以白色透明纸，内点蜡烛。狮子肚皮下安有两根木棍，舞狮者两手各持一根木棍，将狮子举起舞动。每只狮子重约25千克，由一名舞狮者和一个副手，轮流配合舞动表演。

手狮灯表演

来安手狮灯由六只狮子组成，玩灯人着一色服装，远观近望，气势宏伟，热闹非凡。手狮灯的表演形式有“抖狮”“摇狮”“睡狮”“盘球”“狮子坐肩”“狮子理毛”“双狮推磨”“狮子拜门”“逗猴”等十余种动作。表演吸收了杂技表演艺术，难度较大。表演者均是刚武有力的男性农民。

手狮灯的传承，具有一定的地方特色和宗教色彩。当地农民每年正月初八起灯，十五拜庙，已形成定式。手狮灯出彩之处在于夜间玩灯，艺人们称之为“玩红灯”，就是在绣球内点上蜡烛，夜间舞动起来，红光闪闪。五张方桌，陈设香案。灯头率先登上方桌，然后狮子依次攀登上桌，祭天拜地，祈祷国泰民安，风调雨顺，五谷丰登。

秧歌灯

秧歌灯是一种古老的汉族歌舞艺术。明朝末年发源于来安县，是由劳动人民对神灵的祈祷活动发展起来的。起初以唱为主，伴以极简单的动作，后来形成了秧歌灯雏形。清代，秧歌灯歌曲曲调和演唱内容较前丰富得多，伴奏乐器已有笛子、二胡、四胡、琵琶、三弦和民间锣鼓。秧歌灯的曲调丰富多彩，抒情悦耳，舞蹈动作柔美朴实，轻松愉快，歌词通俗流畅，动人以情。由于以上特点，秧歌灯很快流传到滁州、全椒和江苏省六合、江浦、浦口一带乡间。群众自诩秧歌灯“有九腔十八调，调调有花色，三天三夜唱不完，唱转头不算本事高”的说法。

秧歌灯是一种综合性的汉族民间歌舞，以前均在广场演出，上场人数多则82人，少则32人，角色分为“主伞”“鞑子”“包头”。主伞为灯头，持串铃领舞；鞑子为男角，服饰为箭衣、马褂、圆顶卷边黑色帽，脑后垂长辫，脚穿短筒靴；包头为女角，身着彩色大衣襟褂子，脚穿彩鞋。主伞服饰与鞑子相同。其余男女表演者均手持纸扇和荸荠形彩灯。

秧歌灯表演形式有“大场子”和“小场子”之分。“大场子”中的队形有“串花阵”“金龙盘柱”“二龙戏水”“剪子交股”和“叠罗汉”等；“小场子”的节目有“姜太公钓鱼”“小放牛”“对花名”“看灯”“卖杂货”等。小场子实际上是表演唱。演唱的曲调有“金垛子”“九连环”“鲜花调”“八段锦”“采莲”等汉族民间小调。无论是“大场子”还是“小场子”，都具有“灯中有戏，戏中有灯，边唱边舞”的特点，故秧歌灯又叫“雨夹雪”。

秧歌灯的唱词：一是“祈祷类”，二是“说事类”，三是“抒情类”。如说事类的歌词有“阳雀喳喳满天飞，小满处处秧歌声”。祈祷类的歌词有“歌一唱心花开，万粒归仓庆丰收。”抒情类的歌词有“十里水乡十里歌，万亩良田万担粮。”

不同的历史时期秧歌灯有不同的唱调，中华人民共和国成立后的秧歌灯有反映社会主义建设总路线辉煌成果、农业大丰收的歌词。如“公社粮仓圆又尖，社员堆谷上了天。扯把云彩擦擦汗，凑着太阳吸袋烟”等新歌颂词。

道具：秧歌灯的道具由串铃、“头伞”（也称万民伞）以及形如水乡特产的荸荠的红绿灯外加折扇组成，其作用是串铃为全场跑阵表演的总指挥。“头伞”是紧随其后的领灯人。

服装：男角（亦称鞑子）头戴翻沿帽，缎料绣花清代装束，薄衣快靴。女角（亦乐包头，明末清初均为男扮女装），脑后梳一独辫，浅绿色大衣襟，短围腰，布鞋。

秧歌灯表演(一)

包头：淡绿色汉族大襟短便装，脑后梳一根独辫，头戴花。

鞑子：缎绣清装，腰系绸带拖于腰两侧，脚穿黑色短靴，主伞胸前佩大红绸彩球。五鞑子服装可一色，亦可多色，除黄色皆可着。

帽子：黑缎制成，帽顶及穗为大红色。

扇子：即一般白纸折扇，扇面上一面绘“凤”，一面绘“龙”，象征龙凤呈祥，扇轴系大红扇坠。

手灯：灯为椭圆的荸荠灯形，灯衣为绿色，灯顶上有红色鲜花装饰，并间有水稻叶子。高度0.25米，直径0.2米。

伞：用竹做成骨架，外蒙五彩伞衣，下端缀五彩丝穗

中华人民共和国成立后推陈出新的秧歌灯，剔除了串铃，保留了“头伞”“手灯”和折扇，演员的服装改为现代歌舞服装。

秧歌灯表演(二)

1957年1月，来安县排演的《秧歌灯》作为安徽省第一届民间音乐、舞蹈会演节目，获得表演奖和挖掘整理奖。1959年，该节目经过加工，又参加省第二届音乐舞蹈会演，并赴北京演出。

十一届三中全会以后，秧歌灯以喜悦欢快的形式展现在舞台上，其唱词充分反映和表达了广大水乡农民在实行生产责任制后的愉悦心

情："百花捧出秧歌灯，春风引来玩灯人。绿柳黄莺唱新歌，千家万户开秧门。"

婉　　转

洪山戏

洪山戏是流行于安徽皖东稀有的戏曲剧种之一，它起源于明末清初的"傩"，并从"傩"发展到"香火戏"。到了清代中叶，在"香火戏"的基础上形成了"洪山戏"。洪山戏历史悠久，韵味独特，乡土气息浓厚，是具有一定的历史价值和艺术价值的地方戏。洪山戏的前称为"香火戏"，是香火会请神祈祷时演的戏。香火会分内坛与外坛两派，外坛做会时称"五岳"，内坛唱戏名"洪山"。

洪山戏的剧目取材于神话传说、民间故事、民间唱本和部分移植改编其他剧种的剧目。剧目有200余个。洪山戏的唱腔分三类，即"锣鼓伴奏类""祈神类"和"民间小调类"。起初洪山戏伴奏只用锣鼓，且唱且舞，后期加丝弦管笛。唱腔质朴粗犷，高亢嘹亮，朗朗上口，乡土气息浓厚。洪山戏表演从"二小戏"逐步发展为"三小戏"，人物表演逐步程式化，演出逐步从乡村场地过渡到城镇舞台。

洪山戏在形成剧种以前，为民间坐唱形式。即围桌"坐唱"，加锣鼓过门，无管弦伴奏，从20世纪20年代开始变坐唱形式为登台表演。由"两小戏"逐渐发展成数人分扮角色，粉墨登场于乡间草台，形成了洪山戏的雏形。据《来安县志》载：洪山戏在清代同治年间发展较快，来安县洪山戏班社就有几十个，其中以县城的朱月华班社、半塔镇兴隆村的姜有松班社、施官彭岗的胡锦先班社、吕正德班社最为出名。洪山戏艺人具有光荣的传统，他们除了演出一些传统的剧目外，还编演了一些以反封建为内容的《蒲包记》《擂鼓战金》《三代血泪仇》等剧目，因此遭到清政府的杀捕，剧种濒临灭绝。幸有一部分艺人逃难他乡，与扬州花鼓戏台班共演，才幸免于难。

洪山戏得以新生，并蓬勃发展的是在20世纪40年代，且成为地方戏曲演现代戏、革命戏的全国最早剧种之一。抗日战争时期，随着新四军领导的淮南抗日根据地的不断巩固和壮大，根据地的抗日文艺活动也如火如荼地开展起来。洪山戏艺人，时在来安县抗协工作的王永泉，用“旧瓶装新酒”的方法，首次将反映民兵抗日斗争的《三字经》改编成清唱洪山戏。这是淮南路东一带第一次以唱本形式反映现实斗争题材的剧本。接着又把传统唱本《刘文龙赶考》改编为《从军记》，受到了新四军二师师长罗炳辉、方毅及范长江等人的赞赏和支持。不久，洪山戏在以半塔为中心的淮南抗日根据地十六个县普及开来，时任二师政治部主任的张劲夫，还在《大众剧团》（南京军区前线歌舞团的前身）内设洪山戏实验剧团，时任嘉山县县委书记的汪道涵亲自参加洪山戏剧目的改编和演出指导，时任中原局书记的刘少奇同志特别喜爱观看洪山戏。新四军江北指挥部还经常组织汇演，以此普及洪山戏。

中华人民共和国成立后，为弘扬和传承洪山戏这一剧种，来安县文教局文艺科长王永泉于1957年发起组建了洪山戏剧队。1958年，来安县成立了专业洪山戏剧团。当时中国戏剧学院第一任院长京剧《逼上梁山》的编剧任桂林、中共中央宣传部文艺局局长苏一平等在来安县帮助挖掘洪山戏遗产，培训青年演员，指导排戏，整理创作了《赶山塞海》《金镯玉环记》《六部大审》《陈英卖水》等一批传统剧目，创作演出了《远征高歌》《万山红遍》《东风号角》《红色儿女》等一批现代戏。在音乐方面，增加丝弦。在表演方面，借鉴其他戏剧艺术的精华，取得了很好的效果，并赴蚌埠、合肥参加省市文艺调演，获得嘉奖。

来安洪山剧团自组建到“文化大革命”前夕，发扬洪山戏艺人的光荣传统，响应党的号召，坚持“二为”方向和“双百”方针，深入到全县的山乡圩区进行演出。剧团每次下乡都是打背包步行，衣箱自己挑，道具板车拖，自己挑土垫土台演出，晚上演出用汽油灯照明。洪山戏演员们吃苦耐劳的精神，受到各级党委政府的一致好评。为此，《江淮日报》用头版头条，以“文艺轻骑兵”为题，报道和介绍了来安洪山剧团骄人的业绩。1965年秋，洪山戏剧团与扬剧团合并。不久，“文化大革命”开始，撤销了洪山剧团的编制。洪山戏源于民间，发展于淮南抗日根据地，繁荣于20世纪50年代。萧条沉沦于“文化大革命”前，但多年来，农村中的业余剧团、半职业剧团，仍经常演唱洪山戏，洪山戏已深深扎根于民众之间。旧时，农民为谢神还愿、消灾降福，定期或不定期地举行具有浓厚宗教迷信色彩的香火会，敬奉“洪山”“五岳”神主。香火会由神司人（即傩人，又称优人、香僮）主持，以唱、念祷告神灵。演唱有内坛、外坛之分，内坛多唱神书，书目初以《袁樵摆渡》《唐僧取经》《魏徵斩老龙》《九郎替父》《刘全进瓜》《唐王游地府》（当时称之为“唐六本”）为主，后增加了《袁天罡卖卦》《许奶奶烧香》《秦始皇赶山塞海》《黄氏女对金刚》《沉香救母》《八仙过海》《杜康造酒》《李老君出世》《韩湘子上寿》等10余部；外坛多唱历史故事和民间传说，诸如《王莽篡位》《张四姐大闹东京》《张郎休妻》《玉环记》等。初期一人坐唱，或数人搭班坐唱，形式呆板。后来逐步改坐为站，变静为动，并且增加了“二小”（小生、小旦）戏。

随着时间的推移，“堂会”艺人逐渐增多。为了增强竞争能力，有见识的艺人开始注意在艺术上提高自己。他们大胆吸收汉族民间小调，力求在感情上更接近群众，同时从“堂会”走上了“草台”和“搭台”。在此过程中，各有领班的不同流派的民间戏班逐渐形成。清末民初，艺人们活动区域扩大到了城市集镇，其中较有才华者因为开阔了眼界，在艺术上提高很快，同时在演出实践中积累了许多经验。

（1）艺术特点：洪山戏音乐发展大致可分为三个阶段。第一阶段从清末的香火会祭祀至20世纪30年代的草台演唱，仅用锣鼓伴奏，唱腔结构单一，一个曲调可敷唱多段唱词。第二阶段从20世纪30年代后期至20世纪50年代初期，唱腔在形式和内容上都有较大的突破。新词填旧曲的方式为反映现实生活的新剧目所沿用。此外，还广泛吸收了民间小调、山歌、号子用以充实唱腔，丰富唱腔的表现力。这一时期的洪山调仍保持自由散唱、锣鼓伴奏的旧有形式。随着民间曲调的吸收，丝竹乐器也同时被引进。第三阶段从20世纪50年代至今。此阶段洪山戏演出团体已由业余走向专业。来安县成立县级洪山剧团。“洪山调“的发展趋于多样化，艺人们根据自己的嗓音条件和唱腔艺术处理的条件不同，形成了各自的演唱特点。锣鼓伴奏的唱腔、丝竹伴奏的唱腔和锣鼓、丝竹一同伴奏的唱腔三者并存。

（2）伴奏形式：洪山戏唱腔早期伴奏仅用堂鼓、大锣、小锣、铙钹四件打击乐器，但各地剧团不尽相同，编制不稳定。锣鼓过门穿插于唱腔的上下句，上半句中多加一锣鼓过门。20世纪40年代后逐渐增加竹笛、二胡、笙等乐器伴奏。20世纪50年代民族管弦乐器逐渐增多。20世纪60年代后基本从属于扬剧的伴奏形式。

（3）曲调：洪山戏的曲调据不完全统计，共有30多种，常用曲调有10多种。这些曲调大致可分为3类。一是锣鼓唱腔类，区别于扬剧的主调。扬剧的唱腔被称为“小开口”，洪山戏的唱腔被称为“大开口”，即就锣鼓唱腔而言的。二是祈祷神曲类，如“娘娘调”“斗法调”“宝调”“斗宝调”“泼水调”“联弹”等。三是民间小调类，如《杨柳青》《王大娘补缸》《倒贴》等。洪山戏曲调有一个特点，即同一个曲调用不同的演唱技巧可表达多种不同的感情，如《十字联弹》和《七字联弹》，均可容纳数十句唱词。艺人在演唱前有个总的设计，把握得好，轻重缓急、喜怒哀乐都可以得到充分表现。有经验的老艺人在对曲调的艺术处理上往往能达到任意驰骋的境地。

（4）表演形式：洪山戏的表演学习了京剧表演艺术，但也保留了本剧种传统的表演特色。如在二人歌舞时的“推衫子”（两人面对面时各自相互前进后退的十字步）、在武戏开打中的“四门斗子”（如小快枪等对打时必须打满舞台的四角位置）。除此，正式演出前尚有一种例行“三出戏”的习俗，即头出戏不开口，如“跳娘娘”“跳加官”“跳财神”“跳凤冠”等；二出戏不动手，即有演员手执云帚，口诵歌功颂德之词；三出戏随便走，在台上表演《小放牛》。洪山戏的唱词与本县语言密切相关，许多唱词来自当地民间俚语和一般口语，雅俗兼备，朗朗上口。[七字调]和[十字调]由于口语化较强，吐字较重和没有过多的行腔，说、唱与锣鼓伴奏更显得浑然一体。

洪山戏是流行于皖东稀有剧种，很多传人都已去世，年轻人很多不愿意学习，面临后继无人的窘境。洪山戏已被列入安徽省非物质文化遗产名录，在地方各级政府的保护和扶持下，洪山戏慢慢恢复和发展起来。

凤阳民歌

凤阳民歌是安徽省的汉族民歌。凤阳花鼓中的凤阳歌是凤阳民歌重要组成部分之一。在明初移民文化的影响下，凤阳民歌得以历史性更新和很大发展，随之闻名中外。最早以文字形式记录凤阳民歌，见明嘉靖万历年间周朝俊《红梅记》传奇。

2011年5月23日，凤阳民歌经国务院批准列入第三批国家级非物质文化遗产名录。

凤阳民歌唱腔独特，音域宽广，音韵纯朴、浑厚、高亢、抑扬跌宕，婉转动听，基调韵味和凤阳花鼓戏味调是一个母体。歌词内容比较丰富，以反映青年男女爱情和反封建的题材居多。歌词在创作手法上，比较浪漫，不拘一格，粗犷，诙谐，带着浓郁的乡土风味；歌词节奏严紧，读之铿锵入口，唱之韵律感很强。有的歌词，意味深长，读后趣味横生，久久不能忘却，有很大的艺术感染力。

凤阳“山歌”曾在凤阳地区和沿淮两岸上空回荡了几百年。凤阳民歌具有广泛的平民性，它所表达的内容是社会下层民众生活中的喜怒哀乐，是中国不同历史时期社会生活的真实写照。中华人民共和国成立前在春节期间，有一些集镇和较大的村庄，一些爱好者和老玩友，自行相聚，自编、自导、自演、自我娱乐。但是从未见女子参加演出，演女角色的，都是男扮女装，身着彩色女服，用彩色绸带，凑簇成大花球，冠顶在头上，脸上简单地涂一些胭脂粉，配合打击乐器，在广场平地进行演唱。根据歌词内容，有的是独唱，有的是男女对唱。只要锣鼓等打击乐器一响，就会招来很多观众，有时观众听到高潮处，就会高声喝彩，掌声不断，这真是群众喜闻乐见的文艺形式。

以凤阳花鼓为载体的《打花鼓》等曲目，对我国许多曲种的音乐唱腔有着重大的影响。明初以后，凤阳民歌随着移民四处乞讨卖艺而响遍华夏的大江南北，尤以江南、北京、山西为多。据史料记载，除新疆、西藏外，我国其他地区都飘荡过凤阳民歌的旋律。

（1）历史渊源：凤阳民歌的流传与明朝开国皇帝有着密切关系。在明初移民政策的影响下，凤阳民歌得以历史性的更新和发展，移民们由于种种原因流落他乡，他们走到哪儿就把那儿最流行的小调学会，经过加工变为自己的歌调，于是凤阳民歌在移民们乞讨卖艺过程中逐渐成熟，成为一种融南北文化的地方民歌，受到中国各族人民的喜爱。

清末以后，时常流传的凤阳民歌达300多首。20世纪初，凤阳民歌是当时步入唱片的民间艺术之一。据不完全统计，当时有10多首曲目被灌成唱片，风靡一时。其中，金嗓子周旋演唱的歌曲《凤阳花鼓》唱遍神州大地。

（2）演唱内容：凤阳民歌演唱内容主要是表达男女情爱、歌颂传统道德、热爱家乡生活等，分为山歌、渔歌、情歌和劳动号子等几类，一般在劳动和节庆时演唱，给人一种浑厚雄壮的美感，能激发人们的劳动热情，陶冶热爱家乡的情怀。

除具有娱乐功能外，在不同时期对社会也有影响，中华人民共和国成立后的凤阳民歌内容多为“斗地主”“镇压反革命”“土地改革”“治理淮河”等，抗战期间黎莉莉演唱的《新凤阳歌》唱遍全国，引导号召人民团结起来，共同抗击日本侵略者。中华人民共和国成立前后，凤阳人民也创作了大量宣传鼓劲的新民歌如《土改号子》《送郎参军》《五更治淮》等。1955年，凤阳民歌手欧家林、刘明英在北京为毛泽东、周恩来、朱德等党和国家领导人演出凤阳民歌《王三姐赶集》，引起强烈反响。

（3）凤阳民歌特点：凤阳民歌与其他民歌一样，具有超越地理环境和时间流逝的民间音乐文化基因。这种基因在传播沉变发展中，起着标定同宗民歌的作用。从民歌乃至剧种、曲种、民间器乐曲的音乐源流来看，由本地民间音乐土壤上土生土长的民歌、戏曲、曲艺、民间器乐曲的曲调并不多，许多都是吸收外地民间音乐的基因变化发展而成：即使是本地土生的音乐，也必然要吸取外地民间音乐基因来丰富自己。因此，各地民间音乐在双向或多向的交流之中有明显的联系，或直接引进融化，或间接接受影响，很少是单一成分，常常是有价多种基因的综合体。

（4）演唱形式：明清两代，由于凤阳一带是“三年恶水三年旱、三年蝗虫灾不断”的长年灾区，每年秋后都有成群结队的妇女外出卖唱乞讨。同时也有身背花鼓流落各地卖唱的职业艺人。

演唱时，一般是二人坐在一条板凳上坐唱，段落之间敲锣击鼓，无丝弦伴奏。后来又演变出一种双条鼓代替细腰鼓，即演唱者左手执小鼓，右手持双鼓箭击鼓。花鼓艺人从各地带回了多种民间歌曲和音乐，逐渐丰富了凤阳花鼓的声腔，并演变出多种歌舞形式，但都以传统的花鼓调为基础。

（5）最原始的唱词：“说凤阳，道凤阳，凤阳本是好地方；自从出了个朱皇帝，十年倒有九年荒！大户人家卖骡马，小户人家卖儿郎，奴家没有儿郎卖，身背花鼓走四方。”传说这首歌词是李自成起义军攻占凤阳之后传唱起来的，含有动员贫苦农民揭竿而起的意思，因而代代相传。凤阳花鼓流传南北很多地区，对各地的曲艺在曲调、表演形式等方面都产生过一些影响。

（6）殊荣：国务院批准并对外公布文化部确定的第三批国家级非物质文化遗产名录和国家级非物质文化遗产名录扩展项目名录，凤阳县的“凤阳民歌”作为传统音乐新入选推荐项目，成为继“凤阳花鼓”后凤阳县又一入选国家级非物质文化遗产名录的文化艺术瑰宝。

2008年，《凤阳民歌》被列为第二批省级非物质文化遗产名录传统音乐项目。为保护和传承凤阳民歌，凤阳县成立了凤阳民歌研究会、开办了民歌培训班，并组织专场演出，宣传民歌艺术。县文化部门从2008年开始收集、整理县内民歌100余首，其中有曲调的30多首，并于2009年底结集出版并编入凤阳县非物质文化遗产丛书，使民间艺术瑰宝得以传承和发扬。

丰收锣鼓

“丰收锣鼓”是独有的民族打击乐曲种。发源于明光市潘村镇紫阳南刘庄一带，是流行于皖苏两省，如明光、五河、盱眙、泗洪等地的一种民间民族打击乐的艺术形式。

丰收锣鼓表演(一)

“丰收锣鼓”在民间孕育而生并繁衍发展。明末清初，“丰收锣鼓”（小五番）的第一代传承人程开学的父亲在民间小戏班做鼓乐手。由于战乱回家务农，又逢荒灾，他就带上家人，手持锣鼓沿途乞讨度日。战乱荒灾过后，回到故里，开始整理鼓谱，并形成了起初的“丰收锣鼓”（小五番）。“丰收锣鼓”的乐手不限，少则八至十几人，多则几十人。鼓乐器件有鼓、锣、铙、钹等，其鼓谱独特，表演形式不拘一格，灵活多变。

丰收锣鼓表演(二)

（1）特点：第一，鼓声激扬。看“丰收锣鼓”未见其形，早闻其声，而且声振如雷。传统的配置比例是鼓2锣4铙4钹2。现在的人数扩大，多到几十人，鼓和锣、铙、钹的比例加大，声响效果更加突出。演奏的方法是鼓指挥，锣主奏，铙和钹辅配，交替击打。第二，曲式欢快。“丰收锣鼓”的曲牌，既独立成章，又联结成套，由过去的小五番演进到现在的大十番，番曲分为“番头”“主体”“番尾”三个部分。第三，场面欢快。“丰收锣鼓”演奏多达几十人，配上喜庆的服饰，“V”字形展开，时而迎面打奏，时而交叉击打，站立与蹲坐，跳跃与翻转，场面欢快喜庆。

（2）主要作品：《丰收锣鼓》是彭修文、蔡汇泉借鉴中国民间吹打音乐的鼓点和旋法，充分发挥打击乐器的表现功能的既有民族风格，又具时代特点的民族管弦乐曲。

丰收锣鼓表演(三)

明光市的丰收锣鼓，已被列入安徽省非物质文化遗产。

来安白曲

白曲是一种流行于苏皖两省的来安、六合、江浦三县的汉族说唱艺术，发源于安徽省来安县大英镇和文山乡一带的稀有曲种。白曲始于清末民初，历史悠久，以曲调多样、曲目丰富而得名。民间艺人称它有百种曲调、百部曲目，故而又称为“百曲”，是安徽省第二批非物质文化遗产。

来安白曲源远流长，形成初期，起源于汉族民间小调，艺人们多为单人独琴走乡串邻。初期的活动，基本上是聚众为班，每年多次，借民间灯会切磋交流，从而发展了白曲。后来，为满足群众的需要，运用唱、舞结合的演出形式，白曲与船灯、踩高跷相结合，艺人们利用歌舞吸引观众，这种表演形式一直保持到中华人民共和国成立后。中华人民共和国成立初，大英、文山两个班子在文山乡打擂台，先玩船灯，后比白曲，是本县境内白曲演出的一次盛会。

白曲艺术虽然以铺采众长、兼收并蓄成就了自身，但依然具有鲜明的个性特征，不仅乡土气息浓郁，而且以诙谐幽默见长，故有“欢喜团子”之称。白曲曲本有的以叙事为主，有的以抒情为主，有的以历史事件为题材，有的以汉族民俗为题材。由于白曲是在汉族民间歌曲小调的基础上发展而成的，唱词基本是七字或十字一句，以土字为主的句式，活泼自由，口语化较强。在板式结构上，既可唱快板、中板、慢板，也可以唱流水板，属板腔结构。白曲艺人较早地建立白曲班社。

白曲表演

来安县的白曲班社以大英、文山两地为主。民国初期，本县知名的白曲艺人文山乡的杜夕荣、杜夕山和大英的彭正举、贾树坤等，他们演唱的曲目有《大烟自叹》《十不全招亲》《三戏白牡丹》《虞美人》等100多首。抗日战争时期杜夕山还创造了《延安出发》《抵制日货》等新曲目。

白曲的唱腔十分丰富，艺人称“大曲二十四，小曲七十六”，九腔十八调，反映了白曲吸收民间曲调的广泛性。白曲艺人把曲调分成大曲、小曲两类，大曲是指那些表现力强、篇幅较长的曲调，而小曲则指的是常挂在嘴边的小调，不断更新内容，获得新的曲目。根据内容需要，也创造一些新曲目。

白曲曲目可分为有说有唱、有唱无说和有说无唱三类。曲目来源有传统的、现代的和移植的。其中传统曲目较多，现代创作的曲目也占较大数量，移植曲目极少数。曲目中多数是中、短篇，长篇较少。传统曲目有一部分来自民歌，有其较完整的情节和人物，有的则是来自群众中的传说故事，加以唱白表现。如《十不全招亲》《小寡妇上坟》等。抗战前后，人们不满国民党的黑暗统治，白曲便创作出了《蒋介石自叹》《抗日英雄严独手》《抵制日货》《延安出发》等。新中国成立后，人民赞颂党的好政策，创作出了《十唱责任制》《计划生育好处多》等曲目。

据史料记载，1944年的上半年，新四军来（安）六（合）办事处在六合县竹镇集召开群英会，会上由大英镇白曲艺人彭正举、贾树坤等创作演出新四军解放雷官的《打雷官》，歌颂来安县武集乡抗日英雄严玉才的《抗日英雄严独手》轰动全场。办事处主任方毅说这个节目长了革命志气，灭了敌人威风。并在接见演员时说：“你们是抗战文艺战士，为宣传抗日出了力。”当演员走下台时，许多新四军战士围着艺人们热情握手，问长问短。后来彭正举班子又把《抗日英雄严独手》和《王文尧参军》两个曲目送到英雄家乡演出。两曲目在武集乡上演三场，受到广大群众热烈欢迎和热情接待。当时正值武集乡召开参军动员大会，通过演出后，当场有十多名青年报名参军，因而取得了良好的社会效益。

中华人民共和国成立后，来安县各乡镇党委、政府和文化站非常重视对白曲艺人的思想教育，多次参加来安县举办的群众业余文艺会演，有的曲目获了奖。20世纪80年代初，大英乡白曲艺人彭正举、周天成等人创作的《十唱责任制》《十劝赌钱》《来河两岸好风光》等新曲目，曾在南方十四省文化工作会议上演出，受到文化工作者和领导同志高度赞扬。中共中央原书记处书记邓力群同志曾到大英文化中心视察时，这三位白曲老艺人作了演出，邓力群同志亲自上台接见老艺人，给予高度评价。

白曲是戏曲中稀有的曲种之一，它是汉族戏曲艺术的瑰宝，也是来安县民间艺术的明珠。

明光端鼓

明光端鼓是流传于安徽省滁州市明光市的汉族曲艺演唱表演形式，通过以舞蹈的形式表演出渔家儿女辛勤劳作、祈盼幸福、喜获丰收的场景，曲调委婉动听，男女舞姿优美，给人以赏心悦目之美感，形成了独特的渔家文化。端鼓因其演唱时所用的伴奏用鼓而起名为端鼓。在由艺人自己制作的各种神怪故事、殿堂庙宇、福、禄、寿、禧等剪纸作品布置的背景下演出，以形成一种独特的气氛。明光端鼓入选安徽省第二批省级非物质文化遗产名录。

端鼓表演(一)

端鼓艺人的产生，和其他曲艺曲种艺人的产生也有很大的区别。多为家传，极少师授。端鼓演唱的场面，不似其他曲艺曲种，必须在由艺人自己制作的各种神怪故事、殿堂庙宇、福、禄、寿、禧等剪纸作品布置的背景下演出，以形成一种独特的气氛。

端鼓的演唱形式以唱为主，兼有角色扮演。但又不似戏剧中具备完整的程式及生、旦、净、末等行当，只是在演唱时，艺人进入角色，进行情节表演。此种表演，又分为大型与小型两种情况。小型演唱时，仅两三个艺人，他们每人都是身兼数角，你方唱罢我登场。下场者则司鼓伴奏，如此往返。规模较大时，则有七至十二个艺人参加演唱，其中三四人专司击鼓伴奏，余下则各扮固定角色上场演唱，不再变更。

角色的装扮比较简单。服饰上与普通百姓无甚区别（但也仅限于旧时的百姓服装），只是角色若是男的，则头戴绘有此角色的人物脸谱之纸冠，以示该人抢的即是此人物。若角色是女性，艺人头上或缠巾、或着假辫，以示区别。

端鼓艺人的出演是被动的，即不请不演。其酬劳亦由举办祭典活动的人家给付，不作计较。甚至在某种特殊情况下，由于举办祭典活动的人家太穷，端鼓艺人不但要免费为其演唱，而且要倒贴钱，帮助主家把祭典办下去。

根据船民们劳动、生活习惯，他们多在九、十、冬、腊月间进入休闲期。水上人家如有红白喜事、祭典活动等，也多在这期间操办。所以端鼓也只在这个时期活动，并以祭典为名，行民间娱乐之实。

艺人们聚集在一起演唱的机会全凭主办祭典活动的主家来决定，想请几人就请几人，要请谁就请谁，不由艺人自己决定。

端鼓表演（二）

端鼓的鼓，艺人称之为“端子”，分为两部分组成：上半部分为鼓面，由一厘米左右宽的铁条圈成三十厘米直径的铁圈，上面绷紧羊皮，即成鼓面；下半部分为鼓把，由一条一厘米的内径的铁管做成，上端管口接插鼓面铁圈所伸出的尖柄，距客口处至下端二十厘米处再将铁管分叉铸造成一个直径为十五厘米的铁圈，圈上再串上六个直径三厘米的小铁环，环与环之间又夹缀着一只三厘米直径如铜钱般的薄铁片。击鼓用的叫“鼓条”，是用粗约零点四厘米、长约五十厘米的竹条削成。击鼓时，击鼓人左手持鼓，鼓面朝胸，竖端于胸前约三十厘米处，右手持鼓条击之。持鼓方法：左手拇指朝上，掌心向内，握住鼓把。持鼓条方法：右手食、中指在外，拇指、无名指在内，鼓条夹于其中，活动中指及手腕，鼓条前后运动则击鼓出声。

端鼓的行腔属板腔体。它除了演艺者手持一鼓用鼓条击之作为伴奏外，再无其他任何乐器伴奏。

艺人的演唱，有男、女音之分。男、女音的区别运用，仅根据曲目的情节发展而出现，逢男角唱男音，逢女角唱女音。而演唱者统统为男艺人，因为端鼓的又一独特现象是：不允许女人参与。其原因有二：一是几千年来重男轻女的封建意识所使然；二是书目中不少情节和内容不适合女人演唱。而观赏者则不受限制，男、女、老、幼不限，农、工、贫、富均可。

端鼓的唱腔亦只分男音、女音两个调子，没有曲牌之分。至于曲目中的情绪、感情等变化，则由艺人根据情节之发展，采取轻、重、缓、急、喜、怒、悲、哀等意识行为去调节和处理。

端鼓技术的传授，多为家传，亦有师授。但他们不像其他曲艺曲种，无论是个人还是艺术特色，均无帮无派。所以，艺人们在互相间的人际关系方面没有太多的来往，只是社会上知道有那么一些人会演唱端鼓而已。

端鼓表演(三)

端鼓的表演活动，自1958年后在民间就消失了。1978年起，它才重新出现。由于端鼓明显有别于其他曲艺曲种的发展规律，致使它日渐衰落。就端鼓艺人而言，他们都已年老。而他们所会演唱的书目大多失传，仅剩《唐明皇游地府》和《张祥荣打嫁妆》两部了。

当地政府对端鼓进行挖掘整理。安徽省曲艺志也列入条目。端鼓的鼓具、剪纸图样、男女角的头饰，均拍成照片，鼓谱、唱腔及部分曲目节选则录音整理存档。

1996年，明光市文化局根据端鼓的资料，以女山湖渔民生活为题材，创作了歌舞《渔家乐》参加安徽省第四届花鼓灯汇演，荣获表演二等奖，创作优秀奖，并在发扬优秀文化传统方面产生了强烈影响。

凤阳花鼓戏

凤阳花鼓戏是一种安徽省的汉族戏曲剧种，被誉为凤阳三花（凤阳花鼓、花鼓灯、花鼓戏）之一，因起源于凤阳县长淮卫镇（今属蚌埠市区），故又称卫调花鼓戏、卫调花鼓。凤阳花鼓戏源自于花鼓灯，起初是花鼓灯的后场小戏，在清代中期逐渐成熟为独立剧种。

凤阳花鼓又称“花鼓”“打花鼓”“花鼓小锣”“双条鼓”等，是一种集曲艺和歌舞为一体的民间表演艺术，但以曲艺形态的说唱表演最为重要和著名，一般认为形成于明代。

凤阳花鼓主要分布于凤阳县燃灯、小溪河等乡镇一带。其曲艺形态的表演形式是由一人或二人自击小鼓和小锣伴奏，边舞边歌。历史上艺人多以此为出门乞讨的手段，凤阳花鼓因此而传遍大江南北。清康熙、乾隆年间，许多文人的诗文记录了凤阳花鼓表演时载歌载舞的热闹场面。清中期以后，舞蹈因素逐渐从民间的凤阳花鼓中淡出，仅剩下唱曲部分，分为“坐唱”和“唱门头”两种形式。

凤阳花鼓据说始创于明朝。相传，创始人最初用一个竹筒，两头蒙上羊皮，制成小鼓，又随意折两枝树条当鼓槌，这就成形了今天双条鼓的雏形。为了充实和完善这门艺术，他还自编了花鼓词，扮作讨饭者，边演唱边顺利地走上了回乡路。后来此办法被他人得知，于是大家就都学着唱，就这样凤阳花鼓便繁衍开了。

这门艺术的鼓词四句一转，易记易唱，流传下来后，一直被穷苦人作为一种乞讨谋生的工具。在旧社会艺人们乞讨表演时，他们三两为伍，一人卖唱，其余人挨门挨户讨粮讨钱；更令人伤痛的是，遇上大灾之年，穷人家因生活所迫的女子出门卖唱时，她们往往在双条鼓槌上系上布缨子，系红布缨子的表示只卖唱不卖身；系绿布缨子的，则表示即卖唱又卖身，也就等于是沦落风尘，任人摆布。其中一首鼓词中唱道："家住凤阳老城埂，三年旱灾无收成。死了丈夫没指望，奴今不知是谁家人。"有钱人家或手头稍微宽余的人一听，马上就上前去"讨教"，待一切谈妥后，卖唱者便即刻跟随他去，听其吩咐和使唤。如果卖唱者遇上身无分文的无浪鬼，那可就糟透了，她们被侮辱后，不仅丝毫未取，而且还会挨一顿臭骂，或被一顿毒打。这种事情在旧社会是屡见不鲜的。

清代中叶，长淮卫一带盛行一种在山歌、号子的基础上形成的曲调，常被作为花鼓灯文场中的主要曲调来演唱，后来，艺人们吸收泗州戏与外来剧种的营养，根据说唱中的人物、情节进行表演，逐渐向戏剧演变，至光绪年间，形成花鼓戏。

凤阳花鼓这种流浪卖艺的民间歌舞表演，在中华人民共和国成立后，被作为一种传统的民间艺术保留下来，并成为我国民间喜庆丰收、欢度节日和反映劳动人民幸福生活的一种民间歌舞表演形式。

凤阳花鼓戏的表演道具很有讲究。早期使用的花鼓为小腰鼓，至清末，演唱者为外出卖艺方便，将腰鼓改为小手鼓。花鼓小巧玲珑，鼓面直径三寸左右；鼓条以两根一点五尺左右的竹鞭（或细竹根）为好。花鼓戏表演者单手执鼓，另一只手执鼓条敲击鼓面，"双条鼓"亦由此得名。凤阳花鼓戏的表演服饰也有讲究。一般来说：姑，头戴红花扎红头绳，上身多穿花布大襟褂，下穿深色裤，腰系深红或深蓝色围裙，脚穿黑色圆口带袢布鞋和粉红色棉纱长袜；嫂，头扎白色或花手巾，上着蓝士林平布大襟褂，下着深色便裤，腰系黑色围裙，脚穿黑色圆口带袢布鞋和豆沙色棉纱大袜。

凤阳花鼓戏还有一定的演唱程式。初期，花鼓人以卖艺、乞讨为主时的演唱分为"坐唱"和"门头唱"两种。"坐唱"为在街头、作坊、村头及私人客堂内坐在长凳上演唱，多为长篇叙事性故事。"门头唱"即沿门乞讨，即兴演唱短篇，内容基本是吉祥如意之类的奉承话。传统的凤阳花鼓由夫妻俩演唱，女子肩背花鼓，男子手提小锣，口唱小调。清代以后，演唱者通常为两位年轻女子，一女击鼓，一女敲锣，齐唱或对唱，或由三人表演，另有年老乐器师伴奏。20世纪初，为了增强表演美感，小锣被减去。唱的时候，先打花鼓吸引观众，然后边唱边舞，唱完一节又打花鼓。中华人民共和国成立后，凤阳花鼓多为群体演唱，边唱边舞，队形、打鼓方法和姿势也有变化。

凤阳花鼓戏演唱的曲调丰富。它源于当地的民间小调，又吸收了全国各地精彩的俚语，具有民族音乐的典型特征。艺人们在乞讨卖艺时，即兴将平时所熟悉的歌舞曲调加以利用，并吸收当地民歌精华，经长期融合而颇具凤阳地方色彩，有的甚至演变成一种新曲调。凤阳花鼓戏最著名的、最具代表性的作品有《凤阳歌》《王三姐赶集》《十杯酒》等。

近年来，凤阳花鼓戏受到了市场经济大潮的冲击，传承断层，面临失传的危险。目前，原生态的凤阳花鼓戏已经趋于衰亡，其中蕴涵的丰富艺术资源还远没有被挖掘出来，这份珍贵的民间艺术遗产，需要保护。

为抢救性保护这一艺术瑰宝，凤阳当地政府实施了凤阳花鼓艺术保护工程，成立了凤阳花鼓研究会和凤阳花鼓乡艺术团，组建凤阳花鼓艺术学校，筹建凤阳花鼓艺术博物馆，组织凤阳花鼓民间艺人及其专业创作艺术家对花鼓进行深度研究、搜集和整理。

定远大鼓书

大鼓书是一种说唱兼有的传统曲艺艺术。因主要伴奏乐器为大鼓而得名，主要演出形式为一人打鼓击板而歌。但具体演唱时各地艺人有站有坐，所用书鼓有大有小。板既有木质的匀板或简板，也有用铁质或铜质月牙板的。唱腔曲调亦不尽相同，因而，在各地有多种称谓：如豫东叫单大鼓或豫东大鼓；豫西南的南阳和省内其他地方叫鼓词或鼓儿词。有的唱腔尾带哼音者，又叫鼓儿哼；豫北等地艺人以北方口音说唱，又叫大鼓京腔或打鼓京腔；豫南叫豫南大鼓或光州大鼓。其中，流行在淮河以北的，又称北口或淮八鼓；流行在淮河以南的，又称南口或淮南大鼓。

滁州以定远张桥集大鼓书最为著名，其中主要民间代表艺人是张胜玉、杨世文。张胜玉从16岁开始拜师学习大鼓书，在困难年代曾经以大鼓书走村串户巡回表演维持生计。杨世文自幼爱好文艺，从26岁开始师从多位现已过世的老艺人学习大鼓书，辗转各地进行表演。两位老艺人表演风格独树一帜，互相交流。随着生活水平的提高和群众文化生活的发展，大鼓书不再是谋生工具，也逐渐淡出表演舞台。两位老艺人把大鼓书作为自娱自乐的文化活动坚持练习，并陆续培养出一批接班人和传承人。

在地方各级政府大力支持下，张桥镇文广（体育）站把大鼓书搬上群众文化活动的舞台，又通过改编创作在各种文艺表演中注入传统文化的新元素。

传奇故事

心　　碎

虞美人草

定远县二龙乡谭村西沿有一条从北向南的九里长岗丘，这就是项羽从垓下（今安徽固镇县濠城集）败逃，被“汉兵围之数重”的古战场——四陨山，山上有一个高六丈的大土堆，就是项羽爱妾虞姬墓，后人称之为虞姬墩。墩上长着美人草，叫虞美人草。

虞美人草

汉高祖五年（210）十二月，项羽从垓下南驰渡淮，经钟离（今安徽凤阳县临淮关东）到达阴陵（今定远县靠山乡古城村），受田夫陈铎欺骗陷入大泽中，被汉兵追上，打了一场遭遇战。根据《九域志》记载：“阴陵城，项羽迷道于此，盖虞姬死所。”虞姬就是在这场混战中被杀或自尽的。项羽来不及带着爱姬尸体，只好怀揣姬首，一口气跑到东城西边四陨山，喘气未定，又被追兵包围，号称“万人敌”霸王，“自度不得脱”，无奈只得埋姬首泣别，挥兵决死战，斩将夺旗，突围而去。所以《太平寰宇记》有“虞姬墓在定远县南六十里，高六丈，即项羽败，杀姬葬此”的记载。

定远虞姬墓

据当地人民历代相传：项羽自阴陵南逃时身负姬首，悲万分，怒发冲冠，左剑右戟，所向披靡。一日九战，血染战袍，虞姬首血与项羽伤血溶在一起，从北向南淌下七摊鲜血，后来长出七个小土包，后人称“七星照月伴美人”。恶战一场以后，项羽被迫退回山顶，他把二十八骑布成方阵，准备四面突围，为了不使爱姬首级落入敌手，项羽匆忙用剑挖出个小坑，割下袍襟，缠好姬首，边泣边埋。后来虞姬墓变成三角状的坟，墓上生长一种不知名的草，叶子对称出生，每茎两节，越长越高，叶子一出来就是红色，妖媚可爱，茎软叶长，无风自动，似美人翩翩起舞，煞是好看。当地传言，这是虞姬精诚所化，并给它起了个美丽的名字，叫虞美人草。冯梦龙诗云：“陈平逃去范增亡，独有虞兮伴剑铓。喑哑有灵须讼帝，急将舞草变鸳鸯。”

虞美人草的传说，脍炙人口，妇孺皆知。到了唐代，民间音乐家竟然把它作为朝廷教坊曲，成为可歌可舞的著名乐曲之一。之后南唐李后主被俘，夜里李煜辗转反侧，久不成眠，一时想起了悲愤哀婉的唐教坊曲《虞美人》，便据此创作了一字一泪的《虞美人》词：“春花秋月何时了？往事知多少！小楼昨夜又东风，故国不堪回首月明中。雕阑玉砌应犹在，只是朱颜改。问君能有几多愁？恰似一江春水向东流。”从此虞美人曲调随着著名的《虞美人》词流传至今。

女山湖故事

女山湖因湖边的女山崦而得名。而女山的来历，相传又和旧县的龟山、花园嘴的鳖山有渊源关系，其间有一个古老的故事。

女山湖支汊，有个摆动渡老人，叉鳖十拿九稳，当地人给他起个绰号，叫“鳖爷”。鳖爷生性懒散，嗜酒如命，光凭摆渡的几文钱，不够花销，常常勒索渡客。因此渡口又称“阎王渡”。

女山湖美景

一天，有一位年轻人要过河，鳖爷将书生渡到河心，见两岸无人，水上也不见片帆，他便把篙子一停，又故技重演——向书生勒索钱财。年轻人给他一些铜钱，鳖爷哈哈大笑：“小伙子，把银子都丢下吧！你年纪轻轻的，丢了小命不值得。”年轻人恳求道：“老人家，小生所带银两是为母亲迁坟而用，求您老高抬贵手，开开恩吧！”鳖爷听了，冷笑一声：“要我开恩？你得问问我手中的这根竹篙！来！你能把这篙子拔了，我就不要钱了！送你过河！”说完，鳖爷用尽全身之力将长篙插入水底稀泥中。年轻人见此情景，不慌不忙，用手轻轻一提，那篙拔泥而起。鳖爷见书生竟有这般力气，吓得目瞪口呆。

女山湖余晖

鳖爷原是个欺软怕硬的人，见年轻人显露身手，知道厉害，忙赔礼道：“老汉多有冒犯，敢问贵姓大名？”原来这年轻人姓庞名龟，也是个靠风浪吃饭的渔人。只因父母双亡，为办理丧事将船卖掉，是出来帮工的。他将详情一谈，鳖爷心中暗想：这庞龟一身本领，力大无穷，而且生得一表人才，若招赘为婿，日后有靠。他经过一番思考后，便挽留庞龟，说自家捕鱼人手不够，正想找个帮工，问庞龟愿不愿干。庞龟答应将父母坟迁完后再来。

这鳖爷膝下没有儿子，只有一个女儿，名叫玉女，时年十八岁，长得清秀俊丽，犹如仙女下凡。求亲的人踏破了门槛，玉女看不上富贵人家的浪荡公子，只想找个忠厚能干的，白头偕老。

庞龟办完了迁坟之事，就到鳖爷家帮工。因是渔家出身，对湖上捕鱼的活计样样能干，风里浪里一人顶几个人用。鳖爷再不用去摆渡，也能天天酒醉饭饱，眼见得日子一天天好起来。天长日久，庞龟和玉女之间，建立了感情。鳖爷早有纳婿之意，当然更是喜上眉梢，为他们订下了百年之好，并选择吉日，订在年前腊月十六日成婚。庞龟和玉女高高兴兴地筹办婚事。

不料玉女这天上街去买花线，却被恶霸王爷见了。这王爷上结官府，下通土匪，胡作非为。他见了玉女后，立即派人打听是谁家的姑娘，要娶她做第七房小老婆。第二天，王爷的狗腿子带着金银财物，来到鳖爷家，向鳖爷说明来意。鳖爷开始不吭声，后禁不住那狗腿子连吓带哄，又见那么多贵重的礼物，心想王爷势大惹不起，便答应了下来。

王爷知道鳖爷已应允了婚事，一阵狂喜，等不得再选吉日良辰，立即命令手下人张罗办喜事，他亲自带一班吹鼓手，乘一条大船，直奔渡口，把鳖爷请到船中，美酒佳肴款待。然后再把船驶向湖心，寻找玉女的渔船。

此时，庞龟和玉女已经收网，正要回家。王爷的狗腿子大声喊道："鳖爷已把玉女嫁给王爷做第七房夫人，我们接新娘子来了！"玉女和庞龟听得此言，大惊失色。"胡说！"玉女靠近庞龟说，"爹爹老早把我许配庞郎，怎么会……"不等她说完，狗腿子推出鳖爷，喝道："当着姑娘的面说清楚，你到底把女儿许配给哪一个?"鳖爷本是没有骨气的人，这当儿竟点头哈腰地对王爷说："王爷！我没有把玉女许配给庞龟，还是我们两家做亲吧！"他又转身对小船上的女儿央求道："玉女，你是我拉扯大的，就听我的话，跟着王爷享一辈子荣华富贵……"

玉女一听这话，顿如迅雷击顶，她叫了一声"妈呀……"便瘫倒在船板上，痛哭不止。庞龟气得双目圆睁，拳头攥得咯咯响。王爷一声怪叫："给我打那个小杂种！"爪牙们一拥而上，举刀执剑向庞龟打来，庞龟也不惊慌，他大吼一声，跳进人群，一脚一个，将两个站在船边上的狗腿子踢下水。他向前一跃，以迅雷不及掩耳之势，两手左右开弓，从另外两人手上夺得两把剑，飞身跨上大船，对准王爷和鳖爷，挥舞着剑砍去。

王爷吓得浑身打战，慌忙命人抵挡。旁边有个心腹将一利剑穿透了庞龟的胸膛，鲜血如注。庞龟怒喝一声，将手中的剑一齐掷出，快如闪电，正中王爷和鳖爷的要害。两人顿时倒地而亡。庞龟扑到船板上。玉女见此惨状，心如刀绞，不顾一切地爬上大船抱起庞龟，连声呼唤。但庞龟已经合上双眼。玉女惨痛地抱着庞龟尸体，一头扎进湖里。

湖面顿时狂风大作，大船、小船都被风浪掀翻了，船上的家将全都葬身鱼腹，后来，庞龟的尸体漂到盱眙县旧县镇以西湖面，长出一座山，人们都叫它"龟山"。玉女尸体沉在湖边，也长出了一座山，后人都称它为"女山"。王爷因作恶多端，人神共怒，他的尸体已为鱼鳖虾蟹分餐。鳖爷尸体漂到花园嘴湖边，长出一座鳖山。龟山和女山遥遥相望，恰似庞郎和玉女心心相印。从此，这个大湖就用女山命名，叫"女山湖"。

美人井故事

天长二凤山下，有一个美人井。据说它是明末一位姓朱的财主家后花园的井。

朱家是名门贵族，家中良田千顷，奴仆成群，一个儿子在衙门做官。近来朱财主心情一直不好，他有个宠爱的女儿梅林现年十八岁，长得如花似玉，聪慧明理，七年前与方老爷的公子订下婚约，谁知天有不测风云，方家突然遭难，丢官去职，方公子也一时流落他乡。偏是女儿对方公子真心相许，这样下去，朱财主很是担心。

美人井

朱财主找来儿子商量，儿子坚决反对妹妹嫁给无钱无势的方公子。梅林听说以后，急得直哭，然而不知方公子现在何处，若能回来，向他讨个主意也好啊。她等呀，盼呀，茶饭不思，坐卧不宁，人也憔悴了。

父亲和哥哥要把她嫁给一个有钱有势的人家，一切都安排好了。大喜的日子到了，门口来的是迎亲的花轿。父亲、哥哥苦口婆心劝了一阵后，梅林坐着一动不动，脸上没有任何表情，随即在丫头们帮助下，开始收拾打扮，穿上新衣，父亲、哥哥露出笑意。临上轿前，梅林走进自家后花园，来到当年与公子初次见面的亭子旁，抚摸他们双双坐过的石凳，又看满园花木繁盛，而人将离去，看着也觉肝肠寸断："公子啊，梅林去也！"说罢，一头扑进身边的井里。

梅林死了，一步来迟的方公子呆立井边，长久不去。一场狂风暴雨之后，方公子不见了，井边生出了一棵桂花树，一年年地伴井而生。

人们赞叹梅林对爱情的忠贞，便把这口井称作"美人井"。这棵桂花树不知被砍过多少次，可是每到春天又会生出新芽来，老人们说："井水不干，桂花树是不会死的。"

孝　　道

朱寿昌弃官寻母

朱寿昌，宋代扬州天长（今安徽天长市）人，字康叔。其父朱巽，宋仁宗年间的工部侍郎，生母刘氏是朱巽之妾。朱寿昌历任阆州知州、司农少卿，颇有政绩，后来弃官寻母，以孝闻名于世。王安石、苏轼等都有诗赞美他。

朱寿昌7岁时，生母刘氏，因为被嫡母所妒忌，逼出家门，重新改嫁了。

宋神宗朝时，朱寿昌决定弃官入秦，进入今陕西和甘肃一带去寻找自己的生母。他与家人诀别，发誓说：不寻见生母，绝不回来！后来留宿在同州（今陕西大荔县）时，竟然寻得了母亲。当时他的生母已经70多岁了。后来他迎接生母以及两个弟弟归家，孝子名声大振。

今天在安徽天长市秦栏镇向东1千米处，有1棵千年古柏，据传是大孝子朱寿昌在其母亲的坟旁亲手所植，人称孝子树。据说，朱寿昌把生母接回来后，对其母精心供养直至送终。朱寿昌母亲在世时怕雷声，逝世后，每逢雷雨天，朱寿昌总要撑把伞到坟头守护。尽孝3年后，宋神宗赵顼嘉其孝义，诏令官复原职。朱寿昌离开秦栏前，到母亲的坟前，栽下了1棵松柏，以代表他永远陪伴着母亲。

千年古柏

今天这一孝文化的遗存也被重视起来。由于年代久远，千年古柏出现倾斜现象，秦栏镇政府会同有关部门花了4万多元，对其进行了保护，并在这著名风景点建设集孝文化、佛教文化、现代文化和教育基地为一体的寿昌公园。

当地还出产一种朱孝子卤鹅，又称秦栏卤鹅，这与朱孝子之间也有一段传说。有材料说，当年生母刘氏被弃时，朱寿昌跟随着母亲生活了3年。3年间母子相依为命，生活孤苦，朱寿昌以牧鹅为生，后其父将他领回抚养。朱寿昌对与母亲的3年艰辛生活经历刻骨难忘，做了官后，更是日日思母，言辄流涕。家人及侍从想起他与母亲生活时牧鹅的经历，便使厨师卤制熟鹅，增加食欲。朱寿昌食之，果然食欲大增，自此每餐必吃，身体逐渐调养康复。然而朱寿昌每次食鹅之时，思母之情也更为迫切，于是弃官，千里寻母。寿昌母子团聚后，心情舒畅，更加喜食卤鹅，嘱咐侍从每日卤制熟鹅与母同食，乐享天年，并自称为寿昌卤鹅。后寿昌卤鹅的秘制工艺遍传秦栏乡里。乡民们敬佩朱寿昌的孝心，尊称“朱孝子卤鹅”。这种卤鹅制作工艺虽经千年，至今仍完好地留传了下来。

孝四庄

天长安乐镇东北五里处有一村庄叫孝四庄。提起孝四庄人们便会向你讲述一个媳妇孝敬公婆的感人故事。

很早以前，这里叫高庄，庄上有户人家叫高仁德，生有四个儿子，依次为文忠、文孝、文节、文义。老大、老二、老三婚后不合处，嫌家贫，各自分开过。老两口只得与憨厚忠实的小儿子文义生活在一起。文义媳妇刘翠平家住东庄，是庄上出了名的贤良姑娘，和文义是青梅竹马，早在两小无猜之时，他们就跌打玩闹在一起，吃起东西来也不分你我，他爱她的贤良，她喜他的忠实，由此渐生恋情，双双发誓非她不娶，莫他不嫁。两家的大人们也早已看在眼里喜在心里，在他们成人之时便成全了他们。婚后的小两口更是互相敬慕，他们对父母也很孝顺。一家人团团圆圆，美美满满。

俗话说：天有不测风云，人有旦夕祸福。文义同翠平结婚不到一年，文义就不幸暴病逝世，苦命的翠平哪里经受过如此的打击，哭天喊地，伤感得死去活来，又有什么用呢？人死不能复生。在庄人的好心劝说下，她才哭哭啼啼地将丈夫的灵柩安葬好，祈盼魂魄得以早日升天。

文义撒手西去给翠平带来的不仅是失夫之痛，还有一篮子的大小事皆落到她这个年轻女子的肩头。她冒风雨、顶烈日辛勤劳作，整理家务，起早摸晚不辞劳苦地孝敬公婆。天长日久，家庭倒也运转自如。其间她的亲生父母兄弟也没少劝她趁年轻时改嫁，对此公婆也是个宽宏大量的人，可每次她总是付之一笑，自言道：“自我嫁给文义来到他家，他便是我的魂，我便是他的魄，我岂能有背叛离脱之心？生是他家的人，死是他家的鬼，这个命我认了。”

常言道：家无主骨遭人欺。公婆对翠平的忠贞贤惠自是欢欣不已。而她的三个鬼精大伯则就不这么通情达理了，对翠平留在高家恨之入骨。四处散言说：这个狐狸精将来肯定会嫁人，现在之所以不离开高家，一是弟弟刚死，面子上撕不开，二是舍不得高家的财产。他们以小人之心度君子之腹，到处扬言撒泼辱没着翠平。翠平很是愤怒，也曾想以牙还牙，但她一想到尸骨未寒的丈夫和年迈仍需照顾的公婆，一下子又妥协了，独自儿潸然泪下，苦闷一番便作罢了。孰是孰非，天日昭昭。此时此刻只得忍辱负重，做到尽职尽力。她是这样想的，也是这样做的，只是她比以前更为吃苦忙碌了。她放下扁担，操起镰刀，既当女来又当男，硬是凭自己的双手支撑着这个家。

就这样拼死拼活地干还不落好。文义的三个哥哥还有事没事地寻着翠平找茬刁难。有一天三人来到翠平家直言提出她不嫁人可以，但老四的家产要拿出来分给他们。公婆得悉后坚决不同意，气得直跺脚，但没心肝的三弟兄就此闹将起来。翠平到底是女儿心，菩萨心肠，她见他们把家闹得鬼神不安，担心公婆有个三长两短，就劝公婆，将老四一半家产分给了他们，这才勉强安息下来。家产小，收入就少，直逼得翠平靠些粗饭野菜度日。谁料祸不单行，翠平公公由于文忠三兄弟的蛮横忤逆，加之人老体弱，不久便生了病，卧床不起，婆婆也因长期服侍老伴累得痨病发作，这对收入微薄的翠平来说纵有三头六臂也难以维计。一筹莫展的翠平，只得找三个哥哥协商通融通融，何况照顾老人也是他们应尽之职。哪知翠平找到他们时，他们三人却似同出一气地说：父母跟你过，就由你负责，我们一概不问，与我们无关。翠平无法，只好卖了田地得些钱来给公婆治病，但事与愿违，二老还是含恨离世。发丧那天，三兄弟倒是来了，不是为了资助办丧，而是兴师问罪。他们大骂翠平不孝，未将父母侍养好，才使他们早早升天，还逼翠平将唯一的栖身之地变卖，才将公婆安葬好。

先前翠平还能靠粗粮野菜度日，而现在只落得逃荒的份了。由于长期受苦受累，加之失去亲人的悲痛，生活艰难，时隔不久，她便离世了。

翠平死了，左邻右舍无不失声痛哭，她的亲朋好邻们聚在一起隆重安葬了她。地方官员知道她的身世后便奏明皇上，皇上一听很受感动，就赦了“孝节碑”，同时没收了文忠、文孝、文节一半家产以供看守翠平牌坊费用。因文义排行老四，大家便称高庄为“孝四庄”。后来人们提到“孝四庄”，便会夸赞刘翠平为夫孝顺公婆守节的美德，谴责兄弟三个不忠不孝的丑行。

孝女杨兰花

传说明朝永乐年间，高邮湖边住着一户官宦人家，主人叫杨在友。曾在朝为官多年，由于生性耿直，清廉坦荡，深得百姓推崇。但也为此得罪了朝中权贵，一气之下，他和朝中好友李子龙一道弃官回到家乡，在高邮湖边的小村庄过起了隐居生活。长期的劳累和心忧，使他得了严重的痨病（我们今天称之为肺结核），这在当时可是不治之症。杨在友早年丧妻，膝下只有一个爱女名叫兰花。兰花自幼聪明好学，能文善武，知书达理，深得父亲喜爱，是父亲的掌上明珠。不仅如此，兰花还深受父亲为官做人的影响，从小就豪情仗义、乐善好施，邻里家坊无不夸奖。

父亲弃官还乡后，兰花尽心侍奉在身边。作为父亲唯一的亲人，兰花深知父亲心中的苦闷和疾病的痛苦，想方设法帮父亲排解，也让父亲尝到了许多天伦之乐。她知道湖边长大的父亲爱吃鱼，尤其在父亲生病后，她千方百计调理生活，在邻居的帮助下，她学会了捕鱼，不管寒风凛冽还是盛夏酷暑，从未间断。由一名官家千金小姐变为普通村女，兰花没有抱怨，然而，杨在友看在眼里，却痛在心里。之后，他的病情日益加重，兰花四处求医问药，精心护理，备尝辛酸。

有一天，庄上有好心人从外乡请来一位名医，他给杨在友开了一剂药方，可奇怪的是这药方有点不可思议，据说里面要有亲人的肉做引子。兰花救父心急，也顾不了许多。她咬紧牙关，强忍剧痛，瞒着父亲，悄悄地从自己的腿肚上割下一块肉放进药汤里煎煨。说不清是药起了效，还是兰花的孝心感动了上苍，奇迹出现了，久病在床的杨在友竟然能下床走动了，且一天天好转，兰花高兴得泪流满面。杨在友更是惊诧不已，究竟是何方神医用了什么神药，把他从鬼门关拉回来了。问女儿，兰花笑而不答，问邻居，大家也感到惊奇。这个谜团在杨在友心中搁置了许多年，精神好起来后，他开始云游他乡，会会卸任老友。一日，他来到盱眙马坝。在一个村口，猛然间，他一抬头，看见了一张熟悉的面孔，这不是那位神医吗？杨在友大喊一声“恩人留步”。那人一看，也惊讶了。没想到他能恢复得这么好，在杨在友再三询问下，这位郎中才说出了实情。听完后，杨在友百感交集，老泪横流，没想到，这条老命还是女儿给的。自此，兰花割肉救父的美名传了出去。

女儿大了，该有个好的归宿了，杨在友开始为兰花的婚事张罗。和他一起在京城做官的好友李子龙有个独生子叫李仁俊，从小习武，长大后投身军营，一直驻守边关。两位好友早就为儿女订了婚事，兰花、仁俊自小青梅竹马，情投意合，只因关山阻隔，难诉衷肠。后来，闽浙一带倭寇猖獗，烧杀抢掠，百姓民不聊生。朝廷组织义军进行抗击，李仁俊所在的军队开往闽浙沿海。在征战中，仁俊屡立战功，并得到提升，奉命回家完婚，兰花过了一段美满幸福的日子。然而，好景不长，由于明廷抗击不力，倭寇长驱直入，高邮湖东岸常有流寇出没，为阻止倭寇向高邮湖西岸进犯，李仁俊奉旨领兵截击，直到把倭寇赶到海边。然而，在一次战斗中，仁俊不幸阵亡，噩耗传来，兰花肝胆欲裂，昏死过去。在以后的日子里，她常常独自一人静静地站在高邮湖边，向东翘望，心中渴望仁俊的到来，也有过随仁俊一起去的念头。但一想到仁俊的父母和自己年迈的父亲，她强忍悲痛，打消了死的念头，毅然挑起了照顾三位老人的重担。为褒奖仁俊的忠烈，朝廷将高邮湖边100亩上好的地块奖给了兰花一家作为养老之用。但由于年年发水，收成得不到保证，乡亲们为兰花一家的忠孝节义所感动，自发组织起来，筑圩堤将田圈了起来。从此，这个独立在高邮湖边的圩就叫养老圩，并一直留用到今天。

20世纪60年代，高邮湖大堤筑成，养老圩被圈到了堤内，也更安全了。如今它是小关（社区）的新圩村民组的饭碗圩，因土地肥沃，历年丰收，村民们格外珍惜它，也永远记住了那个美丽动人的故事。至今，谁也说不清村西边的那片高地上的四丘老坟是什么年代的，又是什么人的。但说法最多的认为是杨兰花和她的父亲及公婆的，究竟哪一座坟是兰花，众说纷纭，但这一切都不重要了，人们心中永远记住了一个名字——杨兰花。

情　深

御膳豆腐

明朝开国皇帝朱元璋，经过南征北战，统一了中国，登上了皇帝宝座。一天，朱元璋在金銮殿上无事，和文武群臣闲聊。大家谈到地方名菜，各人都夸自己家乡的名菜好。这时朱元璋想起自己童年讨饭的时候，在城里玉龙斋饭馆里帮人家涮洗盘子，吃点剩菜剩饭，曾经吃到一种菜，外焦里嫩，香脆酸甜，美味可口。当时他问黄厨师这是什么菜，他说这是黄家祖辈创制的“酿豆腐”。朱元璋想到这里，说道：“众位爱卿，你们可知道凤阳名菜酿豆腐？”群臣异口同声地回答：“不知道。”朱元璋说：“朕幼年的时候，在家乡吃过酿豆腐，新鲜清爽，美味可口，自从投军入伍，四处征战，再也没吃过酿豆腐。今天叫御厨师做点酿豆腐，让众爱卿品尝品尝凤阳名菜。”群臣听了，一齐参拜：“谢主隆恩！”明太祖立即传旨，叫御厨师做酿豆腐，他带领群臣来到太和殿等候。时间不大，内使臣把豆腐端来。朱元璋说道：“众爱卿请品尝凤阳名菜。”

御膳豆腐

“谢主赐餐。”说罢大家吃了起来。好吃鬼胡大海连吃了几块，就大声叫喊：“好吃！好吃！”有的人附和说：“不错！不错！”朱元璋心中高兴，拿起玉箸夹起来一块一尝，不由得脸色一沉，原来做的不是酿豆腐，是平常吃的鸡爪豆腐。他生气了，喝道："内使臣，快告诉厨师，孤家叫他做酿豆腐，他为何做鸡爪豆腐，叫他重新做来。"内使臣去不多时又端来了豆腐，朱元璋一看，还不是酿豆腐，顿时勃然大怒："这个厨师是个无用的蠢物，给我推出门外斩首。"这时，军师刘伯温连忙奏道："主公刀下留人，不能因为吃顿菜就杀掉厨师。"朱元璋说："无用的东西，留他何用？"刘伯温说："依臣之见，留他一命，赶出御厨房，另换厨师，重新做菜。"朱元璋准奏，一连换了十几个厨师，都没有做好酿豆腐，朱元璋气得吹胡子瞪眼睛，"呼哧""呼哧"喘粗气，弄得群臣不欢而散。

御液酒和御膳豆腐

朱元璋闷闷不乐回到后宫，马娘娘见皇上怒脸含霜，便问道："主公今日为何面带不悦之色？"朱元璋就把想做酿豆腐的事情跟马娘娘讲了一遍。马娘娘听罢笑道："主公，一点小事，何必生气。"朱元璋说："御妻，不是朕生气，这厨师实在无用。"马娘娘说："地方名菜，只有地方厨师会做。南京的厨师怎能做好凤阳的酿豆腐呢？主公想吃酿豆腐不难，派人到凤阳玉龙斋，把黄厨师请来，做出酿豆腐，让群臣品尝，岂不是好吗！"朱元璋听罢龙心大喜："御妻言之有理。"立即传旨，派使臣前往凤阳，不几日厨师黄天寿来到南京，朱元璋以礼相待，并封他为御厨师。第二天朱元璋便邀请群臣到太和殿，品尝凤阳名菜酿豆腐。宴会上清一色豆腐，有油炸豆腐、什锦豆腐、白水豆腐菜，最后每桌一盘子酿豆腐，嘴快的人能吃到两三块，嘴慢的人只能吃到一块，再想吃盘子里就没有了。好吃鬼胡大海连盘子里的汤水都吃光了。他一边擦嘴一边说："好吃！好吃！真是美味佳肴，具有独特的地方风味。”群臣齐声赞扬：“对！名不虚传，果真是名菜。”胡大海上前奏道：“万岁！臣等想把黄厨师请到各家府第，为臣等每家做一餐酿豆腐，不知主公准不准?”朱元璋听罢，心中暗想，朝中有三百文官，四百武将，每家做一餐，也得两年的时间，这怎么能行呢？他思考片刻便有了主意：“胡爱卿，朕有个办法，叫众家爱卿天天都能吃到酿豆腐。”胡大海说：“主公，有何办法，快请明示。”朱元璋说：“你们各家都有厨师，明天叫他们都到朕的御厨房，让御厨师把酿豆腐的手艺传给大家，这样众位爱卿天天不是能吃到酿豆腐了吗?”群臣一齐叩谢：“谢主公!”

御膳豆腐羹

第二天早饭后，由胡大海带领各府的厨师来到御厨房。御厨师黄天寿接待了大家。他说：“胡大人和各位师傅，酿豆腐是我祖母创制的，做起来很容易。一是选料，二是制作，三是火候。要选细嫩洁白的豆腐半斤以上，麻油两斤（实用二两)，鸡蛋四个，瘦猪肉二两，豆粉二钱，白糖三两，醋五钱，葱、姜、盐、虾米少许。制作的时候，首先把瘦猪肉剁成糯糊，加上葱、姜、盐、虾仁拌匀。再把豆腐放在笼里熘片刻，然后把豆腐削成铜钱大小的片块，排放在碟子里（每个碟子里不超过二十块)。在豆腐片块上放上肉馅，上面再用豆腐片块覆盖，肉馅夹在当中。把鸡蛋清打在碗里，用筷子连搅五百下左右，见泡沫为止，加上豆粉拌匀，把豆腐坯放在鸡蛋清里滚一次，然后下油锅。油烧到六七成熟，把滚过的豆腐坯放到油锅里炸，滚一块炸一块。等豆腐外皮呈现淡黄色即可捞出，做完后全部再下一次锅，翻个身捞出来放在碟子里，再把白糖熬成糊，加上一点醋，淋到豆腐上，这样就成酿豆腐了。”黄厨师一边讲，一边做，众厨师一边听一边看，不几天大家都学会制作酿豆腐了。从此满朝文武官员府中，不管举行何种宴会，都少不了名菜佳肴——酿豆腐。酿豆腐从此也就有了名气。

白米山的传说

相传在滁州沙河镇和明光张八岭镇交界的地方，有一座挺拔高大的山峰，山上树木茂盛、四季常青。这山有个美丽而神奇的名字叫“白米山”，在当地还有一段美妙的传说。

据说，很久很久以前白米山叫乱石山，山也没有现在这么高，这么挺拔，这么美丽，那儿杂草丛生，乱石成堆，稀稀拉拉有几棵杂树。可绕山有一条常年不干、四季涌流的清水涧。涧两边土松草肥，周围村庄每天都有一些放牛娃在这里放牧。就在此山东北角处有一个较大的村庄，庄名叫“大张郢”。村南头住着一户张姓人家，就爷俩。爷爷是七月初二生的，所以爷爷的父亲给起了个名字叫张七二，已是年近七十的人了，孙子出生时也是七月初二，不能再叫张七二了，因门口有棵弯枣树，爷爷就给他取了个名字叫张枣。张枣已经十三岁了，为了糊口替村里大户张老铁家放牛。按家门辈分，张老铁还应叫张枣一声叔叔呢。可人有钱辈分也长了，这张老铁只管张枣叫枣子，说他家和张枣家已隔了十代了，论年龄枣子应叫他大爷。张老铁家养了三头水牛，雇枣子放牛时谈好，枣子一年四季吃住在张老铁家，另外每年给枣子三斗玉米贴补家用。这工钱虽少，但张七二还是同意了，因为家里少了一张嘴，一年还能进三斗玉米。

白米山

话说这年秋季的一天，张枣在清水涧边放牛，小肚子饿得“叽里咕噜”直叫唤。在过去淮河一带有个说法叫“狗无中饭，猫无晚饭，小放牛的没早饭”，这都是大户人家抠油，想方设法克扣。张枣饿急了，趴在涧边“咕咚咚”喝了一肚子凉水，然后不停地抬头看太阳，这太阳挂在原处就是不动。张枣看着看着就觉得天旋地转一头栽倒在地，他被饿晕了。不知什么时候，张枣醒过来，身边盘腿坐着个白发道人。白发道人见张枣醒过来了，从怀里掏出个小木碗，又掏了两粒米放在碗里，然后在涧沟边舀满了水，双手上下一摇，双目紧闭，口中“叽里咕噜”念着经，不一会一碗雪白雪白的大米饭递到了张枣面前，张枣一对小眼一眨不眨地看了全过程。神了！接过碗也顾不了许多了，大一口小一口地吃了起来，越吃越香。奇怪！张枣的小肚子涨得绷绷的，可小木碗里的饭还是不见少。张枣吃着、想着，能不能把剩下的饭带回去给爷爷吃一点呢？自从记事就没见爷爷吃过一顿白米饭。那白发道人像是会算，他一手抚摸着张枣的头，一边说：“真是个孝顺的孩子，自己饿晕了，有的吃了，马上就能想到爷爷。”张枣望着白发道人，看他慈眉善目是个好人，于是大着胆子说：“老神仙，这剩下的饭能给我吗？我从没见爷爷吃过白米饭，他老人家要是吃了我给他留的香喷喷的白米饭，不知多高兴。”他见白发道人点点头，站起身跑向一个藕塘采了片大荷叶，又跑了回来。张枣把小木碗里的白米饭倒在荷叶里包好揣在怀里，他跪下要给白发道人磕头。白发道人扶起张枣，从张枣腰上抽下放牛鞭，然后把自己拇指上的一个玉扳指抹下来套在牛鞭杆上说：“孩子，前面乱石山下有取不尽的白米，这就是钥匙。锁眼是山腰三棵檀树正中的那个石缝，每天必须在太阳照在石缝上时，将有玉扳指的这头插在石缝中，口中念：‘米神、米神快醒醒，给点白米救贫人。’连着三遍，白米就会自动流出来，记住了吗？”张枣看看手中的鞭子点点头说：“全记住了。”白发道人又说：“此事不能让人知道，以免有贪心的人对你不轨。”张枣点点头。白发道人说：“你去赶牛吧，牛走远了。”就在张枣回头看牛的一瞬间，白发道人不见了。张枣掐了下小脸蛋觉得痛，知道不是梦，是遇到神仙了。

张枣把牛赶回村，故意从村南头绕了一下，把怀里揣着的那包米饭递给爷爷。爷爷一见孙子送来了白米饭，香味扑鼻，也没问来历就狼吞虎咽吃起来。吃完了，又用手指将粘在荷叶上的饭粒捏下送到嘴里。张枣看爷爷吃得这么香，心里高兴极了。

“白米饭从哪里弄来的？”爷爷捏完荷叶上最后一粒饭才问。

张枣说：“是一位过路的道人给的，我吃了一半，留给您一半。”他摸了一下腰里的牛鞭又说：“爷爷，你给我一条口袋。”

“干什么？”爷爷问。

“我有用，你别问干什么，明早放牛我来拿。”张枣说完赶着牛回张老铁家去了。

第二天，张枣放牛时特地绕到村南头回家拿了一个布口袋。他把牛赶到涧边，到山腰上找锁眼。由于山上树少，一眼就看到那三棵拳头粗的檀树。在三棵树的正中间有一块巨大的石头，斜依在山坡上，大石中间有一条石缝。为了能照看到牛在涧边吃草，张枣便坐石头上等太阳照过来。好一会，太阳挪过来了，阳光直射在石缝上，张枣连忙将牛鞭套玉扳指的那头插在石缝中，念道：“米神、米神快醒醒，给点白米救贫人。”一连念了三遍，只见雪白的白米顺着石缝流出来，不一刻装了满满一袋。张枣拔出牛鞭扛着口袋下山去了。放牛回去时，张枣绕道送一口袋大米给爷爷。爷爷见张枣背了满满一口袋雪白的大米，吓了一大跳，以为是张枣偷来的，追着张枣说实情，张枣答应过白发道人不告诉任何人的，急出了满头大汗，瞪大了一对小眼睛说：“爷爷你放心，我自小就记着您的教导，君子是冷死迎风站，饿死不做贼，这白米绝非歪道而来，您就放心吧。”爷爷见张枣说得恳切，也就不再多问了。从此，每天张枣放牛回来都扛着满满一口袋大米。张七二吃不完就背到街上去卖，日久天长，张七二有吃有喝有用有穿的，还攒了不少钱等来年盖新房，再等着带孙媳妇呢。

张七二发了，村里人很纳闷，一个年近七十的老人，家里又没有水田，怎么会天天上街卖米呢？人们七嘴八舌地议论着。这张老铁是小心眼儿，开始他怀疑张枣从他家偷米，但悄悄盯了一段时间，每天他出家门都是空着手。再说一段时间他家并没舂米，张七二仍背着一口袋大米上街去卖。

这天，张老铁远远地跟着张枣看这放牛娃玩什么鬼头。他看到张枣把牛赶到涧沟后，提着个空口袋上山去了。张老铁仍悄悄跟着，趴在离张枣很近的地方。那张枣一会抬头看太阳，一会看石缝，只见当太阳直照石缝时，张枣把套玉扳指的牛鞭插在石缝里，就听嘴里念道：“米神、米神快醒醒，给点白米救贫人。”那石缝流出了雪白的大米。张老铁眼都看直了。回到家他把看到的一切一五一十地告诉了老婆。两口子合计着要把牛鞭弄到手。张老铁的老婆把脸一绷说："枣子是我家雇的放牛娃，现在我们不雇了，叫他丢下牛鞭滚蛋，不就行了。"张老铁想了好一会摇了摇头："不妥，不妥，他要是不愿交出牛鞭呢？"女人把眼一瞪双手掐腰说："来硬的，抢过来，还要怎地？"张老铁还是摇摇头说："不成，不成，他要是到县衙去告呢？"女人气急得要跳起来了："告又怎样？县太爷还会帮个小放牛的？"张老铁点点头道："是不会帮那个小放牛的，自古道：贫不斗富，富不斗官，一个贫放牛的哪能斗过我呢？"女人听了这话才缓了口气说："哎，这不就行了吗？"张老铁眯着眼说："那我们要跟县太爷斗，你说最后谁吃亏？"女人急了，骂了起来："你瘟猪，肚里有什么花花肠子掏出来不就完了吗？"张老铁一本正经地说："我不是不想来硬的，就怕这事传出去，消息要是传到县太爷那里，这宝物还能有我的份吗？"张老铁又说："你听过狸猫换太子的故事吗？"女人说："我都会背了，你还有什么新段子了，整天就这段。"张老铁说："我可不是给你讲故事。我想上街到玉器行买个和那玉扳指样子颜色差不多的，换了枣子那个。这枣子用假的玉扳指再去求米，米出不来，这小孩子还以为米没有了，不也就认了吗？那时这宝物神不知鬼不觉地不就归我了吗？"女人笑了："乖乖，你真鬼。"

张老铁乘张枣睡觉时偷偷把牛鞭抽下来，取下玉扳指，换上假玉扳指。

第二天，张枣按老办法，又去要米，可一连念了七八遍口诀，石缝里粒米不见，张枣心想：大概是米没有了，或是米神见我天天来要米生气了，嫌烦了。嗨！看来还是爷爷说得对，这人就不能贪得无厌。

再说那张老铁夫妇见张枣没发觉是假的，要不到米也没有什么太大的反应，两口子高兴得直蹦。又隔了一天，张老铁拿着套真玉扳指的牛鞭瞒着女人偷偷来到石缝处，当太阳直射石缝时，忙将牛鞭插在石缝，口中念道："米神、米神快醒醒，给点白米救贫人。"只见雪白的大米哗哗地从石缝中流出。张老铁抓过一把大米，闻了闻，清香无比，看了看，雪白耀眼，嚼了嚼，甘甜爽口，高兴得不知如何是好。米越流越快，一眨眼工夫，漫过了张老铁的腰了，这时他才想起要把米装进袋，起身去拿袋，可挪不动脚，挣扎着要从米堆里爬出来，但爬不出来，不一会儿大米漫过肩头、漫过头顶。因为牛鞭还插在石缝里，米仍在往外流，越流越多，在太阳落山前，把整个乱石山都埋在下面了。

就在白米漫过山岭时，周围的人发现了，很多人用筐子挑、口袋背，可是一有富户去担米，米却成了白沙。张老铁的女人见米漫过山顶，不见张老铁出来，知道糟了，老铁一定被埋在下面了。她一面哭着，一面拼命地在米堆上扒着，还破着嗓子喊："老铁、老铁，你在哪？"第二天，天一亮，一座挺拔高大的由白米堆成的大山替代了原来的乱石山。后来人们把它称为"白米山"。在山的北坡上有一块大石头，半截栽在泥里，传说是张老铁的老婆，当地放牛的经过，都喜欢用牛鞭打几下。

金牛与牵牛花的传说

有一个古老的传说，在鲶鱼洼（今分水岭水库）西南、老嘉山北有座小山包叫"金牛山"。传说山上有头金牛常在春耕、秋种时出现，帮助贫苦人家耕田、耙地。奇怪的是只要是金牛耕耙下种的庄稼，无论是旱涝都能丰收。传说中此金牛就是五百年前金岭村金家老二死后变的，他就叫"金牛"。究竟是怎么回事儿，且容从头说起。

金牛山

传说金岭村有个富户金老爷，家有良田800亩，大部分是两山涧中的冲田，土地肥沃，基本是属旱涝保收田。这金老爷娶有两房老婆，大房生一子叫金马，二房生一子叫金牛，这大小两个老婆自古很少有相处好的。金家大太太和二奶奶也是水火不相容，三六九小吵，二五八大闹，金老爷每日装聋作哑，不闹得过分从不过问。这大太太和二奶奶闹得累了，也都会自找台阶休战。滑稽的是金马、金牛哥俩好如一人，对两个妈妈的不和他们也不闻不问。大太太常抱怨金马不帮老娘说话，骂他是茄子树上的紫瓜和他老子一色。这二奶奶也常指责金牛没错种，和他老子一样，都是葫芦头里装菜子——闷种。你骂你的，我玩我的，小哥俩一块上学堂念书，一块上树抓鸟，一块翻石头抓蛐蛐。一天放学回家翻过一道山岭，小哥俩远远看见有两个小女孩在山涧里逮石蟹，小哥俩开始蹲在涧边看两个小女孩不停地翻开水边的石块，石块下藏着石蟹，一会儿抓了十几只。小哥俩看得不过瘾，干脆脱了鞋卷起裤脚，一块帮助两个小女孩逮石蟹。玩了一会，小哥俩知道这两个小女孩是岭下马庄马能家的，姐姐叫酸枣儿，妹妹叫牵牛花。从那以后，小哥俩一放学就一溜小跑来到山涧和酸枣儿、牵牛花一起逮石蟹，不逮石蟹的时候就抓猫腻。

时间过得飞快，转眼几年过去了，小哥俩也都十七八岁了，那酸枣也十六了，牵牛花十五。两个山里贫丫头，虽是粗布麻衫，却缠裹不住青春少女柔美的身材。媒婆们鼻子尖嗅出了马庄有两朵美丽的野山花，可两个少女早有意中人，非金家小哥俩不嫁。有勤腿的媒婆跑多了知道了小姐妹的心思。媒婆听说俩姐妹心上人是金岭村金老爷的两少爷，怀里像是揣着个蜜罐子，心想这可是笔肥买卖。这哥俩也真是个呆头鹅，一听说家里人要给他们讨老婆，那头摇得像拨浪鼓。后听说是马庄的酸枣儿和牵牛花，小哥俩心里乐开了花，大有非此女不娶的劲头。金老爷托人摸了马庄马能的家底，他们家中的几亩薄田，一年忙下来是有吃没穿，有穿没吃，穷是穷了点，但人是老实人。当年冬金老爷请人择出吉日，大花轿抬进了酸枣儿。这酸枣儿虽是穷人家女儿，但人长得漂亮、聪明，过了门锅上锅下，一家人洗洗涮涮全包了下来，老爷、太太十分满意。

金牛山水库

转眼间又到了第二年秋天，金老爷又请人择日要将牵牛花再娶过门。可这回马能老两口子犯了愁，牵牛花再嫁出去，家里就剩下老两口了，晚年生活可怎么过呀。女儿看出了爹娘的心思，大胆提出要金牛入赘，否则宁死不嫁。媒婆犯了难，这可怎么和金老爷开口呢？就是金老爷同意，那二奶奶也不会同意的呀。媒婆试探着把这事在金岭村几个佃户中说了，佃户中有快嘴的婆子，很快就传到了二奶奶的耳里。这二奶奶像是当头挨了一闷棍，眼泪像是断了线的珠子哭闹着找金老爷。金老爷安慰说："这不是佃户们说的吗？人家亲家是否有此意还得证实了再说。"他看二奶奶不哭了，又道了几句："嗨！人家就这么一个女儿了，要再娶过来，那老两口怎么过呢？要是牛儿入赘过去那还真是个好办法呢。"二奶奶一听金老爷这么说便又放声大哭起来。

这金牛听说了此事，心里挺乐意。他想入赘过去后干几年，日子会好起来的。他悄悄托嫂子酸枣儿带信给牵牛花，晚饭后到抓石蟹的山涧处相会，他要和牵牛花咬好口儿。过门一年来，酸枣儿深知金牛是个好小伙，正人君子，好在离家不算远，酸枣儿当天找了个借口回娘家去了一趟，把金牛的托付告诉了牵牛花，约好晚上来山涧相会。

心中有事怨日长，那金牛和牵牛花都巴望着太阳快点落山。晚饭后金牛和牵牛花各自悄悄溜出村庄直奔山涧而来。两人差不多是前脚接后脚而至，找了块平面石头坐下，这一坐就是近一个时辰，除了远近秋虫的叫声就是微风吹树叶的"沙沙"声。二人都有说不完的话，但谁也不知从何说起。金牛低着头，牵牛花看着天。

"金牛哥，听说你妈不同意你入赘？"牵牛花憋不住了，首先打破了沉默。

"如果我妈死也不同意，那你怎么办？"金牛没有直接回答问题，调过来向牵牛花提出问题。

牵牛花

“我不嫁。”牵牛花有点生气，斩钉截铁地蹦出一句。

金牛知道牵牛花的脾气，再僵下去她真的会生气。于是把自己的想法像竹筒倒豆子，一五一十全抖了出来。牵牛花听着听着心里乐开了花，一头钻进金牛的怀里，高兴地流了泪。

原来金牛和金马还有嫂子酸枣儿对好了点子，只是要牵牛花做好爹娘工作，让媒婆磨破嘴也要一口咬定不嫁。若金家二少爷不同意入赘，牵牛花另嫁他人；还要金牛装病，变鬼变神非牵牛花不娶；再让金家花钱从外面请来驱魔巫师，用金牛、牵牛花两人名字中的巧合，取“牵牛”二字，大做文章。

这日，一家人正在吃饭时，金牛突然仰面倒地，直翻白眼，口吐白沫，一家人吓得半死，金老爷慌忙派人去请郎中，二奶奶抱着儿子又按人中，又拍后胸，哭天嚎地，煞是凄惨。金马和酸枣儿心中有数，慌乱中忍不住偷笑，佩服小弟装得真像那么回事。郎中请来了，一把脉，脉跳正常，翻翻眼皮还是看不出问题，不知什么病，药也无法开，但又不能讲自己看不出是什么病，怕丢面子，于是就胡扯一通说：“金少爷没有病，恐怕是有魔在身。”一说完，郎中背起药箱就走了。郎中这么一扯正中他们下怀。金马嚷着要给弟弟请驱魔大法师，加上二奶奶一哭二闹，金老爷连连说：“快去请，快去请。”一个时辰不到，金马带着巫师回来了。那巫师设了香台，点了红烛，烧了香，一把桃木剑串上几张纸符，口中“叽里咕噜”乱哼。不一会儿，巫师突然像被一团饭噎住似的连打两声“咯喽”，眼瞪得圆圆的，问金马：“二少爷是不是有个意中人？”金马吃惊地回答是：“是有一个。”“是不是叫牵……”没等巫师的话说完，二奶奶抢着回答道：“叫牵牛花。”“这就对了，牵牛花，关键是在这‘牵’字，你家二少爷叫金牛，关键是在这‘牛’字上，牵牛乃天配一对，因到婚嫁年龄这牛需要被牵，若媒婆到牵牛花家提一次亲，二少爷就着一次魔，若小姐嫁了他人，二少爷的命不得保。”

金老爷、二奶奶一听都叹了气，既是天命便任他去吧。这金牛到底还是二奶奶身上掉下来的肉，她不停地在金老爷耳边吹风，若金牛入赘要老爷划过100亩良田。金老爷心中有数地说：“我金家就两个儿子，不管是娶还是入赘，生儿育女都是金家后代，我们活着时划给他100亩，若我们死后再划300亩，马儿和酸枣儿也都是通情达理的人，日后不会有问题。”

这马能一家听说金家同意将金牛入赘，还随儿划过100亩良田,甚是感激。

然而天有不测风云，人有朝夕祸福。一天马能和往常一样挑一担柴去城里卖，刚进城迎面闯过几个人，一冲一撞，马能身体一晃后面那捆柴就滑到地上。由于后面失了重，扁担猛地翻飞过来，不偏不斜刚好打在面前一个阔少爷脸上。他“哇哇”一阵怪叫，双手捂着脸在地上直打滚，跟班们不由分说将马能捆起来送往衙门。马能知道惹祸了，这被打伤之人正是县太爷的公子，也不知伤得如何。

马能被关进大牢。听说那一扁担砸瞎了衙内的一只眼，县太爷要马能赔500两白银。第二天县太爷派衙役快马至马庄通知马能家人要带500两白银赎人。一时间到哪凑这么多钱？第二天牵牛花扶着母亲和金牛一道前往县衙要问个究竟。来到县衙大堂，县老爷说马能打瞎了人家一只眼，理应赔白银500两，否则要判罪处死。这牵牛花提出一要看是否有人被打瞎一只眼，二要见一眼父亲问明是怎么回事。后堂的衙内沉不住气了，一听说有人不相信他被打瞎了眼，气势汹汹闯入大堂。瞪圆了那剩下的一只好眼，刚要发火，只见堂下的牵牛花，一张圆圆的脸像秋天的山里红，一对水汪汪的大眼睛好似夜空中的月亮，那布衫裹出了少女青春美丽的曲线。不知是一只眼聚光，还是平时没注意山里的姑娘，此时衙内闭不上那剩下的一只眼，嘴角直流口水。师爷一旁看出了门道，在衙内耳边低语了几句，衙内发出一阵令人毛骨悚然的怪笑。

县太爷让衙役扣下牵牛花，叫牵牛花的母亲和金牛速返回准备500两白银赎人，期限三天。马母和金牛往家赶，一路泪如泉涌。金牛一边安慰马母，一边心里盘算着要把父亲准备划给他的100亩良田卖了，凑钱救出牵牛花和她的父亲。金牛回到家里把想法告诉父母、哥嫂，全家人都同意金牛的做法。二奶奶也含着泪从箱底取出40两白银，这可是她藏了多年的私房钱。

第二天金牛开始张罗变卖土地，一早就出门跑遍了周边所有村庄，可谁也不愿买。后听说是县衙派人通知了各家，不论贵贱一律不准买金家的土地。一连两日金牛愁眉苦脸，不知如何是好。金老爷拿出所有家当也只凑了300多两。眼看三天期限已到，金牛带着不足400

两白银于第三天下午赶到县衙交了款，剩余白银金牛再三跪求宽限几日。这县官老爷收下300多两白银说："这是给衙内看眼睛的，还有100多两可再宽限三日。"接着又干咳了几声说："牵牛花怕你拿不出500两白银，昨天晚上跳井自杀了。"金牛一听这话，犹如五雷轰顶，当即昏倒在县衙大堂。

不知什么时候，金牛醒过来。他躺在一架驴车上，身边躺着牵牛花。赶车老差人见金牛醒了过来，停住了车，找一树桩坐了下来，按了一袋烟"吧嗒、吧嗒"吸了几口说："小伙子，这姑娘是被小衙内逼婚，跳入井里自杀的，是个好姑娘。"金牛没有了眼泪，眼神也开始发呆，抱着牵牛花傻傻地看着。

金家把牵牛花按金家媳妇的身份礼葬在他俩常约会的山坡上。金牛终日趴在牵牛花的坟上，谁也拉不走。一日突然乌云翻滚，狂风大作，倾盆大雨从天而降，不一会雨越来越大。第二天清晨人们来到山坡，再也没有见到金牛的人和牵牛花的坟，在埋坟的地方却长满了粉红色的牵牛花。

一日有人远远看到一条金光闪闪的金牛拉着金光闪闪的金犁在马能的田里耕地，没人扶犁。看的人十分惊奇，三步并着两步跑过去，可到了跟前，却什么也没有，但那田确实是才耕过的。消息传开了，每天都有很多人守在山顶、田头要看金牛拉金犁。有一天又有人看到了，但到了跟前又什么也没有了。后来人们纷纷相传,说那拉金犁的金牛就是金老爷的二儿子金牛，那满山粉红色的牵牛花就是马能的二女儿牵牛花。

仁和集的来历

天长东12.5千米处有个仁和集，传说在很早以前叫万安集。不知在什么时候万安集上有两户生意人家，一户叫杨文华，开了个百货棉布店，一户叫李天宝，开了个日杂糖果店。杨、李两家十分仁义，从不扣斤压两、短尺少寸、乱抬市价，别人买东西能让则让，没有钱的能照顾就不收钱。

仁和集石碑

有一天，附近庄上一个七岁小孩偷了家里一锭银子到李家店里买糖果。李天宝认识小孩是徐家的，拿些糖果给小孩后嘱咐他叫大人到店里来拿钱。天黑了，徐家人未来，李天宝便找上了门。这时徐家人正在屋里翻箱倒柜找银子，李天宝忙从口袋里掏出那锭银子递了过去，并讲明是小孩子拿去买糖果的。小孩父亲接过银子，连忙趴在地上给李天宝磕了三个响头。原来徐家经济很困难，近来老人又生了病没钱看，好不容易才从亲友处借来一锭银子，谁知转眼工夫银子不见了。徐家人从内心感激他。后来，老人治好了病，逢人就讲李家是玻璃砖磨眼镜——厚道人家，开店讲仁义，不贪财。还有一回，一位山东客人，贩小猪到这儿来卖，因赶路匆忙，将装有三百两纹银的钱褡子放在李天宝家柜台上忘记拿走。过了四五天，自己也想不起来丢到哪儿去了，回家无路费，失魂落魄地在天长城内讨要。这一天，李天宝进城还郑家商店款子，恰巧碰见这个小贩子，连忙拖住他到自家，招待了一顿饭，将原物归还失主。小贩子非常感动，要酬谢他一百两纹银，他死活不肯接受。小贩子便请人写了块“仁义店”的匾额挂在店堂上，并到处讲李天宝有仁有义，是个半夜打雷心不惊——问心无愧的大好人。

孝行千秋石碑

杨家百货棉布店在李家店斜对门，杨文华一向以礼待人，未曾开口便笑脸相迎，客客气气，从无高言，更不发火。一天早上刚开门，一下涌进许多人，买这要那，应接不暇。这时有两个外乡人指着一种灰色布叫撕三丈做大褂子，杨老板的儿子连忙给二人量了三丈。二人拿着布在身上比划了一下，嫌颜色淡了，不要，叫将黑色布撕了三丈。布撕好后，两人在身上又比比划划，说黑色太深了，叫量蓝色布。这时杨老板的儿子有点不大高兴，杨老板便亲自动手撕下三丈蓝布双手托起递了过去。两人将布贴在身上左看右望，又不中意，退了回来。顾客中有人看不惯，讲了句“是来买布还是来捣蛋的！”二人一听，火冒三丈。其中一人张口就是一口痰向杨老板脸上吐去，杨文华是个肚量大的人，急忙满脸赔笑，连声赔不是，请二人原谅。两人污言秽语，振臂挥拳，蛮不讲理。众人见了纷纷谴责他们，二人自觉理亏，灰溜溜地走了。因杨文华开店做生意待人和气，宽厚让人，顾客们都叫他“杨和气”。

俗话说，近朱者赤，近墨者黑。在杨、李两家影响下，万安集上的人待人特别和气，做事讲良心，不欺人。做生意不缺斤少两、短尺少寸，老少无欺。周围百姓都愿意到这里来买东西，并亲热地叫这块地方为“仁和”。时间久了，万安集被渐渐淡忘，“仁和集”却一代又一代传了下来。

特　　产

清　香

滁菊飘香

滁菊，俗称甘菊、白菊，属菊科。滁菊花蕊硕大金黄，花瓣晶莹玉白。滁菊含有黄酮、挥发油、氨基酸和多种微量元素，属药、茶两用佳品，有清热解毒、护肝明目、舒筋活血、防病健身、延年益寿之功效，名列全国四大药菊之首，是菊花中花瓣最为紧密的一种。

泡开的滁菊

（1）滁菊茶：清朝光绪年间《滁州志》曾记载“甘菊产大柳（今南谯区大柳镇）者佳谓胜产于杭产而不可多得”。滁菊有1000多年的栽培史。宋太宗年间滁州知州王禹偁在其《甘菊冷淘》中对滁菊入馔曾作过精彩描述。宋庆历七年（1047）欧阳修治理滁州时，在《希真堂东手种菊花十月始开》一诗中对滁菊的种植和品质给予了高度评价。清朝光绪元年（1875）滁菊被朝廷纳为贡品，故有“滁州贡菊”之称。《本草纲目》云：“滁州菊，单瓣色白，味甘为上。”近代滁菊更受到我国中医、中药行业的重视，《中华药典》《中药志》《中药大辞典》《中国植物志》等数十种国家权威刊物都对滁菊进行了深入研究，并给予了高度评价。

盛开的滁菊

（2）滁菊花：滁菊的制作技艺十分复杂，从选田到包装共经过十多项工序，而且每一道工序都十分严谨，环环相扣。如滁菊的选田要求：必须选择滁菊原产地田块，即东经117°50′～118°30′、北纬32°02′～32°35′的田块，对土壤酸碱度、疏松度等也有严格的要求。滁菊在种苗繁育、选苗扦插繁殖、自然根系繁殖、施肥、整地、移栽时间、移栽密度、移栽方法、田间管理、采收加工等方面都有其独特的十分严格的要求。滁菊采花应在每年的10月25日至11月底。滁菊的采摘标准是：花萼盛开、花蕊金黄色、花瓣玉白色。滁菊的花期一般为7天。滁菊的采收要选晴天露水干后进行，采摘后需经过避晒晾花、杀青、揉形、烘干、晾晒、灭菌、分级精选等各道程序。也正因为滁菊是在这样一个特殊的地理环境中生长，用特殊的手工制作技艺生产，才使其在数百年间始终保持贡品品质。

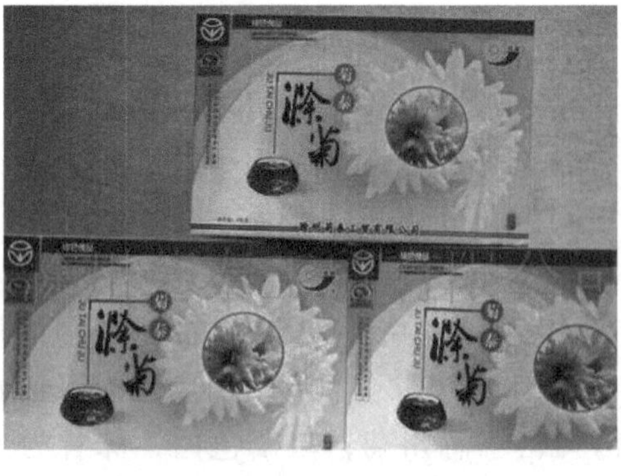

滁菊产品

2009年，滁菊制作技艺入选安徽省非物质文化遗产名录。

施集绿茶

施集绿茶产自施集茶场。施集茶场原由滁州市农资委创立，为集体企业。后因顺从企业改革的浪潮，于2002年被拍卖，转为股份合作制企业。茶场改制之后规模日益扩大，现今已经发展成为拥有两万亩茶园，年加工能力三十万千克的滁州市农业产业化龙头企业，公司资金近千万元。

施集茶场

滁州施集茶场的发展带动了周边茶农开山种茶，使当地的茶农增加了收入。茶园的迅速发展使施集成为皖东地区的茶叶之乡。

为了探索茶场发展的新路子，施集茶场投入资金建立施集茶场茶艺大厅，集展览、品茶、茶艺表演、花卉欣赏、娱乐、餐饮为一体。游客在欣赏茶艺的同时也能够感受到施集茶的魅力所在，在自然中品茶观景，别有一番风味。

施集毛峰

茶场自建设以来，经过几代人的努力，现发展成为滁州市的农业产业化龙头企业。公司开发的“西涧春雪明前珍品”“西涧春雪”“施集毛峰”“普贤云雾”“施集烘青”“宏福滁菊”等品种深受广大消费者欢迎。其中，“西涧春雪”1993年获得安徽省名优茶称号，1994年荣获首届“中茶杯”全国名茶评比二等奖，1999年获安徽省优质农产品称号，2000年获国际名茶评比金奖。

清雅甘香的施集毛峰

“施集”牌绿茶，2004年获滁州市消费者协会推荐商品称号，2004年、2008年、2012年被国家绿色食品发展中心认证为绿色食品，2003年、2008年、2011年被安徽省工商局评定为安徽省著名商标，2008年、2012续被中绿华夏有机食品认证中心认证为有机食品。施集茶场2008年3月被中共滁州市委、滁州市人民政府评为全市先进农业产业化龙头企业，2009年3月被中共滁州市委、滁州市人民政府评为“滁州市2007—2008年度文明单位”。

茶场“抓质量、上规模、创品牌”，走自强不息之路，竭力为客商研制出“形、色、香、味”俱佳的各系列绿茶，在品种、规格、市场销售、产品结构等各方面都能获得消费者和客商们的肯定。茶场一贯秉承“品种优良、风格稳定、档次分明、质量保证、卫生安全、买得放心、喝得舒心”的信念，让更多的客户享受到纯天然的茶香韵味，让人们的生活更具有盈盈的茶香。

来安三蒜

来安三蒜是指蒜薹、蒜苗和蒜瓣。来安大蒜系地方品种，属白皮蒜，叶片宽厚，蒜薹粗长，蒜瓣肥大。蒜薹约60厘米，粗细均匀，食之甜辣嫩脆，蒜头单个重40克。

来安蒜头

来安县是全国蒜薹名产地之一，每年蒜薹应市季节，来安蒜薹源源不断销往天津、北京及东北各地，转而出口俄罗斯、日本等国。位于相官镇的华萃食品有限公司是皖东最大的蒜薹储藏、加工、销售公司。原来安脱水菜厂生产的蒜片荣获国家“出口免检产品”称号。

来安蒜薹

来安蒜瓣

肥　　美

女山湖大闸蟹

女山湖大闸蟹，乃安徽省明光市一绝。自古以来，女山湖渔民一家大小常年就住在船上，当地流传一句俗语：“吃蟹饭、住蟹房、娶蟹婆、嫁蟹郎”。可见，螃蟹在女山湖具有悠久而深远的历史。

女山湖大闸蟹养殖场

明光市是明皇故里，女山湖是安徽省第二大淡水湖，150万年前由岩浆喷发而成，为中国保存完好的古火山口之一。据农业权威部门提供的调研材料显示，湖内浮游生物很多，水质清澈透明，又因火山爆发而形成独特的自然生态环境，非常适合蟹、鱼、虾等水生动植物的生长，湖内养蟹不用人工投饵。女山湖大闸蟹味道鲜美，营养丰富，含脂肪、无机盐、糖类、维生素等多种人体需要的营养成分。食之，给人以极大的享受。当地民间常说“一盘蟹，顶桌菜”，倘若吃饭先上蟹，所有菜品都会被这大闸蟹抢了风头，食了蟹再品尝其他菜，也会觉得索然无味。

女山湖大闸蟹

1999年，“女山湖大闸蟹”正式在国家工商局注册商标。随后多次被农业部、中国国际农业博览会、中国绿色食品发展中心、中国河蟹协会等推荐为名优产品：2001年中国国际农业博览会授予“女山湖大闸蟹”名牌产品称号，2007年中国绿色食品发展中心认定“女山湖大闸蟹”为绿色食品A级标准并通过续展，2008年农业部授予“女山湖大闸蟹”名牌农产品称号，2008年安徽省工商行政管理局授予“女山湖大闸蟹”安徽省著名商标并通过续展，2011年“女山湖大闸蟹”荣获安徽省质量技术监督局安徽名牌产品称号，2012年“女山湖大闸蟹”荣获“辽河杯”全国河蟹大赛金奖。

目前，明光市已拥有“中国河蟹之乡”“全国水产百强县”“国家重要的商品鱼生产基地”“水上明珠”等美誉，女山湖优质水产品年产量突破20万吨，渔业总产值达12亿元。其中，近3年来，女山湖大闸蟹每年总销售额均超过5亿元，2012年总产值突破6亿元，养殖面积达15万亩，示范带动市内近2万名渔（农）民从事大闸蟹养殖，产品畅销新加坡、日本、韩国等国家，为当地农业经济发展和产业结构调整做出重大贡献。

雷官板鸭

雷官板鸭一般在秋末至春节前制作，加工技术要求较高。其产品外形美观、皮色洁白，皮薄肉嫩、尾油丰富，骨脆味香、风味独特，为腊味中之上品。

板鸭养殖基地

雷官板鸭因其产地来安县雷官集而得名，是当地历史悠久的传统特产，自清朝同治年间问世后，以其精湛加工方式和传统风味享誉大江南北。板鸭制作采用宰、卤、晾、煮四道工序。板鸭外表色泽光洁，呈乳白色，食之肥而不腻，松嫩可口，咸淡适中，味鲜醇香，诱人进食。

板鸭制作间

作家曹玉模1982年尝食后，撰散文《过雷官集》发表于1982年3月3日《文汇报》。文中称赞雷官板鸭“薄如方片糕，嫩的不用嚼，咸淡随口味，一嚼油直冒”。“雷官”牌板鸭1997年被评为安徽省乡镇企业优质产品，1998年省政府授予其“安徽省名牌农产品”称号。

板鸭切盘

“雷官”牌板鸭系选用当地麻鸭，经陈年老卤、传统配方加现代方法精工制作而成。做出的板鸭皮白、肉红、骨头绿。现主要产品有板鸭、红扒鸭、精花鸭、烤鸭、白条鸭以及鸭掌、翅、舌、肫等小包装方便食品。

管坝牛肉

管坝是全椒县西部的一个山乡，为回民聚居地。这里的回民宰杀、加工牛肉历史悠久。管坝牛肉是全椒传统清真菜肴，风味独特，名闻江淮。据管坝牛肉正宗传人王礼庚介绍，管坝牛肉制作时选用六口牙以上的老口子健康牛，由工人将牛宰杀、洗净后，置入大锅中，加祖传秘制老卤，放入十几味香料药材，旺火烧开后，不停搅动翻捣，文火浸味，经过多道制作工艺卤制而成，可用作茶点、干切盘菜，还可红烧、药用等。

管坝牛肉

管坝牛肉作为地方回民独有的饮食文化传承已久，其手工技艺精湛，配方讲究合理，具有丰富的文化内涵。管坝牛肉配方含有丁香、桂皮等十几味中草药，可治腹泻、脱肛、面浮足肿、病后体弱、血气两亏，常食有助于恢复健康。牛鞭更是滋阴补肾佳品。牛肝既有治疗营养不良性贫血的作用，又有补肝明目的功效。

管坝牛肉现已卤制成28个品种，分食用珍品、馈赠礼品、休闲旅游必备品、健体益身保健品等系列产品。目前，管坝牛肉市场前景良好，全国各地均有销售，经济效益十分可观。管坝牛肉经数代传承人在长期手工制作中的摸索、总结，形成了独特的老卤配方、香料药材配伍和卤制工艺，其知识性、工艺性、科学性值得探究。

管坝牛肉切盘

改革开放后，管坝牛肉作为品牌已成为地方一项支柱产业，牛肉飘香到北京、广东、江苏、浙江等地，供不应求。管坝牛肉作为一种饮食文化，具有很大的研究与开发潜力，其独特的民间手工技艺应加以保护和传承。

2008年，管坝牛肉制作技艺被确定为滁州市非物质文化遗产名录项目。

秦栏卤鹅

秦栏卤鹅，天长秦栏一带特产，传有百年历史。其肉酥嫩喷香，老少咸宜，别具风味。制作时最讲究的是卤。制卤比较复杂，先将元茴（八角）、丁香、小茴、川椒、三奈、桂皮、肉桂、肉果、芝麻（炒熟）等碾碎装入布袋，随酱油、味精和水一并下锅煮沸。鹅去毛后，掏去内脏洗净。再入卤内煮熟，不宜煮得过烂。卤以越老越好。

相传，秦栏卤鹅与孝子朱寿昌有关。朱守昌曾经跟随被弃的生母有过一段悲惨的生活经历，为生计所迫以放鹅为生，后其父将他领回抚养。朱寿昌对与母亲的三年艰辛生活经历刻骨难忘，做了官后，更是日日思母，“言辄流涕”。家人及侍从想起他与母亲生活时放鹅的经历，便使厨师卤制熟鹅，增加食欲。朱寿昌食之，果然食欲大增，自此每餐必吃，身体逐渐调养康复。然而朱寿昌每次食鹅之时，思母之情也更为迫切，于是弃官，千里寻母。寿昌母子团聚后，心情舒畅，更加喜食卤鹅，嘱咐侍从每日卤制熟鹅与母同食，乐享天年，故秦栏卤鹅又称为“寿昌卤鹅”。后来，“寿昌卤鹅”的秘制工艺传遍秦栏乡里。乡民们敬佩朱寿昌的孝心，又尊称为“朱孝子卤鹅”。

另一种说法是秦栏卤鹅为清末民间烹调能手刘金忠独创，已有百年历史。其制作工艺独特，表面呈金黄色，光洁发亮，香气清新醇厚，油而不腻，烂而不散，美味爽口。其因色香味形俱佳而闻名遐迩，经久不衰。

卤鹅切盘

秦栏卤鹅肉酥嫩喷香，制作讲究。

花样卤鹅切盘

如今，用特种配料和工艺制作出的卤鹅香飘千里。随着秦栏卤鹅的声名鹊起，以“金洋卤鹅”为代表，秦栏卤鹅已做成鹅类产品中的知名品牌，与德州扒鸡、符离集烧鸡、南京板鸭、盐水鸭、桂花鸭一样名扬四方。

女山湖银鱼

相传张果老在女山仙人洞小憩时被一群白羊吵吵闹闹，搅了好觉，气得将这群白羊点化成石。雪白的羊毛没有变成石头，脱落后被风吹雨淋流入女山湖。时间一长，长成了一种细细长长的小鱼。开始数量很少，渔民们也没在意。后来繁衍得越来越多，成群结队，在阳光的照射下闪着光亮，银白一片，女山湖成了银色的湖。后来有人捕了些用来做汤，汤味特别鲜美，鱼肉细嫩无刺，食之回味无穷。因这些小鱼银白无鳞，被人叫作“银鱼”。

女山湖银鱼

女山湖所产银鱼，属鱼中上品。消息传开，捕捞的人渐渐多了起来。先是自家食用，后知道的人多了，城里的人也开始食用，所以鱼市就有买卖的了。随着买的人越来越多，鱼价也就越来越高。一日，县太爷把这种鱼推荐给知府，知府吃后觉得很有特色，口味甚佳，于是令人每日捕捞送上。后知府为讨好宫中高官，挑选出一批长短均一寸左右的精品献入宫中，经御厨精心煮成银鱼羹让皇上品尝，皇上一连吃了两碗。从那以后，女山湖银鱼便成了贡品。据考证，女山湖银鱼比太湖银鱼和巢湖银鱼还早上百年。

油炸银鱼

女山湖银鱼个小体肥，肉质鲜嫩，营养丰富。其干制品“银鱼干”，洁白如银，无杂色，规格整齐。

香　甜

琅琊酥糖

琅琊酥糖是滁州有名的糕点，细腻香甜，糖体柔软而不散，成褶状，既可干食又可冲食。琅琊酥糖始为纪念董小宛，名“董糖”，至今已有400多年的历史。相传明末清初，南京秦淮八艳之一董小宛为侍奉病中的夫君，特制了一种香甜可口、奶香怡人的面糖，堪称一绝，后来渐渐流入民间，糕点作坊纷纷效仿，并经滁州人加工精制成现在的琅琊酥糖。

滁州制作琅琊酥糖的鼎盛时期是1956年前后，当时滁州有名的糕点作坊有曹恒兴、杨元茂、章三益三家，后来组合成立了滁县饴糖厂，即后来的滁县食品厂。该食品厂以生产琅琊酥糖为主要品种，以享誉全国的风景名胜琅琊山为背景，设计了新包装并申请了“琅琊酥糖”注册商标。改革开放后，国企改制，琅琊酥糖生产又回到了民间。

琅琊酥糖以精粉、白砂糖、麻仁（去皮的芝麻）、饴糖和香油为主要原料，其制作过程为：首先用白砂糖和特殊原料制成饴糖，饴糖要求有一定硬度，挑起来要有“骨子”，然后把麻仁、精粉炒熟，加入饴糖适度搅拌，再用“七折七压”等特殊工艺制成酥糖，制成后要用专用蜡纸包装。

琅琊酥糖

现在“琅琊酥糖”商标的持有人为张永华老师傅。琅琊酥糖制作技艺于2008年被确立为滁州市非物质文化遗产名录项目。2010年，琅琊酥糖制作人张永华师傅之子张保明被确立为琅琊酥糖制作技艺市级代表性传承人。2011年，张保明应中央电视台之邀，赴北京参加了“欢乐中国行”节目，并现场演示了琅琊酥糖的整个制作过程，引起了较大反响。

池河雪片糕

池河雪片糕，安徽省定远县地方传统名点，历史久远，相传最早是由古太平桥头张姓人家制作的，到清朝乾隆帝下江南，此品作为贡品迎驾而名声日响。因糕片透明，又名“云片”，又因入口即化而称“雪片”。此糕采用传统手工做法，选用上等糯米、小磨麻油等精制而成。

池河雪片糕(一)

池河雪片糕制作方法：

（1）湿糖：在制糕前一天将糖用水溶化再加油拌匀，然后每隔一段时间再拌和一次，放在缸内待用。俗称印糖。

（2）模制：把米粉和湿糖按7∶8比例称出，放入擦糕机内擦制约1分钟拌透取出，过钢丝筛。然后取出部分糕粉留作面料。把糕粉装入模内，上面加上面料，用一齿形铁片划匀糕面，再用模方压实，最后用带把的光滑铜板按平。

池河雪片糕(二)

（3）汽蒸：把糕模放入长方形蒸锅内汽蒸8分钟左右（蒸汽量不可过大，否则影响糕的色泽），待糕体四周与模微微离开，出现白边，即可将糕倒出放在木板上。蒸下一锅时，将木板搁在糕模上回笼蒸一次，称为回汽。把回汽后的糕分切成3块长方形糕体，并在糕面上用特制粉刷一次糕面，然后面对面叠起放入木箱内，盖上芷布，静置24小时切片。

（4）切片成型：将糕条排列在切糕机上，切片成型（也可用人工切片），每条糕应达到150片以上，不可过厚。

池河雪片糕，是滁州市内有悠久制作历史的名细糕点之一，薄如白纸，点火可着，卷如香烟，不断不裂。选上好纯白糯米淘尽，然后炒熟磨成粉。炒米时要先以文火烧透心，粉成后装入缸中，中间放青菜叶以吸收火气，两月后取出制作时须严格配料，一般米粉、白糖、猪油和水按一定的比例，文火炖。糕成后切糕时刀工要精细，刀刀到底。

甘露饼

天长甘露饼是安徽天长市地方传统名点。相传道光年间，天长县状元戴兰芬将其进贡给皇帝，故又有“进贡甘露饼”之称。该饼以精白面粉、熟猪油、白绵糖、青梅、红丝等原料精制而成，特点是造型美观，洁白如玉，层层叠叠犹如盛开的白牡丹，入口甜软，如啜甘露。

甘露饼(一)

相传清道光二年（1822），天长举人戴兰芬进京应试，得了第九名，却被点为状元。第九名如何能中状元，这里有个故事。原来第一名本是江苏高邮的史球，因史球与“死囚”谐音，不吉利，主考大人为了拍皇上的马屁，竭力贬史褒戴，建议将史球换为戴兰芬，说天长戴兰芬乃是“天长地久、代代兰芬”，有苍天助圣之意，象征着清朝江山可与天地同寿，世代绵延。主考大人这一偷梁换柱之计果然博得圣心大悦，于是欣然将戴兰芬点为状元。戴兰芬中状元之后，为感谢皇恩，将家乡天长的传统名点作为贡品呈入宫廷，献给皇上品尝。皇上尝后，觉得酥脆香甜，油而不腻，入口即化，味美可口，如得甘露，且色、味、形俱佳，很是赞赏，封为“甘露饼”，故又名“进贡甘露饼”。

甘露饼(二)

甘露饼的制作材料主要为精白面粉、熟猪油、白绵糖、糯米粉，另加表梅、红丝若干，酥香味美，风味独特。

甘露饼的制作方法：

（1）将精面粉、白糖、熟猪油、鸡蛋、苏打粉一同放入盆内，和成面团，揉成皮面。

（2）瘦猪肉、冬菇、笋片均切成筷头丁，入油锅加调味炒熟成馅。

（3）皮面搓成条，摘成剂子，压扁包入馅料，以每个70～75克为宜，再擀成扁圆形，入炉烤熟即成。面团要揉匀，入炉烘烤火不宜太旺。

天长甘露饼1988年获得中国首届食品博览会铜奖，1979年、1981年曾两次被评为省优质古传明细糕点，1984年荣获安徽省优质产品称号。

酥笏牌

全椒酥笏牌主料为面粉、熟芝麻，味美，品茶时食用味更佳。全椒特产酥笏牌是全椒名点之一，以马厂镇生产的最为可口。因其形状像古代大臣上朝时用的象牙笏牌，故有此名。酥笏牌酥香味美，为品茗佳品，又是馈赠亲友的上等礼品，尤适宜老年人食用，为明乐韶凤所创。

相传大明开国功臣、兵部尚书全椒人乐韶凤与朱元璋君臣相洽。一日朱邀乐游金水桥，朱携乐手，突然说："携手上金桥，有事不相饶。"乐跪下答道："平生仗忠义，不畏帝王刀。"事后乐感到畏惧。一日朱元璋驾临乐府，乐韶凤即奉上自家制作的酥笏牌请君品尝。朱元璋拿起酥笏牌笑道：卿家心思精巧，造此笏牌，定有所奏。乐韶凤即答愿交出所掌之权，回乡告老，并口吟辞朝诗两首。帝准其所请。故乐韶凤得以善终，卒葬故乡（见明清两代县志）。据考证，酥笏牌制作技艺由王朝勋老人在清乾隆年间乞讨至马厂而带入，王氏家族将其代代相传，至今已有220多年的历史。

酥笏牌(一)

酥笏牌选料严格而科学，工艺复杂而独特，色香味俱全，尤以酥松著称，堪称中华一绝，在华东大地休闲食品中闻名遐迩。

酥笏牌(二)

由于酥松可口、营养丰富，酥笏牌已成为茶铺、饭桌上的珍品，探亲访友相互馈赠的礼品，出差旅游的必备品，并逐步发展为一种饮食文化，成为马厂特色农产品的一大亮点。

酥笏牌主料为面粉，鹅油或鸭油，熟芝麻。将油酥和面团糅合，反复折叠，擀成24层，形成长约16厘米、宽约6厘米的底坯，撒上芝麻入炉以文火闷透。取出后清除炭火，再层层放入炉内，利用炉内余热，熏烤过夜即可。启炉香气扑鼻，放入茶盘，以手指在两头一按，即碎为八块。

酥笏牌的最大特点就是“酥”，刚出炉的笏牌，拿到手上，一股香味扑鼻而来，尝一口，酥脆的味道中带着一点点甜味，十分爽口。酥笏牌的另一个特点就是“脆”，稍不留神，掉到地上，就碎成了粉。

酥笏牌(三)

酥笏牌的制作非常讲究，和出的麦面要反复揉搓，加上菜油，擀制成薄片，薄片越薄越好，这样折叠起来，可以折叠成多层，烘烤出的笏牌非常酥脆。技术精湛的师傅擀出的面片薄如蝉翼，近乎透明，蒙在眼睛上，可以看到走动的人影。然后将这薄面片反复折叠成正方块或长方块，撒上芝麻，进行烘烤。烘烤的火候也是十分讲究的，开始用大火蒸干水分，然后用小火慢烤，最后用文火慢慢地熏，往往要用3个多小时（或用余火熏烤过夜）才能烤出一炉。

酥笏牌在其成长和经营的几百年中，已经形成了一种饮食文化现象。酥笏牌香酥可口，营养丰富，老少皆宜。

2008年，酥笏牌制作技艺被确定为滁州市非物质文化遗产名录项目。

龙岗芡实

龙岗芡实又名龙岗鸡头，为睡莲科一年生水生草本植物，其性喜温暖，畏寒冷，怕干旱，只能在无霜期繁育，多生长在沼池、湖湾等静水环境中。芡实有开胃助气、益精气、补中健脾、止渴固精的功效，有助恢复脾脏与消化系统。芡实经过长期的繁殖培育，已经有许多品种，主要分为南芡实、苏芡实、潮州芡实等，而天长龙岗芡实属于南芡实的一种。

芡　实

天长市境内水网发达，水生资源较为丰富，水生产品较多，其中龙岗鸡头最负盛名，素有“鸡头”之乡的美称。

芡实种植水面

芡实有发达的根系，形似扫把，深入土中。其茎短缩肥硕，芡叶从根部之短缩茎由外向内陆续抽生，叶面绿而背紫红。初生时叶为箭形无刺，以后逐渐长成圆盾形而多刺的大型浮叶，芡花部分沉入水中，日开暮闭，芡果从花托中长出，球形顶部似鸡头，外面多刺。

芡实果实

芡实里面缀满球状种子，豌豆大小，皮黑壳硬。去壳露出白色粉质的果仁，即芡米，味甘而香，富含淀粉、脂肪、蛋白质和多种维生素，对治疗遗精、白带、小便不禁、大便泄泻等症具有良好的辅助作用。芡实的其他部分也可利用。芡果的叶柄和花茎是较好的蔬菜，肥大的根茎因为含有一定的淀粉可作生猪的饲料。由于芡实能食疗兼用，历来行销东南亚等地。

来安花红

来安花红学名“林檎”，也称“沙果”，是我国古老的水果品种之一，原产地安徽省来安县。“花红”皮薄而肉脆，汁多渣少，生食酸甜爽口，满口生香，很受人们喜爱。

来安花红

据《来安县志》记载，来安早在明嘉靖年间就有花红栽培。从林檎到花红，有个“皇封贡果”的故事。清嘉庆年间，来安城林檎种植大户吴球，进京看望在朝中任东台御史（三品文官）的叔父吴棠时，带了自家所产的林檎送给叔父，以表孝心。吴棠食后，觉得此果甚佳。翌日早朝时，吴棠将林檎呈献给嘉庆皇帝。适逢嘉庆帝胃口不佳，心情烦躁，见臣奉献果品顿觉快慰。视其色泽艳若红花，食其味如桂花清香，龙颜大悦，脱口而出：“花红也！”因系来安产，随封为“来安花红”，并诏令每年进贡。

据江苏省农科院鉴定，来安花红鲜果内含有人体必需的多种维生素和矿物质，其中含有蛋白质0.639%，磷0.031%，还原糖5.35%，可溶总糖6.57%，有机酸0.56%。来安花红除供鲜食外，还可泡茶、酿酒，并具有解渴、防暑、消食健胃、生津祛火、防痢止泻等作用。

罗庄葡萄

罗庄葡萄产自来安县半塔镇罗庄村，葡萄因皮薄肉厚、珠串大、味酸爽甘甜而出名。罗庄葡萄种植因“农药喷洒少、果实套袋早、农业化水平高”而成为当地的绿色无公害食品。随着种植技术的不断更新，罗庄葡萄现已拥有夏黑、金手指、红提、巨峰等多个品种，其中夏黑因口味甜、汁水多、无核而深受当地群众的喜爱，同时也成了罗庄葡萄对外销售的主打品种。

罗庄葡萄园

罗庄村除了葡萄之外，自制酿造的罗庄牌葡萄酒因完全以葡萄为原料，无任何工业物质而深受人们喜爱，因下口香柔、回味无穷，现已成为当地人民自饮和招待客人的上佳之品。

民　　俗

信　仰

琅琊山庙会

琅琊山庙会是皖东地区历史悠久、规模最大、影响最广的民间传统习俗活动，于每年的农历正月初九举办。

早年琅琊山庙会场景

琅琊山庙会源自一个美丽的传说。相传很久以前，琅琊山并不像现在这样秀丽多姿，只是一座杂草丛生的荒山野岭。东岳大帝的女儿碧霞仙姑因嫌天宫冷清寂寥，想到人间游山玩水。仙姑定睛一看，大失所望，山上除了草还是草，连比自己高的树都没有。仙姑稍作休息，想另找锦绣山川。但转念一想，不如自己动手造就一处美景，想造多美就造多美。于是，她决定不到别处去了，并就地用石头垒了一个住处，住下来美化琅琊山。碧霞仙姑知道天宫里的甘露能使花草变香，清水变甜，便每天往返天上人间，取来甘露，洒在琅琊山上。她一次又一次，一天又一天，不辞劳苦，终于使原来荒凉的琅琊山开始长树生花，风景渐渐秀丽起来。其中琅琊寺一带的景色特别优美，这是因为盛甘露的罐子不小心给弄翻了，甘露全部泼在一处的缘故。碧霞仙姑造了一处仙境的消息传到天宫，她的姐妹们纷纷要求下来观赏，选定的日子是仙姑的生日，而这一天正是正月初九。后来，人们为了纪念碧霞仙姑，就在琅琊山顶上南天门建造了一座宫殿，这便是碧霞宫。每年正月初九，人们纷纷前来烧香祭祀，这样，便逐渐形成了规模盛大、热闹非凡的庙会。

2015年琅琊山庙会场景

滁州地方史志载曰："每逢此日，众多香客信士来寺院烧香拜佛，无论阴晴雨雪，不计路遥，奔赴寺院进香结缘，祈祷平安。"

琅琊山庙会真正形成"规模盛大、热闹非凡"的汉族民俗活动，汉族民间普遍认同的说法是在明代洪武年间。开国皇帝朱元璋建都南京后，年年遣派太子、大臣返回老家凤阳祭拜皇陵。当时，朝廷在滁州设有中央直属的管理机关"南太仆寺"，朝廷命官每次都会陪同朱元璋登山祭祀，为天下百姓祈福，情景可谓是"车马喧嚣、肩摩毂击"。为彰显国泰民安的氛围，官方有意支持并认可"庙会"这一活动，让民众聚会欢娱，由汉族民间自发活动转为官方组织兴办，自此年年沿袭，一时香火鼎盛，名播久远，"盛况甲皖东"。

琅琊山庙会舞蹈表演

琅琊山庙会指挥部吸取历届经验，在加强游客管理的同时，融入了更多创新的亮点，力争使琅琊山庙会成为滁州一张叫得响的“名片”，吸引周边游客和商家的一个平台。

除了传统的庙会节目，主办方有时还举办名优商品展销，尽展滁州特色。据现场观察，展销不仅有工业产品专区，还设有优质农产品展销区及小商品市场专区。展销内容大到空调、电视，小到白酒、食盐等各类滁州特产，共计3000余种名优特产借此平台向外展销。

琅琊山庙会舞龙灯

为了打造琅琊山庙会这张滁州特有的“名片”，吸引更多的周边游客和商家到滁州旅游、投资，庙会期间，滁州市政府还特别安排市旅游局召集南京、合肥、蚌埠等地的20余家旅行社负责人到庙会现场参观考察，适时发布滁州境内的14项民俗节庆活动时间安排（比如：全椒的“正月十六走太平”，南谯区的“二月初四二郎庙会”，天长的“护国寺庙会”，定远的“令狐山庙会”，凤阳的“明皇陵冬至日大祭祀”等），以便滁州及周边地区的人们能更多地了解滁州。

不仅如此，琅琊山景区的“硬件”也在不断升级。如琅琊山管委会对现存古关隘、古驿道、古战场为一体的“三古遗址”古清流关进行了保护性维修。据史料载，欧阳修继《醉翁亭记》后，在滁州又写出《丰乐亭记》。后来，苏东坡把《丰乐亭记》刻于琅琊山丰乐亭中石碑上，留下了“欧文苏字，珠联璧合”的稀世瑰宝。滁州在丰乐亭旧址兴建“丰乐亭文化公园”的思路已经形成，配套的项目规划、招商引资等也基本就绪。据介绍，丰乐亭文化公园的规划建设，对于整合滁州旅游资源，进一步丰富琅琊山景区文化内涵具有重要意义。

2009年，琅琊山庙会被确定为安徽省非物质文化遗产名录项目。

走太平

全椒走太平又名正月十六走太平，是全椒县独有的传统民俗，自东汉开始，传承至今，盛况不衰。《汉书》载有“澄日太平”之谚，此为全椒走太平之肇始。南北朝梁宗懔《荆楚岁时记》对全椒走太平这一习俗有专门描述，谓之“走百病”，是为了消灾祛病。

刘平，楚郡彭城人，东汉建武年间任全椒长。传说刘平为全椒长时，将朝廷拨下的建城款购买粮食救济灾民，导致原可建方圆四十里的城池，缩减为方圆四里，结果获罪被罢官，押解京城问斩。全椒百姓得知消息后，倾城相送刘平至城东太平桥，此时恰好为正月十六。此后，每逢此时，百姓必到此桥焚香燃烛，追念刘平，后渐渐演化成一大民俗——全椒走太平。

2014年走太平场景

走太平传承到隋唐，由于南北战乱，几近失传。全椒又因纪念隋开国大将军贺若弼，而得以传扬。据《全椒县志》载，太平桥又名贺橹桥，隋大将贺若弼伐陈时，造橹于此。人们在追忆清官的内涵中，又增加了保国安民的成分。全椒“走太平”到元末明初，也和其他地方“走太平”一样，几近传绝，此时又加入了第三个历史人物陈瑛，焕发了新的生机。到清朝时又增加了新的内容，据记载：明永乐初年，一术士提出，如把全椒城的笔峰山加高，可多出举子。教谕吴颖便率一帮秀才前往彼处培土。恰巧一总旗官过此，与秀才发生口角受辱，因总旗是湖南人，举主读音不分，到南京诬告全椒人欲培土出“主（举）子”，有谋反之举。永乐帝欲血洗全椒，都御史陈瑛是滁州乡亲，闻之乃禀：椒人淳良，断不能造反，愿以自家性命担保，于是全椒冤白。陈瑛死后，椒人将其衣冠葬于太平桥高垄上。走太平又增加了福佑乡亲、扶危济难的乡亲乡谊成分。

2015年走太平场景

走太平要走三座桥和两条街，这条路线民俗意义深刻。走三桥，即“积玉桥”“红栏桥”和“太平桥”，取积玉之“玉”，红栏之“栏”，太平之“平”，即谐音“遇难平”，遇到灾难和困难皆可平定；走两街，取袁家湾之“袁”，太平大街之“平”，即谐音“团团圆圆”和“平平安安”。这条传统线路长约五千米，一桥更比一桥高，步步高升，心平气和，人的生理机能调度有序，是非常适宜的健身走路线。

全椒走太平是全椒民俗的活化石，已传承1900多年，影响大，范围广，内容丰富。全椒走太平具有较高的历史价值：一是此风俗在淮河以南地区传承至今，深深扎根于民间；二是体现了中华民族祈盼太平、热爱和平、追求和谐的优良传统；三是反映了百姓崇尚清廉、拥戴爱民清官的良好愿望。

2016年走太平场景

祈求平安、追思古人的全椒走太平民俗活动，如今又增添了商品交易的内容。每年正月十六前后，全椒走太平活动现场商家云集、万头攒动，摊位摆满太平桥两侧，绵延千米。随着地方开发全椒走太平旅游资源规划的实施和完善，进一步提升了全椒地方文化的知名度，极大地推进了地方经济的发展，也必将带动皖东地区民生繁荣。

“正月十六走太平”作为全椒县独特的民俗，作为民俗的活化石，传统健身走文化，国宝级的非物质文化遗产，影响越来越大，范围越来越广。周边江浙沪，北至京津唐，南至粤闽桂，皆有人专程到全椒走太平，祈大运。美、澳、意、日、韩、印度、俄、英、法、朝鲜、德等国外友人皆结队前来，每年参与活动的人数已达90多万人次。2011年印度尼西亚组织“跨南海走太平”观光团30余人和两名印尼将军一起前来全椒走太平。

2017年走太平夜景

2006年，全椒走太平被确定为安徽省非物质文化遗产名录项目。

令狐塔庙会

藕塘令狐山位于定远县东南的皇甫山西麓，历史悠久，后汉时期这里亦有寺庙。据说令狐子伯青年时避难于此，受观主郝奶奶收养。令狐子伯酷爱学习，攻读不息，后被举孝廉到朝廷做官，晚年为楚国相公。令狐为感谢郝奶奶的养育之恩，于此山修寺、立塔，塔内供奉郝奶奶塑像，起名慈母，落成恰逢农历十五。自此每年农历三月十五便成了庙会会期。庙会鼎盛时期始于明代年间，香客几万人次。后“文化大革命”期间庙会活动停止。1997年庙会活动得以恢复。2008年

4月19日由定远县人民政府在令狐山举办首届民俗文化节。

令狐塔庙会场景(一)

令狐塔庙会，山上人如潮水，有老人、小孩、青年男女，手持炮、香，头系平安带，从令狐山大门拾阶而上，经夕照亭、紫光阁、圣母殿，最后到达令狐塔顶。其中圣母殿是会期主要活动的地方，人们求得符系在殿前大树上，放炮。令狐塔是还愿的主要场所，塔的正中供奉着用桃木雕塑的郝奶奶的雕像，前来还愿的人，撒糖果、鸡蛋、糕片等，以感谢慈母乐善好施。庙会活动内涵体现了社会祭拜文化和民间习俗，体现了传统文化和现代文化的融合。会期有许多民间的文化活动，保留了许多民间艺术，对民俗研究、宗教信仰有不可替代的作用。

令狐塔庙会场景(二)

二郎庙会

腰铺二郎庙会是南谯区独特的民俗活动，每年在农历二月初四举行。南谯区腰铺镇的二郎庙会由来已久，每年的庙会，已经成为南谯区乃至周边市（县）区的一大盛事，也是滁州市十大非物质文化遗产之一。

二郎庙会表演

该庙会也称为“备耕节”，形成于民国初期，过去主要是善男信女到当地二郎庙烧香拜神、祈祷消灾延寿的宗教活动。由于历史原因，曾一度中断数十年。1997年，南谯区和腰铺镇政府挖掘文化遗产，重新办起了二郎庙会活动。但与以往不同的是，现在的二郎庙会少了香火味，看到的是农村群众热盼的文化、科技、卫生“三下乡”及商品交易活动，这已经成为每届二郎庙会的最大特色和亮点。

二郎庙会集市

庙会这一天已经成为腰铺镇农产品贸易集会日，不但南谯区的百姓、滁城的居民扶老携幼、前呼后拥赶庙会，而且全椒、和县、含山以及浙、苏周边地区的商家、游客也如期而至。

喜　庆

婚嫁庆典

滁州旧式婚姻讲究门当户对，男婚女嫁，悉遵“父母之命，媒妁之言”。一经媒人说定，双方即行定亲礼，就算是把婚姻定下来了。其程序如下：

（1）送庚帖。由媒人将女方“年庚八字”（出生年、月、日、时）送交男方家，男方家将所送“年庚八字”放在祖宗牌位前的香炉下压着，通常经过10天“天合”后，再请算命先生“命会”，生辰若无“冲克”，媒人就互通双方愿结百年之好，俗称“合八字”。

（2）纳采。男女家双方同意择一“吉日”，由男方家备聘礼（鸡鸭鱼肉、糕点、茶叶、4对或8对布料），请媒人连同庚帖送交女方家，为“下礼”，又称“下茶礼”。女方家至亲来“捧场”，男方家还要包份茶礼（小茶壶和茶叶）给女方至亲。当日，女方家备礼品回赠，作为正式订婚礼仪，又称为“回好”。

婚嫁贴纸

（3）通信。届嫁娶之年，男方将择定好的结婚日期，托媒人带着备好的礼物通知女方。女方则将成婚必需衣服、首饰等（俗称“彩礼”）开出清单，交给男家预备，于婚期前送交女方家备用。

（4）嫁娶。结婚出嫁的姑娘，要在婚期前10天“扣饭”（减饭量）。临嫁前几天，女方将陪嫁妆奁送往男方家，以便布置新房。婚前一天，舅舅来贺喜，要升号放炮（鞭炮）。迎娶之日，男方家备花轿，雇乐队，带礼品，由全福小孩压轿，到女方家接新娘。其赠礼中必有满坛酒和连条肉，酒为“丢娘酒”，肉为“离娘肉”。新娘黛眉粉妆，头蒙红盖头。出门时脚不能履地，须由其兄或弟背上花轿。新娘离家时必哭一场，称为“哭喜”，俗云：可以弃苦就乐。起轿时，娘家向轿底下泼一盆水，意为“嫁出门的姑娘泼出去的水”。路上，鼓乐齐鸣。轿至，男家大门紧闭不开，谓之“抑性子”。顷刻开门，迎新娘下轿。接轿妇人用捎袋（即红布袋或麻袋）两条在地下轮流翻转铺地作毯，新娘由伴娘牵引着走在袋上，传袋人边轮传边诵贺喜词，如“捎袋传口袋，一袋传百代……”，谓之可以传宗接代（袋、代谐音）。“拜堂”时，先拜天地，次拜高堂（父母），再夫妻对拜，继而向亲友长辈行礼。致贺的女客，皆致送“拜金”（塞红包）。进入洞房，由新郎揭去新娘头上红盖头，同吃洞房饭，喝交杯酒，为“做富贵”。至晚，众人“闹洞房”。“闹洞房”三天不分大小（即不问辈分高低、年龄大小），青年人随意出嬉弄性难题，摆布新娘，逗引哄笑。洞房内的被单、箱子及桌子抽屉里等都摆有红枣、花生、桂圆、莲子，意为早生贵子。

结婚仪式

（5）回门：结婚三天回门，夫妻二人携礼偕行回到女方娘家。也有少数人家当日结婚，当日回门，叫做“连亲会”。回门之次日，又同至女家，名为“复门”，女方均须以盛筵招待，并请人作陪。

喝交杯酒

（6）会亲：婚后约10日，或4日、6日、8日，男方家长须柬请女方父母及其舅父母、姑父母、姨父母等亲戚宴会，表示互相认亲行走。各亲戚于次年农历正月十五前，亦席请新夫妇答礼。

中华人民共和国成立后，人民政府颁布《婚姻法》，提倡婚姻自主，恋爱自由，严禁包办、买卖婚姻；宣传婚事新办、废除旧风陋俗。城乡男女青年双方结识，迨两厢情愿，到人民政府登记，领取结婚证书后，方为合法婚姻。婚事多简化，迎亲、回门以步行代替花轿，择吉日不凭八字推算，而只选双日或节日。部分青年男女根除旧习，女方不要彩礼，男到女家落户，举行旅行结婚或参加由单位组织集体婚礼。

20世纪80年代起，婚事大操大办风有所抬头。娶亲要过“五关”，即买衣服关（看家前预先要替女方买套衣服）、看家关（设宴招待、下聘金）、人情关（逢年过节送节礼，平日女方家繁重活要帮忙出力）、家具关（组合式家具，另加彩电、冰箱、洗衣机、录音机等大件）、新房关（新盖房3间，独立门户）。迎娶时，男方家庭要办筵席，部分人家还要借用轿车迎送。媳妇娶进家门，花费少则上千元，多则上万元。

随着商品经济的发展，如今滁州婚礼习俗越来越西方化。

生辰庆典

（1）做三朝。孩子从呱呱坠地始，就是父母的一大喜事，也是外公外婆的一大喜事，一是表明儿女有生育能力，二是家传有后，可以接香火（指儿子），传宗接代。所以，出世三天，父亲就要到亲妈家告诉喜讯。外婆要在外孙出生的第三天提着鸡、鸡蛋和孩子衣物、尿片来看望女儿和外孙，并亲手给外孙洗第一次澡，叫洗三。同时，还要糊纸马、纸轿烧给送子娘娘，感谢送子娘娘送来孩子，叫送娘娘。孩子的父母还要择一个吉日大宴宾客，庆贺添子报孙，外婆还要给孩子买来摇篮以及摇篮里的被子等用品，还有孩子母亲吃的油条、鸡蛋、猪蹄等营养品，这些东西用专用挑盒装着叫送盒子，其他亲戚除了送礼外，还要带鸡蛋、馓子等滋补品来慰问坐月子的孩子母亲，这就是做三朝。这时来探望的亲戚朋友往往馈赠给孩子鸡蛋、红糖、小孩衣物等礼物以表示祝贺。主家往往也要回赠客人鸡蛋，鸡蛋多染成红色，称为“红蛋”。因是贺喜，所以也称为“喜蛋”。

（2）周岁生日。孩子一岁生日时，父母都要为孩子过一周岁生日。孩子出生一周年，家里要给孩子做“周岁”，有的地区孩子出生百日也予以庆贺。届时，亲朋好友纷纷送来贺礼，主人家设宴款待，并向亲朋好友和邻里分送“周岁面”或“长寿面”。这天孩子会穿着一新，特别是“周岁鞋”要制作精美，鞋上绣有“葱”“蒜”和“菱”形的图案。意思是祈愿孩子日后聪明，会算（蒜）和玲（菱）珑乖巧。

周岁生日是家庭中比较大的庆祝活动，会邀请亲朋好友参加，亲朋好友一般要出份子钱。其中外公外婆还要给孩子买生日蛋糕、饼子、衣服、玩具等物品。同时在孩子面前摆上一些物品，如好吃的零食，好玩的玩具，还有书本、文具、算盘等三类物品，孩子看到这些物品自然会有所反应，会伸手去拿自己喜欢的东西，这叫抓周。这里有个讲究：孩子拿什么，将来就是个什么样的人，如果孩子拿的是食品，那么将来这个孩子就爱吃；如果拿的是玩具，那么这孩子将来就爱玩；如果拿的是书本文具，那么这孩子将来就是个读书的材料。主人家要摆宴，致谢到来的亲朋好友。

（3）十岁生。十岁是孩子的一个重要生日，一般家庭都要为孩子隆重庆祝一番，其热闹程度要超过周岁生日。一是宴请的宾客范围扩大，除了亲戚，还要有望客（就是父母的同事、朋友和近邻）；二是外公外婆要给孩子换季（换全身新衣包括鞋袜）。

（4）岁岁生。现在条件好了，人们对生日也逐渐重视了。如每年一次的生日中，只有满10，如30、40等叫做“整生日”，差1年满10称作“逢9年”，其他生日则称为“散生日”。在中国农村，十分重视老人的60与66大寿。60大寿也称花甲寿，人们认为，活满了一个甲子，相当过完了天地宇宙和人生的一个完整周期，因此礼仪比普通寿礼更为隆重。另外民间还有“年过66，阎王要吃肉”的说法，所以老人过66大寿时，儿女要买猪肉回来祝寿。

（5）祝寿生。人活到60称花甲之年，是人生的一大幸事，60年就可以称为一生了，所以只有60岁以上的人才能说我活了一生。因而人到六十岁以上确实值得庆贺，常有60岁寿生，80岁寿生，能活100岁就更值得庆贺，也有过70、90岁生日的。总之，老年人一般只过一个寿生，过寿生是子女为老人举行的庆祝活动，要宴请所有的亲戚和本家后辈，还要举行隆重的祝寿仪式（如果老两口同年，也可以同时祝寿）：老人穿上寿衣，坐在堂屋正中上方，下方放着蒲团，由礼仪主持宣布祝寿开始，燃放鞭炮（奏乐），主持人按照由亲到疏、由长到幼的顺序依次呼唤祝寿人向寿星磕头（四个），有钱的寿星就给每个磕头的人发红包（多少按亲疏关系确定），无钱的则反过来，每个磕头的后辈向老人丢红包（也有不丢而直接上礼帐的），然后大宴宾客，古代寿宴所用食物中不可缺少的是面条和寿桃。

需要说明的是，生日庆典日期的确定，具有一定的灵活性，可以在生日当天举行，也可以选择其他吉日。人们择其他吉日的较多，可以提前举行，但不能推迟。提前时间有的多达1～2年（过去农村穷困，希望通过收礼应急所需用费），通常是男过九女过十（过整生的时候男的一般提前一年过，女的则不提前）。

在许多地方，还流行一种“做9不做10”的风俗，因为民间认为“10”意味着“满”，“满”又意味着完结，所以许多地方不在整10周岁时做寿，而是提前到头一年满虚岁60岁时做寿。但是，许多地方又流行所谓逢9之年是厄年的说法，所以不少地方在老人生日逢9之年，一般都提前做寿，并做大庆，叫做“过九”。届时主人向亲友赠桃，同时加赠饭碗一对，俗称“寿碗”，民间以为受赠者可以借此沾老寿星的光，有延年益寿之福。不但59岁、69岁、79岁等所谓“明九”之年需要忌讳，有的地方还要忌所谓“暗九”，即为9的倍数的年份，如63岁、72岁、81岁等。在“明九”和“暗九”之年不但需要提前做寿，还要穿红衣服。小孩可穿在外面，大人则穿在里面，还要系上红腰带。

在传统观念中，也有很多人认为生命周期的节点是农历新年，也就是春节，而非生日。在除夕之夜要守岁，过了子夜，新的一年来临，岁数也要随之增加一岁。

近年来，随着中西文化的交融，中国人过生日的习俗也发生了一定的变化。越来越多的年轻人过生日会倾向选择朋友聚会、吃蛋糕等西方过生日的方法，但诸如吃面条等传统生日习俗依然流传不衰。

乔迁之喜

滁州人管乔迁新居叫“搬家”。搬家前，先搬一盆吉祥草和万年青入户，以象征搬进新居后万事吉祥；其后，再放鞭炮（现在城区严禁鞭炮），搬进家堂神龛，以求获得祖先庇佑；然后，将“子孙桶”拎进房，以期“子孙平安、万代绵长”；接着搬进家具，并在家具上放一些芝麻秸、安豆和芦柴等物，象征“节节高”“安安稳稳”“长远发财”等。可见，搬迁的每一步都很有讲究，意味深远。

乔迁新居的习俗和步骤在各地虽有所不同，但有一个环节是免不了的，那就是“贺新居”。在乔迁新居之后，一般都有亲戚朋友上门致贺的习俗，俗称“喜泥”。在滁州还有一种贺新居的方式叫做“压锅底”。“压锅底”又称“温居”“暖房”，指亲朋好友自带一些菜来“打平伙”，主人则设宴款待。

节　庆

春　节

春节对汉族人民来说是一个重要的节日，滁州地区大部分都是汉族人，因此春节对滁州人来说一个最重要的节日。传说，年兽害怕红色、火光和爆炸声，而且通常在大年初一出没。所以每到大年初一这天，人们便有了拜年、贴春联、挂年画、贴窗花、放爆竹、发红包、穿新衣、吃饺子、守岁、舞狮舞龙、挂灯笼等活动和习俗。

1.除夕前具体习俗。

（1）扫尘。

民谚称“腊月二十四，掸尘扫房子”。举行过祭灶后，便正式开始做迎接过年的准备。扫尘就是年终大扫除，北方称“扫房”，南方叫“掸尘”。在春节前扫尘，是中国人民素有的传统习惯。扫尘之日，全家上下齐动手，用心打扫房屋、庭院，擦洗锅碗、拆洗被褥，干干净净迎接新年。其实，人们借助“尘”与“陈”的谐音表达除陈、除旧的意愿。

除夕前扫尘

据典籍记载，上古就有年终扫除的习惯。据《吕氏春秋》记载，中国在尧舜时代就有春节前扫尘的风俗。按民间的说法：因“尘”与“陈”谐音，新春扫尘有“除陈布新”的涵义，其用意是要把一切“穷运”“晦气”统统扫出门。《清嘉录》卷十二记载：“腊将残，择宪书宜扫舍宇日，去庭户尘秽。或有在二十三日、二十四日及二十七日者，俗呼‘打埃尘’。”腊月二十四“扫房”，对庭院内外进行彻底大清理。可见，这一习俗寄托着人们破旧立新的愿望和辞旧迎新的祈求，也是中华民族在漫长历史中积累的在冬季讲究卫生、预防疾病的传统美德。

（2）做豆腐。

民谚称：“腊月二十五，磨豆腐。”一些地方还有在除夕以前吃豆腐渣的风俗。民间传说灶王上天汇报后，玉帝会下界查访，看各家各户是否如灶王所奏的那样，于是各家各户就吃豆腐渣以示清苦，瞒过玉皇的惩罚。

做豆腐

（3）接玉皇。

旧俗、新俗都认为灶神上天后，天帝玉皇于农历十二月二十五日亲自下界，查察人间善恶，并定来年祸福，所以家家祭之以祈福，称为“接玉皇”。这一天起居、言语都要谨慎，争取好表现，以博取玉皇欢心，降福来年。

接玉皇

（4）赶乱岁。

送灶神上天后至除夕才迎回，其间人间无神管辖，百无禁忌，民间多嫁娶，被称为“赶乱岁”。乱岁是民众为自己设计的调节社会生活的特定时段。岁末年终，人们有了闲暇与积蓄，对于平时难得有精力操办大事的人来说，这是一个闲暇娱乐的好时机。因此，人们根据现实生活需要，发明了这一特殊的民俗。

（5）照田蚕。

照田蚕也叫“烧田蚕”“烧田财”，是流行于江南一带的民间祈年习俗，滁州古时候也有此习俗。腊月二十五这一天将绑缚火炬的长竿立在田野中，用火焰来占卜新年，火焰旺则预兆来年丰收。有些地方在年三十举行这一活动。

照田蚕

（6）割年肉。

俗话说“腊月二十六，杀猪割肉”，或“二十六，割刀头”，说的是这一天主要筹备过年的肉食。将“割年肉”放入年谣，是因为农耕社会经济不发达，人们往往在年节中才能吃到肉，故此称为“年肉”。

割年肉

（7）洗福禄。

传统民俗中在这两天要集中洗澡、洗衣，除去一年的晦气，准备迎接来年的新春，京城有“二十七洗疚疾，二十八洗邋遢”的俗语。腊月二十七洗浴为“洗福禄”。

洗福禄

（8）打糕蒸馍。

年谣云：“腊月二十八，打糕蒸馍贴花花”或“二十八，把面发”。所谓贴花花，就是张贴年画、春联、窗花和各种春节张贴之物。

其中贴春联的习俗源于古代的“桃符”。古人以桃木为辟邪之木。《典术》曰：“桃者，五木之精也，故压伏邪气者也。”到了五代时，后蜀君主孟昶雅好文学，他每年都命人题写桃符，成为后世春联之滥觞，而题写于桃符上的“新年纳余庆，佳节号长春”，便成为有记载的中国历史上的“春联”。后来，随着造纸术的问世，才出现了以红纸代替桃木张贴春联的习俗。

（9）上坟清理。

年谣称：“腊月二十九，上坟请祖上大供”。对于祖先的崇拜，在中国由来已久。视死如生不仅是孝道的重要标志，也是尊老敬老的美德。春节是大节，上坟请祖仪式也就格外郑重。上坟请祖的时间，大多数地区在二十九日早晨。据汉代崔寔的《四民月令》记载：“正月之朔是为正月，躬率妻孥，洁祀祖祢。及祀日，进酒降神毕，乃室家尊卑，无大无小，以次列于先祖之前，子妇曾孙各上椒酒于家长，称觞举寿，欣欣如也。”这说明，早在汉代中国的祭祖活动就已经是春节中一项十分重要的活动了。

（10）小除夕。

除夕前一日，叫“小除夕”，家置酒宴，人们往来拜访也叫“别岁”。焚香于户外，叫“天香”，通常要三天，才能烧完。

（11）除夕。

除夕是指每年农历腊月的最后一天的晚上，它与正月初一首尾相连。除：去；夕：交替。“除夕”就是“月穷岁尽”，人们都要除旧迎新，有旧岁至此而除，来年另换新岁。故此期间的活动都围绕着除旧迎新、消灾祈福为中心。

周、秦时期每年将尽的时候，皇宫里要举行“跳钟馗”“大傩”的仪式，击鼓驱逐疫疠之鬼，称为“逐除”，后又称除夕的前一天为小除，即小年夜；除夕为大除，即大年夜。

（12）贴门神。

最初的门神是刻桃木为人形，后来画成门神人像。传说中的神荼、郁垒兄弟二人专门管鬼，有他们守住门户，大小恶鬼不敢入门为害。唐代以后，又有画猛将秦琼、尉迟敬德二人像为门神的，还有画关羽、张飞像为门神的。门神像左右户各一张。后代常把一对门神画成一文一武，寄托了汉族劳动人民一种辟邪除灾、迎祥纳福的美好愿望。

（13）贴春联。

春联亦名“门对”“对联”“桃符”等，是对联的一种，因在春节时张贴而得名。它以工整、对偶、简洁、精巧的文字描绘时代背景，抒发美好愿望，是我国特有的文学形式。每逢春节，无论城市还是农村，家家户户都要精选一幅大红春联贴于门上，为节日增加喜庆气氛。这一习俗起于宋代，在明代开始盛行，到了清代，春联的思想性和艺术性都有了很大的提高。春联的种类比较多，依其使用场所，可分为门心、框对、横披、春条、斗方等。“门心”贴于门板上端中心部位；“框对”贴于左右两个门框上；“横披”贴于门楣的横木上；“春条”根据不同的内容，贴于相应的地方；“斗方”也叫“门叶”，多贴在家具中。

（14）挂贴年画。

春节挂贴年画在城乡也很普遍，浓墨重彩的年画给千家万户平添了许多兴旺欢乐的喜庆气氛。这些都具有祈福、装点居所的民俗功能。年画是中国的一种古老的民间艺术，它反映了人民大众的风俗和信仰，寄托着人们对未来的希望。

贴年画

年画和春联一样，起源于“门神”。随着木板印刷术的兴起，年画的内容已不仅限于门神之类单调的主题，变得丰富多彩，在一些年画作坊中产生了《福禄寿三星图》《天官赐福》《五谷丰登》《六畜兴旺》《迎春接福》等彩色年画、以满足人们喜庆祈年的美好愿望。我国年画三个重要产地是苏州桃花坞、天津杨柳青和山东潍坊。这三个地方形成了中国年画的三大流派，各具特色。

现今我国收藏最早的年画是南宋《随朝窈窕呈倾国之芳容》的木刻年画，画的是王昭君、赵飞燕、班姬和绿珠四位古代美人。民间流传最广的是一幅《老鼠娶亲》的年画，描绘了老鼠依照人间的风俗迎娶新娘的有趣场面。民国初年，上海郑曼陀将月历和年画二者结合起来。这是年画的一种新形式。这种合二为一的年画，以后发展成挂历，至今风靡全国。

（15）守岁。

中国民间在除夕有守岁的习惯，俗名“熬年”。守岁从吃年夜饭开始，这顿年夜饭要慢慢地吃，从掌灯时分入席，有的人家一直要吃到深夜。

除夕守岁

除夕守岁是最重要的年俗活动之一，守岁的习俗由来已久。最早见于西晋周处的《风土志》：除夕之夜，各相与赠送，称为“馈岁”；酒食相邀，称为“别岁”；长幼聚饮，祝颂完备，称为“分岁”；大家终夜不眠，以待天明，称曰“守岁”。自汉代以来，新旧年交替的时刻一般为夜半时分。

2. 除夕后具体习俗。

（1）正月初一。

早起。有人认为，如果不早起，田埂就会塌。所以要早起。

开门炮仗。春节早晨，开门大吉，先放爆竹，叫做“开门炮仗”。爆竹声后，碎红满地，灿若云锦，称为“满堂红”。这时满街瑞气，喜气洋洋。

拜年。春节里的一项重要活动，即到亲朋好友家和邻居那里祝贺新春，旧称拜年。汉族拜年之风，汉代已有，唐宋之后十分盛行。有些不便亲身前往的，可用名帖投贺。明代之后，许多人家在门口贴一个红纸袋，专收名帖，叫“门簿”。

拜　年

民间互访拜年的形式，根据彼此的社会关系，大体可分四类：

一是走亲戚。初一到本家，初二到岳父家须带礼物。进门后先向佛像、祖宗影像、牌位各行三叩首礼，然后再给长辈们依次行礼。可以逗留吃饭、谈心。

二是礼节性的拜访。如给同事、朋友拜年，一进屋门，仅向佛像三叩首，如与主人系平辈则只需拱手一揖而已，如比自己年长，仍应主动跪拜，主人应走下座位做搀扶状，连说免礼表示谦恭。这种情况一般不宜久坐，寒暄两句客套话就要告辞。主人受拜后，应择日回拜。

三是感谢性的拜访。凡对人家欠情的（如律师、医生等）就要买些礼物送去，借拜年之际，表示谢忱。

四是串门式的拜访。对于部分左邻右舍的街坊，素日没有多大来往，但见面都能说得来，到了年禧，只是到院里，见面彼此一抱拳说“恭喜发财”“一顺百顺”，在屋里坐一会儿而已，无甚过多礼节。

古时有拜年和贺年之分：拜年是向长辈叩岁；贺年是平辈相互道贺。现如今，有些机关、团体、企业、学校，大家聚在一起相互祝贺，称之为“团拜”。

随着时代的发展，拜年的习俗亦不断增添新的内容和形式，人们除了沿袭以往的拜年方式外，又兴起了礼仪电报拜年和电话拜年等。

给压岁钱。压岁钱是由长辈发给晚辈的，有的家里是吃完年夜饭后，人人坐在桌旁不许走，等大家都吃完了，由长辈发给晚辈，并勉励儿孙在新的一年里学习长进，好好做人。有的人家是父母在夜晚待子女睡熟后，将压岁钱放在他们的枕头下。给压岁钱体现出长辈对晚辈的关爱和晚辈对长辈的尊敬，是一项整合家庭伦理关系的民俗活动。

占岁。旧时民间以正月初几日的天气阴晴来占本年年成。其说始于汉东方朔的《岁占》，谓岁后八日，一日为鸡，二日为犬，三日为猪，四日为羊，五日为牛，六日为马，七日为人，八日为谷。如果当日晴朗，则所主之物繁育，当日阴，所主之日不昌。后代沿其习，认为初一至初十，皆以天气清朗、无风无雪为吉。后代由占岁发展成一系列的祭祀、庆祝活动。有初一不杀鸡，初二不杀狗，初三不杀猪……初七不行刑，初八不打谷的风俗。

贴画鸡。古时春节人们在门窗上画鸡来驱鬼怪邪气。如《玄中记》里讲到，当太阳刚刚升起，第一道阳光照到度朔山的一棵大树上时，天鸡就啼鸣了。它一啼，天下的鸡就跟着叫起来了。所以春节所剪的鸡，其实就是象征着天鸡。然而古代神话中还有鸡是重明鸟变形的说法。据说尧帝时，友邦上贡一种能辟邪的重明鸟，大家都欢迎重明鸟的到来，可是贡使不是年年都来，人们就刻一个木头的重明鸟，或用铜铸重明鸟放在门户，或者在门窗上画重明鸟，吓退妖魔鬼怪，使之不敢再来。因重明鸟类似鸡，以后就逐步改为画鸡或者剪窗花贴在门窗上，也即成为后世剪纸艺术的源头。中国古代特别重视鸡，称它为“五德之禽”。有人说：“它头上有冠是文德；足后有距能斗是武德；敌前敢拼是勇德；有食物招呼同类是仁德；守夜不失时，天明报晓是信德。”所以人们不但在过年时把窗花剪成鸡状，而且也把新年首日定为鸡日。

聚财。俗传正月初一为扫帚生日，这一天不能动用扫帚，否则会扫走运气、破财，而把“扫帚星”引来，招致霉运。假使非要扫地不可，须从外头扫到里边。这一天也不能往外泼水倒垃圾，怕因此破财。今天许多地方还保存这一习俗，大年夜扫除干净，年初一不出扫帚，不倒垃圾，备一大桶，以盛废水，当日不外泼。

团圆饭。一年一次的团圆饭充分表现出中华民族家庭成员的互敬互爱，这种互敬互爱使一家人之间的关系更为紧密。家人的团聚往往令一家之主在精神上得到安慰与满足，老人家看儿孙满堂，一家大小共叙天伦，过去的关怀与抚养子女所付出的心血而没有白费，这是何等的幸福，而年轻一辈也正可以借此机会向父母的养育之恩表达感激之情。

（2）正月初二。

祭财神（开斋日）。北方在正月初二祭财神，这天无论是商贸店铺，还是普通家庭，都要举行祭财神活动。各家把除夕夜接来的财神祭祀一番。实际上是把买来的粗糙印刷品焚化了事。这天中午要吃馄饨，俗称“元宝汤”。祭祀的供品用鱼和羊肉。老北京的大商号，这天均大举祭祀活动，祭品要用“五大供”，即整猪、整羊、整鸡、整鸭、红色活鲤鱼等，祈望到来的这一年要发大财。

姑爷节。正月初二是传统的姑爷节，姑爷要去给岳父、岳母拜年。潮汕人将初二姑爷回岳父母家吃饭称为“食日昼”，就是吃午饭的意思，姑爷和女儿必须在晚饭之前回到自己的家（某些地区由于路途的原因可能会住下并吃完饭）。

（3）正月初三。

烧门神纸。旧时初三把年节时的松柏枝及节期所挂门神等一并焚化，以示年已过完，又要开始营生。俗谚有“烧了门神纸，个人寻生理”。

烧门神纸

谷子生日。民间以为正月初三为谷子生日，这一天祝祭祈年，且禁食米饭。

（4）正月初四。

羊日。正月初四是女娲造羊的日子，故称“羊日”。在这一天里，人们不能杀羊，如果天气好，则意味着这一年里，羊会养得很好，养羊的人家会有个好收成。羊日是汉族民间迎神的日子。在老皇历中占羊，故常说的“三羊（阳）开泰”乃是吉祥的象征，也是恭迎灶神回民间的日子。

大年初四这一天全家在一起吃折罗，所谓折罗，就是把几天剩下的饭菜合在一起的大杂烩，打扫年货。清扫室内，把垃圾收集到一处，这也是汉族民俗中说的“扔穷”。在北方有些农村风俗是大年初四，绑火神，用玉米梗或麦梗绑在棍子上，点燃后从自己家送到河里去，代表一年家里无火灾。在福建莆田地区，人们的风俗是重新围炉过大年，这是全国唯一、独特的地方风俗，反映了汉族劳动人民普遍希望辞旧迎新，送走旧日贫穷困苦，迎接新年美好生活的传统心理。

（5）正月初五。

正月初五俗称“破五”。一说破五前诸多禁忌过此日皆可破。按照旧的习惯要吃“水饺子”五日，北方叫“煮饽饽”。如今有的人家只吃三两天，有的隔一天一吃，但没有不吃的。从王公大宅到街巷小户都如是，就连待客也如此。妇女们也不再忌门，开始互相走访拜年、道贺。新嫁女子在这一天归宁。一说破五这一天不宜做事，否则到来的这一年里遇事破败。破五习俗除了以上禁忌外，主要是迎财神、送穷和开市。

第一，迎财神。南方人在正月初五迎财神。民间传说，财神即五路神。所谓五路，指东西南北中，意为出门五路，皆可得财。

财　神

清代顾禄《清嘉录》云：“五日为路头神诞辰。金锣爆竹，牲醴毕陈，以争先为利市，必早起迎之，谓之接路头。”又说：“今之路头，是五祀中之行神。所谓五路，当是东西南北中耳。”上海旧历年有抢路头的习俗。正月初四子夜，备好祭牲、糕果、香烛等物，并鸣锣击鼓焚香礼拜，虔诚敬财神。初五日俗传是财神诞辰，为争利市，故先于初四接之，名曰“抢路头”，又称“接财神”“祭财神”。

五祀即迎户神、灶神、土神、门神、行神，所谓“路头”，即五祀中之得神。凡接财神须供羊头与鲤鱼，供羊头有“吉祥”之意，供鲤鱼是图“鱼”与“余”谐音，取个吉利。人们深信只要财神显灵，便可发财致富。

因此，每到过年，人们都在正月初五零时零分（正月初四24点后），打开大门和窗户，燃香放爆竹，点烟花，向财神表示欢迎。接过财神，大家还要吃路头酒，往往吃到天亮。大家满怀发财的希望，但愿财神爷能把金银财宝带来家里，在新的一年里大发大富。

俗以为接路头，越早越好，最早接到的才是真神，特别灵验，因此叫“抢路头”。有的地方，真的在初四便“匆匆抢路头”了，且相沿成俗。既然路神已不再是行旅的保护者，人们便不再在赴旅时祭祀它了。

至于人们在初五祭拜路头神，并以此日为其生日，乃五路神中之“五”与初五之“五”牵连之故。北方于此日祭“五穷”也是一样。在正月而非其他月，乃取新年新气象，图一年吉利，财源茂盛，东西南北中，财富五路并进。

第二，送穷。正月初五“送穷”，是中国古代民间一种很有特色的岁时风俗。这一天各家用纸造妇人，称为“扫晴娘”“五穷妇”“五穷娘”，身背纸袋，将屋内秽土扫到袋内，送门外燃炮炸之。这一习俗又称为“送穷土”“送穷媳妇出门”。

第三，开市。旧俗春节期间大小店铺从大年初一起关门，而在正月初五开市。俗以正月初五为财神圣日，认为选择这一天开市必将招财进宝。

（6）正月初六。

石不动。这一天凡磨、碾等石制工具都不能动，甚至设祭享祀石头，恐伤庄稼。也称“石不动”“十不动”。在河南，这一日家家向石头焚香致敬。午餐必食馍饼，认为吃饼一年之内便会财运亨通。在山东郓城等地有抬石头神之举。初九夜，人们将一瓦罐冻结在一块平滑的大石头上，由十个小伙子或十个小姑娘轮流抬着瓦罐走。石头不落地则预示当年丰收。

（7）正月初七。

人日。亦称“人胜节”“人庆节”“人口日”“人七日”等。传说女娲初创世，在造出了鸡、狗、猪、牛、马等动物后，于第七天造出了人，所以这一天是人类的生日。汉朝开始有人日节俗，魏晋后开始重视。古代人日有戴“人胜”的习俗。人胜是一种头饰，从晋朝开始有剪彩为花、剪彩为人，或镂金箔为人来贴屏风，也戴在头发上。

人日节

捞鱼生。滁州南方一些地区，人们有在人日节“捞鱼生”的习俗。捞鱼生时，往往多人围满一桌，把鱼肉、配料与酱料倒在大盘里，大家站起身，挥动筷子，将鱼料捞动，口中还要不断喊道：“捞啊！捞啊！发啊！”越捞越高，以示步步高升。

摊煎饼。民间此日要吃“春饼卷”“盒子菜”（熟肉食品），并在庭院摊煎饼，“熏天”。

（8）正月初八。

谷日。传说初八是谷子的生日。这天天气晴朗，则这一天稻谷丰收，天阴则年歉。

顺星。民间以正月初八为众星下界之日，制小灯燃而祭之，称为顺星，也称“祭星”“接星”。祭祀用两张神码，第一张印着星科、朱雀、玄武等，第二张是“本命延年寿星君”。两张前后摞在一起，夹在神纸夹子上。神码前陈放着用香油浸捻的黄、白二色灯花纸捻成的灯花，放入直径寸许的“灯盏碗”，或用49盏，或用108盏，点燃。再供熟元宵和清茶。黄昏后，以北斗为目标祭祀。祭祀后，待残灯将灭，将神码、香根与芝麻秸、松柏枝一同焚化，祀成。

（9）正月初九。

天日。正月初九是天日，俗称“天公生”，传说此日为玉皇大帝生日。主要习俗有祭玉皇、道观斋天等。有些地方，天日时，妇女备清香花烛、斋碗，摆在天井巷口露天地方膜拜苍天，求天公赐福。

（10）正月初十。

贺老鼠嫁女。旧时民间俗信。在正月举行的祀鼠活动，亦称“老鼠嫁女”“老鼠娶亲”。具体日期因地而异，有的在正月初七，有的在正月二十五，不少地区是正月初十。山西平遥县初十日将面饼置墙根，名曰“贺老鼠嫁女”。湖南宁远则以十七日为“老鼠嫁女”日，这一日忌开启箱柜，怕惊动老鼠。前一天晚上，儿童将糖果、花生等放置阴暗处，并将锅盖簸箕等大物大敲大打，为老鼠催妆，第二天早晨，将鼠穴闭塞，认为从此以后老鼠可以永远绝迹。还有的地区于老鼠娶亲日很早就上床睡觉，不去惊扰老鼠，俗谓你扰它一天，它扰你一年。

老鼠娶亲

（11）正月十一。

子婿日。民歌中有“十一请子婿”的说法，即正月十一是“子婿日”，岳父们在这一天宴请子婿。相传，这是因为初九庆祝“天公生”的食物到初十还吃不完，所以，就在十一这天用来请子婿吃饭，娘家也不必再因此破费了。

（12）正月十五。

元宵节。元宵节是中国主要的传统节日，也叫“元夕”“元夜”，又称“上元节”，因为这是新年第一个月圆夜。因历代这一节日有观灯习俗，故又称灯节。元宵节的形成有一个较长的过程，据资料与民俗传说，正月十五在西汉已经受到重视，汉武帝正月在甘泉宫祭祀“太一”的活动，被后人视作正月十五祭祀天神的起源。不过，正月十五真正作为民俗节日是在汉魏之后。东汉佛教文化的传入，对于形成元宵节有着重要的推动意义。

汉明帝永平年间，因明帝提倡佛法，适逢蔡愔从印度求得佛法归来，称每逢正月十五，僧众云集瞻仰佛舍利，是参佛的吉日良辰。汉明帝为了弘扬佛法，下令正月十五夜在宫中和寺院“燃灯表佛”。因此正月十五夜燃灯的习俗随着佛教文化影响的扩大及道教文化的加入逐渐在中国扩展开来。而元宵节真正的动力是因为它处在新的时间点上，人们充分利用这一特殊的时间阶段来表达自己的生活愿望。

灯会。元宵放灯的习俗，在唐代发展成为盛况空前的灯市，中唐以后，已发展成为全民性的狂欢节。唐玄宗时的开元盛世，长安的灯市规模很大，燃灯五万盏，花灯花样繁多，皇帝命人做巨型的灯楼，金光璀璨，极为壮观。

以后历代的元宵灯会不断发展，灯节的时间也越来越长。唐代的灯会是“上元前后各一日”，宋代又在十六之后加了两日，明代则延长到由初八到十八整整十天。

到了清代，满族入主中原，宫廷不再办灯会，民间的灯会却仍然壮观。日期缩短为五天。

吃元宵。正月十五吃元宵，“元宵”作为食品，在中国也由来已久。宋代，民间即流行一种元宵节吃的新奇食品。这种食品，最早叫“浮元子”，后称“元宵”，生意人还美其名曰“元宝”。元宵即“汤圆”，以白糖、玫瑰、芝麻、豆沙、黄桂、核桃仁、果仁、枣泥等为馅，用糯米粉包成圆形，可荤可素，风味各异。可汤煮、油炸、蒸食，有团圆美满之意。陕西的汤圆不是包的，而是在糯米粉中“滚”成的，或煮或油炸，团团圆圆。

演社火。在北方一些地方，正月十五还有几个村子聚集在一起演社火的习俗。社火里包括踩高跷、跳钟馗等。

3.春节习俗变迁。

随着历史的变迁，滁州人民过春节的方式如今发生了巨大的变化，越来越简洁。拜年的方式也越来越便捷，一个电话或是发个短信表达对朋友的思念和对长辈的尊敬。

清　　明

清明，是农历二十四节气之一。中国传统的清明节大约始于周代，距今已有2600多年的历史。《历书》：“春分后十五日，斗指丁，为清明，时万物皆洁齐而清明，盖时当气清景明，万物皆显，因此得名。”清明一到，气温升高，雨水增加，正是春耕春种的大好时节，故有“清明前后，种瓜点豆”。清明节是一个祭祀祖先的节日，主要是扫墓，扫墓是慎终追远、敦亲睦族及行孝的具体表现。

清明节的得名还源于中国农历24节气中的清明节气。冬至后第108天就是清明节气。清明节气共有15天，时间在春分之后。这时冬天已去，春意盎然，天气清朗，四野明净，大自然处处显示出勃勃生机。用清明称这个时期，是再恰当不过的一个词。在古人的观念里，108是代表完满、吉祥、久远、高深的大数，把清明放在冬至后第108天，有很深的含义。清明的得名，不仅由于万物此时的生长清洁明净，还由于这一时期的太阳也是清新的太阳，流转于这一时期天地之间的阳气，也是清新的阳气。

清明节的习俗是丰富有趣的，除了讲究禁火、扫墓，还有踏青、荡秋千、蹴鞠、打马球、插柳等一系列风俗体育活动。相传这是因为清明节要寒食禁火，为了防止寒食冷餐伤身，所以大家来参加一些体育活动，以锻炼身体。因此，这个节日中既有祭扫新坟生别死离的悲酸泪，又有踏青游玩的欢笑声，是一个富有特色的节日。2006年5月20日，该民俗节日经国务院批准列入第一批国家级非物质文化遗产名录。

蹴　鞠

清明节，民间忌使针，忌洗衣，大部分地区妇女忌行路。傍晚以前，要在大门前洒一条灰线，据说可以阻止鬼魂进宅。

清明踏青

据滁州市地方志民俗专家介绍，清明节又叫踏青节，在仲春与暮春之交，主要习俗有：

（1）清明祭扫。

清明祭扫主要是为逝去的先人献上一束花，来到墓前擦拭坟茔，带着儿孙祭拜祖先。对很多人来说，清明祭扫虽流于形式，更多的却是表达一份“孝心孝行”，而这其中体现着的是中国人千百年来传承的“孝”文化。

清明祭扫

滁州市清明祭扫日为前十天后十天。家有新丧，要在第一个清明节办素食，一般为四碟四碗，如果是成人男性还需要略带白酒、香烟等。老坟扫墓时，要带着铁锹箩筐，祭扫时添土盘坟，除草整枝，最后还要在坟茔帽下压上白纸条，称“压幡”，说明这座坟墓还有家人年年祭扫。扫墓结束后，须折松枝带回，插在家门口，向人们说明本户已履行了祭扫先人的责任。而今，清明时节，机关学校组织祭扫革命烈士墓，听老革命讲革命故事，追思怀念革命前辈，也日渐成为一种新的祭扫风俗。

（2）插柳寒食。

其实清明节与寒食节原本是两个不同的节日。对滁州人来说，头天晚上卤些鸡蛋，做些干粮，第二天不开灶火，吃冷食一天，借以表示对先人祭祀怀念。

清明插柳

而在滁州城郊、农村，现在仍有屋檐下插柳的习俗，青年男女爱用柳枝做成柳球，戴在胸前或发辫上。这一“插柳”习俗，一说是为了纪念“教民稼穑”的农事祖师神农氏的，人们把柳枝插在屋檐下，以预报天气，古谚有“柳条青，雨蒙蒙；柳条干，晴了天”的说法。第二种说法是，柳枝有灵性，在中国人的心目中具有避邪的作用。《齐民要术》中写道：“取杨柳枝著户上，百鬼不入家。”清明亦是鬼节，因而借柳枝避邪驱鬼也就在情理之中。

（3）水旱八鲜。

在饮食上，滁州人在清明时节也有很多讲究。这其中，最为明显的便是吃“水旱八鲜”。“水八鲜”是指菱、藕、茭瓜、茭儿菜、慈姑、芡实、荸荠、水芹；“旱八鲜”是荠菜、马齿苋、香椿头、菊花脑、芦蒿、马兰头、枸杞头、苜蓿头。除此以外，在清明这天还有吃青团、馓子、螺蛳的习惯。

螺　蛳

据介绍，青团是清明时节的时令点心，其主体由糯米粉制成，经青艾（草头汁）调和而呈绿色糕团，一般为豆沙馅或芝麻馅。同时清明时节正是采食螺蛳的最佳时令，这个时节的螺蛳最为丰满、肥美，故有“清明螺，抵只鹅”之说。螺蛳食法颇多，可煮熟挑出螺肉，可拌、可醉、可炝等。螺蛳头炒韭菜和河蚌烧大蒜，是这一时节滁州人的最爱。

青　团

（4）清明踏青。

踏青又叫春游。古时叫探春、寻春等。四月清明，春回大地，自然界到处呈现一派生机勃勃的景象，正是郊游的大好时光。春暖花开的清明时分，滁州人会结队出游，在凭吊先人的同时，感受春天气息。在郊野中荡秋千、放风筝、拔河、斗鸡、戴柳、斗草、打球等，心情被放飞得不想回转，快乐也渐渐从脸上溢满内心。

端午节

在我国传统节日中，端午节是名称最多的一个。除端午外，还有五月五日、重午节、重五节、五月节、端阳节、菖蒲节、浴兰节、天中节、诗人节、女儿节、龙舟节、粽子节、医药节等诸多专名，是夏季最盛大的节日。端午时节在仲夏，古人把一年分为四时，即春夏秋冬，并以三个月为一时。即1~3月为春，4~6月为夏，7~9月为秋，10~12月为冬。古人又把每季度的三个月以“孟”“仲”“季”相称，拿夏季来说，4月为“孟夏”，五月为“仲夏”，六月为“季夏”。端午在5月，故在仲夏时节。

古人以四季、十二月、三十六旬、七十二候、三百六十日记岁时，其中每五日为一“候”。端午在夏历五月五日，也就是在五月的初候，“端”有“初”“正”之意，而“五”“午”谐音，五月五日有以正午为节，故有“端午节”的名称。另外，按照地支，十一月为子月，五月则为午月。又有午时为“阳辰”，五月为“阳极”，所以端午节又称“端阳节”。

自古以来，端午节便有划龙舟及食粽等节日活动。自2008年起，端午节被列为国家法定节假日。2006年5月，国务院将其列入首批国家级非物质文化遗产名录；2009年9月，联合国教科文组织正式审议并批准中国端午节列入世界非物质文化遗产，成为中国首个入选世界非遗的节日。

滁州过端午节的习俗，大致上与全国各地大同小异，也有一些自己的特色。

（1）悬挂艾和菖蒲。

艾、菖蒲都是药草，有着杀虫灭菌、净化空气的作用。将它们悬挂在门上可以祛毒除病，还能够斩妖驱魔、镇宅避邪。古人把菖蒲视为天师剑，把艾编成虎，有称“蒲剑艾虎，骑虎执剑”或“蒲剑斩千妖，艾旗招百福”的说法。还有室内挂钟馗捉鬼图，门边贴张天师的“端午符”等。

用艾和菖蒲洗脚现场

这习俗在滁州一直流传至今，你只要看到街上有卖艾和菖蒲，家家户户在门上悬艾、插菖蒲，就知道端午节到了。

（2）吃粽子。

端午时节，家家包粽子、吃粽子已成为重要的内容之一。在端午节前两天人们就忙着买粽叶，泡好糯米，包时还加一些红豆、红枣、糖之类。包粽子要有熟练技巧，有包成三角、四角，菱形、斧头形，棱角分明的四面锥体等。

端午节前一天包好粽子，在大锅里煮沸焐一夜。

粽 子

大多数人家还煮一些咸鸭蛋、鸡蛋，第二天一早揭开锅盖，立刻热气腾腾，飘着清香。那诱人的粽味引得孩子个个馋涎欲滴，迫不及待地下手捞起，一边吃，一边还念叨粽子绕口令：“一只粽子四只角，解缚（音“婆”）脱壳，扸筷割角，白糖一沰（音“笃”），直哒咽落；两只粽子八只角，解缚脱壳，扪筷割角，白糖一沾，直哒咽落；三只粽子十二只角……”

古时人们吃粽子的程序很别致，吃之前就开始游戏，大家比赛解下粽叶，又长又快的就获胜。所以有人把端节叫做“解粽节”，宋代诗人陆游曾写“已过浣花天，行开解粽宴”的诗句。

（3）香包耍线。

每当端午前夕，心灵手巧的妇女缝做形形色色的香荷包、香袋、香囊。它们一般用零碎绸缎缝合，用五色丝线缠绕而成，有鸡心形、菱形、鱼形、老虎形、元宝形、绣球形等。香包内装雄黄、苍术、香料等，佩在胸前，香气扑鼻，提神通窍，有着吸汗除腐、驱虫散浊等作用。

小孩还在手脚和脖子上，系上五颜六色丝线，此线拴上小铃铛和桃核刻成的各种小动物，动起来哗啦响，好看又好玩，我们叫它“耍线”“花花线”“长命缕”，成为每个孩子特色的装饰品。有趣的是“耍线”带到七月七日那天，剪下要挂在树上，让喜鹊含线上天搭桥，好让牛郎织女“鹊桥相会”。

（4）喝雄黄酒。

端午时节，天气渐热，蛇虫百脚纷纷出动，各种疾病容易滋生传播。古人认为雄黄能破解蛇、蜈蚣、蜥蜴、蜘蛛、蝎子“五毒”，端午节喝点雄黄酒，还把雄黄酒洒在屋子里外，涂抹在小孩耳、鼻、面颊上，并在前额上写个“王”字；以解毒祛病、防蝇叮咬、驱散瘟疫毒气，平安度夏。

雄黄酒

民间传说《白蛇传》中，白娘子在端午那天喝了雄黄酒后，现出原形，说明雄黄酒确有镇蛇的作用。

(5) 捉蛤蟆。

人们在端午中午，到处捉癞蛤蟆，取毒液制作中药蟾酥；有的地方吃蛤蟆肉，说可以清凉消火，夏天不生疮疖痱子。捉蛤蟆在嘴中塞“金不换”墨绽，悬挂封干，即成为蛤蟆墨绽，用时涂于刚肿的小疮上，起到消肿作用。

(6) 赛龙舟。

端午这天赛龙舟，是一项历史悠久的水上竞技活动。最早赛龙舟是为了祈雨，后来由于屈原在端午这一天怀抱巨石投入汨罗江自尽，划龙舟就和祭奠屈原联系在一起了，并成为民间传统习俗一直流传下来。

划龙舟，抓鹅鸭

清至民国时，滁州乌衣、珠龙沿河地区，端午节就有划龙船的习俗。将800只活的鹅、鸭放在水上，让划龙舟人争夺，沿河两岸百姓观赏喝彩，谁龙舟划得快，捉到的鹅、鸭最多，谁就获胜。

(7) 端午礼。

过去端午节这天，新出嫁的女儿要回娘家，女婿要准备“一担端午礼”送到丈母娘家。同时娘家要回敬送夏，送夏的东西有草帽、扇子、夏季衣服。节后，娘家接女儿回来住一个月，名曰“歇夏”。

中秋节

中秋节，又称月夕、八月节、八月会、追月节、玩月节、拜月节、女儿节或团圆节，是我国的传统文化节日，时在农历八月十五；因其恰值三秋之半，故名。也有些地方将中秋节定在八月十六。中秋节始于唐朝初年，盛行于宋朝，至明清时，已成为与春节齐名的中国主要节日之一。受中华文化的影响，中秋节也是东亚和东南亚一些国家尤其是当地华人华侨的传统节日。自2008年起，中秋节被列为国家法定节假日。2006年5月20日，国务院将其列入首批国家级非物质文化遗产名录。

中秋月饼

中秋节自古便有祭月、赏月、拜月、吃月饼、赏桂花、饮桂花酒等习俗，流传至今，经久不息。中秋节以月之圆兆人之团圆，为寄托思念故乡、思念亲人之情，祈盼丰收、幸福，成为丰富多彩、弥足珍贵的文化遗产。

拜月祭祖

传统的滁州八月十五晚上，当月亮升起时，家家在庭院中摆上香案，供上糕点果品，有苹果、石榴、栗子、月饼、糖果等。一家人在家主的带领下，对月叩头，拜月祭祖，然后合家围坐在一起，边吃果，边赏月。俗谚：“在家不敬月，出门遭雨雪。”在滁州，每至中秋节的前一日，媳妇要向娘家送月饼、鲜果，但不能送梨和柿，因梨同

“离”、柿同“事”谐音，都是不吉利的。

祭灶神

祭灶神又称送灶神，中国传统民俗，灶王爷又称灶君，司命菩萨或灶君司命。中国民间传说灶神原是一个很善良的人，因贫困而死。玉皇大帝哀怜他，封他为“九天东厨司命灶王府君”，派他到人间作督善之神，负责管理各家的灶火。每年十二月二十三日晚，上天汇报，除夕日返回人间。中国民间于二十三日晚祭灶为灶神夫妇送行，旧时，祭灶一俗在中国十分普遍。“年年有个家家忙，二十三日祭灶王。当中摆上二桌供，两边配上两碟糖，黑豆干草一碗水，炉内焚上一股香。当家的过来忙祝贺，祝赞那灶王老爷降吉祥。”它寄托了中国劳动人民一种祛邪、避灾、祈福的美好愿望。

祭灶神

在古代，祭灶节地位仅次于中秋节。古时在外做官、经商或读书者，都要在祭灶日前赶回家团圆，吃自家做的祭灶糖果，以求灶神祈福全家来年平安。

依照我国的传统风俗，阴历腊月二十三日，叫做“小年”。之所以如此称呼，恐怕是因为再过几天，作为“大年”的春节就要来临了。因此，也可以说“小年”是“大年”的前奏或序曲。

小年祭灶是大江南北共同的习俗。滁州传统上在这一天人们都要在厨房锅台墙壁上供奉灶王爷、灶王奶奶。神龛的两侧还要贴上一副对联，上联大多是“上天奏好事”，下联大多是“下界保平安”或“回宫降吉祥”，横批一般是“一家之主”。在祭灶神这一天或提前，滁州的家家户户都会到街头买回用玉米或小米专制的“祭灶糖”，于晚上敬献祭灶，意为糊灶王爷嘴，免得上天瞎汇报，同时燃鞭放炮送灶神。祭灶用罢的祭灶糖，一般都与炒玉茭搅在一起握成团子，分发给家里的小孩或大人吃。按传统观念，祭灶日为新年的前奏。祭灶必备三牲果品酒食，糊制纸车、纸马、纸鹤作神上天工具，献纸镪给灶君作盘缠，托灶君上天向玉帝为本家言善事等。在祭品中必有甜糯米圆，想用它糊灶神的嘴。有的还用红酒糟糊灶门，要使灶君成为醉鬼，到玉帝殿前说不出话来。

灶　神

祭灶神的另一个习俗是除尘，也叫扫尘、掸尘，其实是全方位大扫除。家家户户大小总动员，翻箱倒柜，收洗清扫。旧时在农村大清早还未煮饭，主妇要先清理炉灶，将大小铁锅倒转过来，刮去乌烟。供灶神的香炉里的旧香骨和金花红绸要拨去，墙壁的旧神符要换新的。人们采集来榕树枝，青竹梢捆在竹竿上做一把大扫帚，拭去屋檐下的蜘蛛网和烟尘。一切破旧污秽物件要清理浆洗，不可用的东西，连同这把榕竹扫帚一起焚毁或丢弃河里或池塘。屋内外整理一新，然后才拜灶神。从这个时间起，叫“入年架”（年假）。到正月初四“年假开”，屋里物品不随便搬动。

舌尖滁州

水口鹅煲

水口鹅煲是安徽省滁州市来安县水口镇的特色美食。水口鹅煲是以农家散养的2～3年土鹅为主料而制成的，有益气壮阳、和胃止渴、止咳化痰等作用。

鹅煲，顾名思义，主要以原生态老鹅为制作主材，加以佐料，或清炖、或红烧，再以火锅形式上桌，配以蔬菜、豆制品之类涮用，价格便宜，味道鲜美。

清炖鹅煲

水口鹅煲是近些年才有的产物，真正有店形成应该是在20世纪90年代末。在此之前，当地一位李姓卤菜经营户，在交通便利的路旁，设一卤菜经营点。一些在乡镇工作的同志，如公路查车、下村干部等，为了方便，中午便在李姓家里，买点卤鹅，吃点便饭，常吃难免生厌。一日，有人偶然提出，让李姓人家为他们红烧一只老鹅，由于所用食材，全部是土生土长的原生态食品，传统的农家菜做法，使吃惯了用味精、调料勾兑菜肴的城里人，惊叹味道之鲜美、之纯正。一时间，朋友间相互转告、相互邀请，鹅煲就逐渐流行起来了。

红烧鹅煲

水口鹅煲以蓬莱鹅煲口味最正，蓬莱鹅煲店位于来安县水口镇来水路与104国道交界处附近（往来安方向100米），营业面积300平方米，特色包间8个。水口蓬莱鹅煲在来安县城、滁州市区有连锁店。鹅煲2012年被评为来安县十大名菜。

定远梅鱼

定远特产梅鱼又名“梅白鱼”，梅鱼亦称梅白鱼、梅鲌鱼，被称为“素衣美人、美味仙子”，定远池河镇至凤阳梅市乡段池河中的特产。

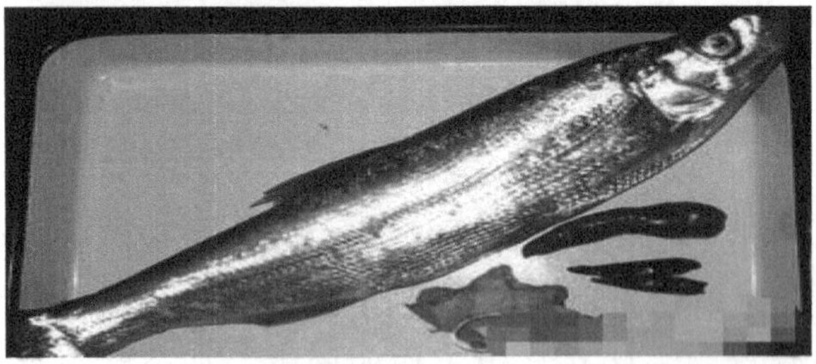

定远梅鱼

梅市地处定远、凤阳、嘉山三县交界处，因传统集市贸易而称“梅市”，又以“三梅”（梅姓、梅河、梅鱼）而著名。梅鱼属于硬骨鱼纲，鲤科，一群栖息淡水中上层的中型鱼类，口大斜或上翘，脊梁两侧着淡黄色花纹，通体银白色，布满细小鳞片，其味鲜美。该鱼食用季节以黄梅季节最佳。从古至今，因其“色白如银，浆汁似奶，肉嫩味鲜，绝无仅有”而一直被列为席上珍品。明朝时，此鱼只供皇帝膳用，所以也称“贡鱼”。

定远梅鱼体扁而长，头小身肥，嘴微翘，腮很小，尾色红，体纯白，肉质细嫩，口味鲜。就其原因有三：一是受季节所限。只有在每年的梅雨季节才能打捞得到。二是地域所限。它产于安徽省定远县东六十里的池河水中，由池河太平桥往北五里的清水湾里才有。说也奇怪，池河是淮河支流，蜿蜒数百里，同一条水域却生长出三种不同的梅鱼。上游的鱼，鳞厚肉粗，人称“条鱼”；下游的鱼，尾不红，人称“白参（can）”，唯有五里清水湾的鱼种最佳，人称“梅白”。三是非人工养殖。名冠长江两岸的“鲥鱼”，开国领袖毛泽东曾夸过“武昌鱼”，虽然都被称为淡水鱼中之王，但是它们都宜饲养，可以人工繁殖，能满足人们的食欲，而只有这梅白鱼最为娇贵，脱水就死。

定远梅鱼吃法很多，最常见的有五种：红烧、清炖、蛋蒸、生拌、酸菜梅鱼。红烧，就是把油锅烧至七成热，放入生姜、葱白，爆香，然后放入洗净的梅鱼，放适量盐、白糖，煎至金黄，加黄酒、酱油，烧半分钟，再放水，烧2分钟，加味精、葱，起锅，色泽鲜艳，鱼香异常。清炖，就是将梅鱼洗干净，用精盐浸渍5～10分钟待用，锅内放少许油，油烧热后，用葱花炝锅，然后加入适量水（漫过梅鱼身即可），将鱼放入锅内，放入料酒、葱、姜、蒜、醋、香菇、枣，大火烧开，然后慢炖30分钟左右即可。清炖梅鱼是美味可口的汤菜，汤汁浓白，肉质鲜嫩。梅鱼和蛋烹食，味道更佳，做法是将蛋搅成汁液，掺入少量梅市乡池河的梅鱼调搅混合。蒸熟后，碗内一条条小鱼浮停蛋汁中，头上尾下，亭亭玉立，清香味鲜，蛋黄鱼白，色泽明快，诱人食欲。生拌，将梅鱼肉切成薄片，浇上麻油、料酒、醋，加点蒜泥，为下酒佳品。还有一种做法，就是“酸菜梅鱼”，深受中外顾客喜爱。当然，这些都是传统做法、食法。随着生活水平的不断提高，当地群众鉴于梅鱼数量有限，不断探索在水库养殖梅鱼的办法，来弥补梅鱼供不应求的现状。当地群众还适时借鉴其他鱼类做法、食法，用当地的活水、梅鱼，能做出几十道不同做法、食法的“梅鱼宴”来。梅鱼富含蛋白质、脂肪、碳水化合物、维生素A和钙磷钠铁等元素。由于梅鱼肉是由肌纤维较细的单个肌群组成，所以梅鱼肉中可以保持较多的水分，肉质鲜嫩而不肥腻。中医认为：梅鱼味甘性温，具有补气、活络、清口、健脑、美容、开胃、滋补、强筋骨、补肝肾、延年益寿等功效，可用于脾虚、消化不良等。

真正的梅鱼必须产在梅雨季节，而且是阴雨天气，大雨如注，流经梅市乡境内的池河水位暴涨，此时梅鱼鱼尾有白浆冒出，白浆周围鱼肉白嫩，味鲜美无比。

相传，当年庄子避难池河时，每天到池河边钓鱼，就钓过这种鱼。有一次，庄子钓得一尾梅白鱼归来，见家门上锁，随手将梅白鱼挂在门锁上，当他从田中劳作的妻子手中取回钥匙时，却不见了鱼，门锁上只挂着一条完整的鱼骨，顺着鱼骨往下看，地面上一摊如奶似的水渍，明显是鱼肉熔化的缘故，可见此鱼娇贵。

浆汁如奶、肉嫩味鲜的梅白鱼早已闻名遐迩。相传清乾隆年间，盼食心切的定远知县，刚一到任，就下令要地方小吏送给他品尝。小吏不敢怠慢，却心中犯难，因为他知道梅白鱼出水就死，即使从清水湾取水，将鱼养在水中，送到县城，鱼也不能成活。就在万般无奈时，吏妻想了一个点子，她找来木工，制作一副火炉担子，按传统方法，将鱼洗净，放入锅中，配制好佐料，用火慢慢蒸煮，同时，令一壮汉，挑起鱼担，向县城走去。俗话说，千滚豆腐万滚鱼，鱼煮的时间愈长，味道愈鲜。等壮汉将鱼担挑到县城，送到县老爷面前时鱼味正浓，汤白如奶，香气扑鼻，老爷吃了赞不绝口。乾隆下江南时，路过池河，得知梅白鱼鲜美，一到南京就指令品尝梅白鱼。池河到南京二百多里，圣旨下到定远，县老爷哪敢怠慢，于是，选最佳骑手，备快马一匹，马背上驮着火炉挑子，煮着刚下锅的梅鱼，快马加鞭，向南京奔驰而去。一路上驿站接迎，换马快跑，二百余里，五、六个时辰马到南京，鱼正好煮透。乾隆帝吃后，连声称好，在褒奖定远知县的同时，并指令每年的梅雨季节将此鱼供奉朝廷。从此，梅白鱼又成了专贡皇上享用的贡鱼了。

京彩松花皮蛋

京彩松花皮蛋是天长特产，早在清代即有制作。蛋体透明，呈松花纹状，清香醇厚，味美爽口，在省内外同行业质量评比中屡次夺魁。1983年被评为省出口糖心皮蛋优质第一名，在东南亚地区颇负盛名。

天长地处高邮湖畔，是个典型的“鱼米之乡”。境内水网纵横，菱藕遍地，鱼虾满塘，被称为“皖东的威尼斯”，历来就是水产品和家禽养殖之乡。天长农民具有悠久的养鸭历史和丰富的养鸭经验，广大农村是家家养老鸭，户户有鸭蛋。天长鸭蛋更以蛋大、壳薄、黄多、质好著称，与享誉全球的高邮湖双黄鸭蛋齐名媲美。

天长鸭蛋

据县志记载，早在清朝天长民间就开始用石灰、食盐、草灰、茶叶等配料制作皮蛋。曾任上海中华工业研究所研究员、复旦大学、四川大学教授的著名旅日工人领袖王兆澄烈士（天长市铜城镇人，1948年8月8日因拒绝赴台，在英勇的爱国护校斗争中被杀害，1990年被追认为革命烈士），1926年曾因得益于天长生产皮蛋的悠久历史和丰富经验，利用自己渊博的学识与独到见解，撰写了《皮蛋文献考》一文获得了化学博士学位。在当时的日本轰动一时，王兆澄因此被戏称为“皮蛋博士”。此后，天长的皮蛋生产逐渐走上了规范化、科学化的道路。

天长京彩皮蛋工艺严格。生蛋进厂前经目测、手敲、耳听、光照等多道工序把关，大小均匀、外壳完整、蛋色相近、蛋质新鲜的生蛋方可入选。将石灰、碱粉、草灰、食盐、茶叶、氧化铅等，按一定比例加水熬成糊状冷却，生蛋在料浆中浸泡30天左右起缸，再经二次检验，依大小和质量不同，分成不同等级，用原料液和以稻糠、黄泥包裹，外加塑料袋密封装箱或装缸备用。如此包装，一是可以保证皮蛋不因空气腐蚀变黄变质，便于长久保存；二是可以使皮蛋在运输过程中不致相互碰撞而破损。

切开的京彩松花皮蛋

天长生产的京彩松花皮蛋，大小均匀，包装讲究。剥壳不粘连，蛋白表面光洁亮泽，蛋体混凝结晶，为褐绿色半透明体。蛋白表面，松花清晰美观，深及表里。蛋黄松软，黄心呈糖衣状。蛋壳剥去，整个皮蛋似芙蓉出水，光彩华丽，清香怡人。食用时，蛋白洁爽，蛋黄味浓，相辅相成。用色香味俱全来概括，一语中的。天长京彩松花皮蛋装盘时，一般切成花瓣状或圆饼状，分割得黄白均等。再根据不同的食用爱好，或佐以香醋、酱油，或沾上麻油、辣酱。按天长地方吃法，则往往用一张薄薄的熟肥咸肉片包裹一块皮蛋，一同进食。这样吃，不但肥而不腻，而且皮蛋又没有碱味。真叫人吃这回，想下回，吃一次，记一生。

天长京彩松花皮蛋不仅是安徽省名优特产，而且畅销国内外，尤其在东南亚诸国久负盛名。在1983年9月省商业检验局、省粮油食品进出口公司召开的全省出口皮蛋质量评比大会上，天长京彩松花皮蛋被与会同行一致推选为安徽省出口皮蛋第一名。

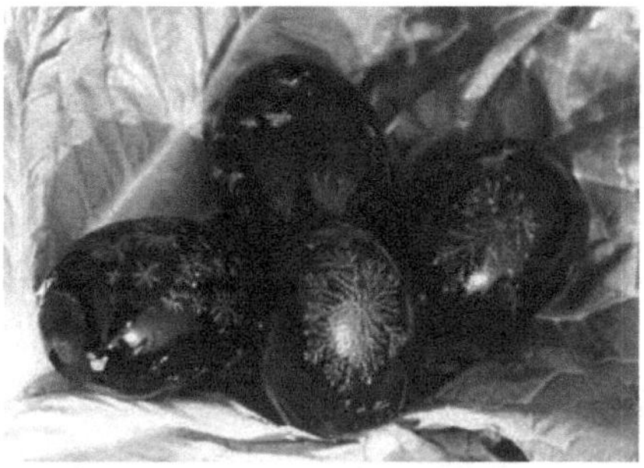

天长京彩松花皮蛋

来安春卷

春卷，又称春饼、薄饼。来安春卷由江浙的抹油子、饺饼筒演变而来。经过做工的不断改进，现在的来安春卷是用干面皮包馅心，经煎、炸而成，为全身金黄色的长条面食。来安春卷大致以红豆沙馅、荠菜肉馅、猪肉馅等为主。口味可以说是皮薄酥脆、馅心香软，现已成为来安人民年夜饭必上的一道小吃。

制作方法：

（1）做皮子：1千克面粉倒在盆中，加10克盐，倒500克冷水，拌匀后，抓舂面团，边舂边折拢，一直舂到面团光滑、细腻不粘缸、有劲为止。随后再倒入冷水100克，放15分钟，使面团内部的劲松开来，易打透、易摊。随后继续抓舂、折拢，待水全部吸入面内，面光滑不粘手时，再加100克水，继续抓舂、折拢。如此反复4～5次，至面浆厚薄符合要求，光滑有劲，一抓就能把面浆全部抓起，不粘缸，再放片刻就可摊皮。炉子上放上平锅或铁板，用油揩布揩清，烧至平锅烫手时，用右手抓起一把浆，拇指和食指扣住面浆，同时不停地上下甩动（不使面浆下落）。摊皮时，让面浆下垂到铁板上后，自里向外转开成直径约20厘米的圆形薄皮，随即把余浆抓起，仍在手中不断地甩动，如有白浆点，可再把面浆下垂粘去，然后把皮子从下边撕起，撕起后翻过来在本锅上烫一下，即成。如有破洞，可再摊一小块皮子补上，每斤面粉一般可摊皮子50张左右。

来安春卷

（2）包馅：馅心有豆沙馅、黄芽菜虾仁馅、黄芽菜肉丝馅等。黄芽菜肉丝馅的制法是先把菜切丝，用油煸透、煸瘪，加盐（先加盐不易酥）炒和后倒入已煸过的肉丝，加白汤焖滚至菜酥，再加些味精，淋上生粉着成厚芡，出锅冷却，即成。包时，馅心放在皮子中间，包成10厘米长的条，在边上涂上水粘牢，两头用手揿平，即成生坯。

（3）炸熟：大油锅烧至八成熟，把春卷一只一只的沿锅边投入，炸至金黄色，壳硬脆，用漏勺捞出，吃时蘸醋或辣酱油。

来安春卷香脆可口，油而不腻。

天长藕夹

藕夹子是将藕切成一连两片，包以配好佐料的肉泥，然后在面糊里浸蘸，再放入油锅内炸黄取出，临食时复在油锅煎一下即可。食用时蘸以用姜末、醋等制成的佐料，外脆内软，酥美可口，别具风味。此菜春秋季节食用较多，尤在中秋节前后风行，城乡居民均喜制作。

藕夹子在维扬菜系中它叫“藕合”，藕是“偶”的谐音，偶即“成双成对”，合即“和合如意”，夹子是“有子”的一种说法，寓意很吉祥。上年纪的老年人则戏称藕夹子为“银洋钱”，是因为藕夹子外形圆中有孔，形状很像古时的钱币。出锅的藕夹子色泽金黄，吃起来咸淡适中油而不腻、酥脆可口藕香浓郁。

藕夹子(一)

藕夹子的制作方法：选用直径在6厘米左右的藕段，除去藕节，去皮后洗净开始切片。切片非常讲究，要求厚薄均匀，一只藕夹由两片组成，两片之间不能分离，仅留8毫米的连接，每片的厚度要控制在4毫米左右，这就要求厨师的刀工要好。接着是制作肉馅，肉馅选用精肉剁成肉泥加上细猪油渣，并加入生姜、葱、盐、味精等，充分搅拌均匀备用。再下来要把加工好的肉馅用手从藕夹的开口处填塞进去，最后将塞满肉馅的藕片蘸满面粉糊，放入烧开的油锅中煎炸而成，口味香醇，入口酥脆，是天长的一道名菜。

藕夹子(二)

御膳豆腐

御膳豆腐俗称“酿豆腐”，凤阳传统名菜，相传是明朝一位姓黄的厨师创造出来的，至今已有六百多年的历史。明初，凤阳每年把“酿豆腐”作为贡菜送往京城，朱元璋品尝后，十分赞赏，黄厨师后来进宫当御用厨师。“酿豆腐”的制作办法精细考究，做时要“把三关”（选料、制作、火候）、“走四步”（做菜坯、打蛋清、下油锅、熬糖汁）。酿豆腐味似樱桃，外脆内嫩，爽清鲜美，营养丰富，为席上之佳肴。

原料主要是豆腐、咸鸭蛋黄、虾仁。辅料有鸡油、鲜汤、鸡精、盐、水淀粉。御膳豆腐的做法：首先将豆腐切成小方块，然后取出咸鸭蛋黄；第三步是准备鲜汤（鸡汤或骨头汤）备用；第四步是将锅置火上，放鸡油、咸蛋黄炒香，炒时油温不宜过高；第五步是加入虾仁炒熟；第六步是加入鲜汤、鸡精、盐调味；第七步是下入豆腐烧开，用水淀粉勾芡即可。

古河狮子头

古河狮子头是安徽省滁州市全椒县古河镇的特色美食。古河狮子头食之香酥脆透，回味无穷，是馈赠亲朋好友的最佳点心，无牙齿老人均可食用。

古河狮子头源于清朝宫廷点心秘籍，由太监传入古河镇，后经师傅多次改进，成为现在香、酥、脆、透四大特点的可口食品。

古河狮子头

古河狮子头的制作方法：先将面粉发酵好，将发酵的面下碱，比馒头碱要多些，揉搓好分成20个，每个下点姜、葱、盐，做好狮子头形。第一天下午做好，第二天早晨油炸，妙就妙在要炸两次，第一次文火炸成金黄色，捞出沥油后再进旺火油锅炸酥，捞出沥油即成。古河狮子头入口香脆，油而不腻，回味无穷。

三和千张

三和千张是安徽省滁州市定远县三和集镇的特产。三和千张历史悠久，品质优良。其特点是：单页薄如纸，色泽微淡黄，质细如豆腐，咀嚼筋而香，物美价又廉。

三和集镇因特产豆制品百页（俗称千张）而闻名皖东大地。三和千张采用传统工序，必用流经境内的池河水净化后，手工精制而成。烹调方法多种多样，可采取烫、炒、烧、煮等形式。贮存时将千张切成丝条状晒干，食用前加少许食用碱，开水烫一分钟左右即可。

三和千张

目前，三和镇党委、政府十分重视地方名特优产品的开发生产，规模上不断扩大，工序上不断优化。真空包装的“三和轩”千张销往全国各地，美味无比。

定远“桥尾”

“桥尾”是安徽省定远县一种特产，腊肉中的佼佼者。因选用猪臀（尾）部的肥瘦肉，产于炉桥镇，故名“定远桥尾”，至今已有二百多年历史。

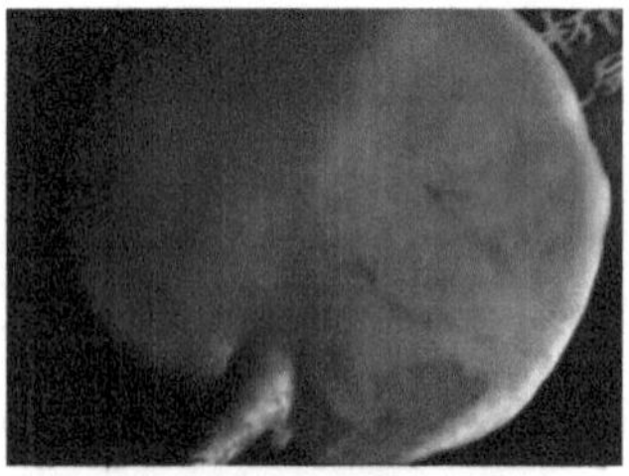

定远“桥尾”

定远桥尾，用料讲究，是选用当地的定远猪（一种瘦肉型的猪）臀部带尾骨的一块肥瘦间半的肉盘，精心加工腌制而成的肉制品。盘，肉制品形如芭蕉扇状，太肥或太瘦的厚皮猪都不适宜。每个“桥尾”质量大约在2~2.5千克左右，形状如扇，其肉切片，晶莹透亮，红白相间，宜蒸宜煮，开胃适口，不腻不厌，过夏不麻嘴，隔冬不坏，不滴油，且耐贮存，是馈赠亲友的理想用品。

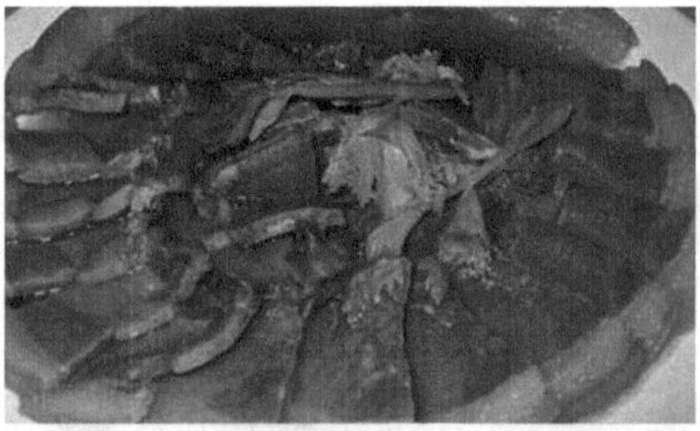

“桥尾”制品

大 肉 面

滁州大肉面以来安十二里半大肉面最为著名，从创立之日起，已在位于十二里半中心街道的小吃界风行了十几年。大肉，来安人称为扣肉。当地人称为虎皮大肉。不知是本土语言，还是南京郊区方言，但虎皮大肉在当地，已是该小吃的首创者藏先生合法拥有的商标。近年来，随着南洛的贯通和汉河新区的崛起，该小吃更是名噪一时，长盛不衰。就像来安在外的乡亲回来不吃张山的狗骨头一样，如果你从来安去南京，不去吃上一碗大肉面，肯定有人说你“out”了。

大肉面

虎皮大肉，精选上等猪前胛肉经独创配方和12道烹饪工艺炸煮而成，肉质鲜美，口感细腻，咸甜适中，肥而不腻。

蟹黄汤包

蟹黄汤包出自于来安县汉河镇，其前身为龙袍蟹黄汤包，由江苏省引进而来。蟹黄汤包的制作原料十分讲究，馅为蟹黄和蟹肉，汤为原味鸡汤，制作工艺精妙绝伦。汉河蟹黄汤包因皮薄如纸，吹弹即破，制作“绝”、形态“美”、吃法“奇”而盛誉于来安境内，并成为来安人民在汉河用餐过后必点的一道主食。汉河蟹黄汤包现已成为汉河镇各大饭店招待过往食客的一种地方特色名小吃。

蟹黄汤包

凤阳酿豆腐

凤阳酿豆腐是安徽沿海地区的传统名肴。据凤阳当地传说：明朝开国皇帝朱元璋出生在凤阳，他年幼时家境贫寒，靠乞讨度日。一日，朱元璋在凤阳城内的黄家小饭店里讨得一碗酿豆腐，吃后深感滋味极佳。以后，他便经常去这家饭店乞讨酿豆腐。后来他穿上龙袍做了皇帝，便下令将凤阳城内那家黄家小饭店的厨师召进了皇宫，专门为他烹制“凤阳酿豆腐”，成了他御膳房的厨师。从此，这个菜身价百倍，成了明朝宫廷筵席上的一道名菜，并得到一个“朱洪武（1368年朱元璋称帝年号“洪武”）豆腐”的雅号驰名于世，一直流传至今。

今天的“凤阳酿豆腐”是用嫩豆腐为原料切成片，夹入猪肉末、虾仁末等，裹上鸡蛋粉糊下油锅炸至金黄色，再用糖醋勾上芡汁即成，具有色泽奶黄，外脆里嫩，酸甜可口等特色。

凤阳酿豆腐

方　　言

委　婉

方言承载着一个地方的历史文化、风土人情、生活习惯、审美倾向、民族性格等内容，是一种独特的语言表达形式，是语言因受地理环境、风土人情等因素影响而产生的变体。一般来说，方言的形成与地理环境、人文历史有着紧密的联系。在1987年版的《中国语言地图集》中，滁州方言统属于汉语官话方言区，其中南部四县市即滁州市、来安县、全椒县、天长市基本属于江淮官话区，北部三县市即凤阳县、定远县、明光市（原嘉山县）处于江淮官话与中原官话的交界地带，具有鲜明的双重性特征。

总的来说，滁州方言分为两大块：一为北部三县市：凤阳县、定远县、明光市（原嘉山县）；二为南部四县市：滁州市、全椒县、来安县、天长市（原天长县）。它们分属不同的方言分区，因此本书在探讨方言特征时将兼顾这两大分区，首先全椒、定远等南部方言以五声调为主，即阴平（一声）、阳平（二声）、上声（三声）、去声（四声）以及入声五个。在现代普通话中入声已基本消失，但在滁州方言中仍保留有独特的喉塞音。入声的存在让滁州方言说起来稍显短促，并时常带有辅音韵尾。凤阳县等北部方言由于受中原文化的影响，在五调方面最明显的不同就是，入声全归去声。其次词汇的完全差异化，无法用字面意思来解读。再次词法丰富，极富感情色彩，例如多用“怪、老、多、很”等副词表示程度，怪远、老高、多好等。在表示贬义感情时通常会用，形容词 + 不拉叽，如甜不拉叽、爽歪歪等；在表示程度时还会用“动词 + 慌”结构，如：累得慌、痛得慌。在日常用词中习惯用带子结尾的词语，如，酱油子、一家子。除此之外，张其昀经过研究后发现滁州方言通常用“并列式”“副词式”“合用式”等来表示正反问。

滁州之所以能够形成独特的方言形式，与其悠久的历史文化有着密不可分的关系：一是历史发展的必然结果。滁州所在的江淮地区是我国古代文明的发源地之一，很早以前就有先民在此生存。据史料记载，在春秋前期该地区就有淮夷、钟离、徐、胡、许等古国，此后要么成为藩国属地，要么就治县设郡，尤其隋以后，滁州更成为商贾云集之地。由此，滁州方言在继承古汉语的同时兼容了其他语言特点，进而形成了自己的方言体系。二是经济的发达与频繁的对外交流，这些都使滁州当地人性情开朗、心胸豁达，即使遇到生活困境，他们也会以乐观的心态去勇敢面对，这些我们都可以从方言中较多使用虚词来窥视之。

全椒方言

全椒话是北方官话中的江淮方言（或下江官话），与标准的普通话差别不是想象中的那么多。所以我们不能像粤语那样，随意造字。但是方言词汇肯定不少，留下了很多方言的印记。在西晋以前，属吴语区。大约从东晋始，逐渐变色，到北宋时可算是粉红色的吴语区，到南宋时已蜕变为官话区了。全椒话主要特点是：

（1）名词。

小炮子：长得好的男青年；骚德子：比喻穿衣邋遢，很不注意形象的人。耳朵毛子：短发。猫子：指视力不太好的人。老颈把子：脖子。古拐子：脚踝。磕击头：膝盖。水头猫子：水獭。猫猴子：鬼。炫鸡：阉了的鸡。别虎子：壁虎。刀张子：螳螂。浓鼻子：鼻涕。锅上：厨房（“上”为轻声）。茅肆：厕所。秋油：酱油。册巴子：簸箕。歪子（读第三声）：篮子。烧几：淘米用的箩。小朗子：匕首。挑子：指汤匙。决子：指东西的残渣。炮张：爆竹。痴花：烟火。钱格子：硬币。麻风雨：毛毛细雨。蒿子：容易被人利用的人或是在赌博中技艺比较差的人。

（2）动词。

装丧：高估自己的能力，自负，好逞强。例：装丧啊！

蹭脸上：给脸不要脸，不知好歹。例：你不要蹭脸上了。

吃酒：红白喜事吃饭。聒聒，叨经：谈谈心，闲聊。噘人：骂人。熊人：批评人。糊得：哄骗，欺瞒。发胡：犯浑的意思。得江：捣蛋，刁难，难缠。打浪：把东西清理干净。现在也笑指人理发洗澡。

撇：说某种语言很生硬。例：各能不要撇普通话了。

迟：用刀划开，如迟鱼。过：动物生产，如过小狗。决：骂。掀：我们方言特指把东西倒掉。

赞：①特指两个较硬的物体碰撞到一起。②特指容器里的液体溅了出来。

痴：动词，这里特指在东西上滑行。糊（糊得）：欺骗或磨差事。和：读第一声，指为了自己的利益牺牲自己的尊严去对别人逢迎拍马。

（3）形容词。

日白流蛋：油嘴滑舌，喜欢说大话。例：你看他天天日白流蛋的。

缺景：（贬）把自己当个宝贝，自尊自贵。例：你看你缺景样的咳！

尖头巴西：滑头、应该干的而不愿意多干。喧范：小孩撒娇。

顺汤顺水：顺利。不成常：不学正道。

顶龙：精明，能干。萝卜：脑子不精明。结石：也是说人脑子不好使的。轻光：娇气。意歪：某某事物令人恶心。喝郎喝郎：脑子有问题。

伤蛋：可怜。日厌：讨厌。色当：比喻人穿衣寒酸，打扮不入时或者吝啬。责蛋：比喻大事不妙。胀气：惹人生气。秀眯：漂亮，特指小巧玲珑。债：要强，泼辣。

肖：薄，厚度小。例：这个纸太肖了。

壮（读第三声）：粗。

瓤：弱。例：他太瓤了。

拽——比喻富有。例：他家好拽！

hou：读第一声，比喻过甜或过咸。

（4）副词。

千班：刚才，一会以前。或灵：稍微。

和的：过一会儿。例：我和的再来。

下昼：夏天的下午后一点。例：你要是饿了，到下昼再吃点。

下晚：晚饭前的时候。一毫：一点点。

垫桌腿、扛锅铲子：大人去吃酒席时带去的小孩。快活得不晓得哪头逢集：高兴得忘乎所以。

好盏子的了：什么时间了。请考证一下这个词是否是原色的全椒土话？she（第一声）斜子：什么东西或什么原因？瓢滴：不晓得、不知道。

各四：干什么。在全椒问话中，最常用的一个字“各”，如各对？各好？各是的？这个词也是全椒话中一经典。

附：全椒方言笑话故事

（1）某大学男寝室里，一个全椒孩子病得不轻，一边难过地呻吟，一边让室友帮忙端盆水来让他洗腿。不一会儿，室友端了盆水来了，忙招呼其他几个室友一起来帮忙把全椒男孩的长裤脱掉，好方便洗腿。全椒男孩见三五大汉一齐动手要脱他的裤子，大惊：你们想干吗！某室友讲：不是你说要洗腿么？全椒男孩这才松了口气：哦，我是说洗脚。我们全椒话大腿以下地方都叫腿。

方言笑话

（2）去年和许母一起去甘肃舅舅家，刚出火车站即看到来接我们的舅舅舅妈还有刚会说话的小表妹。许母见到小姑娘时甚是喜欢，上去就要抱，还一边抱一边问：“妈妈个烧嘎嘎把你吃的？”小姑娘土生土长甘肃人，哪知道“嘎嘎”是什么玩意。于是就一脸木木的表情朝着她妈妈看，好像在求救，不料她妈妈（西安人）冒出来一句更绝：“别看妈妈，妈妈也不知道嘎嘎是什么的呢！”

（3）那天和小且聊天，我说老许经常拿腔拿调地在家用普通话的调调讲全椒话："你真喧范。"其实许时不时还会讲"黑卯天""你搞得跟真三样的""表瞎匀"不的龙"之类的。结果小且说了一个更搞笑，说其一天某美女朋友会用普通话的调儿跟她讲"你就在全椒大酒店门口吼我"。听完我笑趴了。

（4）那天和一亲戚一起吃饭，他说了个笑话，也颇经典：一湖南老板被招商招到了程家市投资办厂，手下工人全是当地的阿姨大姐类的。一天上午厂里停电，工人三五一群的在一边剥毛豆一边唠东家长西家短的。一会厂长过来了，笑逐颜开地和工人们打着招呼："你们在干吗？"这时一位自称普通话说得还不错的大姐开腔了，伸长了脖子，脸涨得通红一本正经道："我们在巴黄豆。"听得那个湖南厂长呵呵直笑，不知道到底听懂没有。

（5）这个是在全椒传说度颇高的一个笑话，说一个全椒男人某天去南京办事，走在大街上，找不到厕所，于是拉着一路人就问："请问大锅，茅司在哪块字？"不料那路人接茬就云："对不起（这句讲的是正宗普通话的调），我瓢顿。"

来安方言

来安地处皖东，介于江淮之间，东与天长接壤，南与南京毗邻，明光、滁州位于其西，江苏盱眙位于其北。来安县地形南北长、东西短，大致可分为北部低山区、中部丘陵区和南部圩区三类，南部圩区与江苏省南京市仅一河之隔，两岸人员往来密切。来安内部方言的分布与来安地形特征基本一致，可分为北片、中片和南片。以半塔话为代表的北片方言和以县城新安镇城区话为代表的中片方言以及以大英、汊河话为代表的南部方言在语音、词汇、语法上都存在着差异。来安南部方言中的疑问手段有疑问语调、疑问语气词、特指疑问词、疑问副词、疑问句法结构。有一些方言在南京、合肥、皖北、皖南等地，均有耳闻。

（1）亲属称谓用语：

"太爷"指曾祖父。"太太"指曾祖母，曾祖父母都称太太，如需确指时，则分别称男太太、女太太。"爹爹"指爷爷、祖父。"大爷"指大伯伯，大大为大伯父。"大妈"指大伯母。"爷"指叔叔、叔父。

“婶婶”指叔母。“姑爹、姑爷”指姑父。“姑姑”一般称呼未结婚的姑母。“姨爹”指姨父。“公公”指外祖父。“婆婆”指外祖母。“老丈人”指岳父。“当家的”指丈夫。“大兄弟”指大弟弟。

（2）一般称谓用语：

“老太爷”是对男性长者的尊称。“老巴子”为最小的子女。“丫头”是父母对女儿的爱称。“娃子”指孩子。“毛娃子、小毛头”指婴儿。“先”是先生的缩呼，如王先生称“王先”。

（3）日常生活用语：

“肿”指骂人死吃。“拽”大吃一顿。“咪”小口喝。“粑粑”面饼。“挑子”汤匙。“筲箕”淘米箩。“大头”傻瓜。“柴头”呆板，经常被人要的成为“二哥”。“邪尸”蛮横不讲理的人（多指不听话的小孩）。“抠鬼”吝啬的人。“搅神”难讲话。“猴子”调皮捣蛋的人。“好佬”厉害的人。“搭浆”不合要求，勉强凑数。“死相”相貌丑到极点，或是行为不端。“讲经”会挑剔。“歹怪”难看。“癔怪”难看，令人作呕。“口（韶）叨”啰唆使人厌烦。“胎气”讲江湖义气，够朋友。“咋呼”装腔作势。“溜骚”灵活。“脏污”乱来，不上规矩。“焐燥”天气闷热。“拿乔”不愿出力，有意摆架子。“来司”有本事，有办法。“不瓤”不简单。“犯古”发古怪脾气，闹别扭。“出门”女子出嫁。“挨搞、挨熊”受批评。“颠了”不辞而别。“基个”今天。“梅个”明天。“怎子”怎么样、为什么。“一毁（音）子”一会儿。“嘴码子”口头表达能力。“赖污龙”无赖汉、无用的人。“大萝卜”笨蛋。“大头马“粗心的人。”“甩大料”说话、办事不按理路的人。“货大蛋”拍马屁。“靠膀子”在一起共过事的。“歪西了”人死了、完蛋了。“毛估估”大致算算。“不作兴”不应该。“水得了”坏了，完了。“不胎嗨”不争气，不学好。“险达乎”几乎，差一点。“害霞子”妇女妊娠时反应。“公鸡头子”小男孩。“木里木姑”麻木不仁。“老实巴交”老实可怜。“二五郎当”随随便便，贬人不识轻重。“哼里哼吞”没有性子，做事拖拖拉拉。“乖乖隆咚”惊讶、感叹。“没倒数”不知轻重。“夯不郎当”全部在内。“一塌刮子”全部、所有的。“没胡子翘”完了、没得话说。“捣脊背子”背后骂人。“尖头把拉西”奸猾、尖刁。“嚼舌头根子”无中生有、乱说一气。

附:来安方言笑话故事

（1）一个来安人到了北京，找到一个招待所想住下。没想到首都的服务员态度很差，一会让他到这，一会让他到那，把他惹急了，就说："你把我日白来日白去，你这不是靠到我么?"

（2）二十世纪八九十年代一来安人在上海坐公交车，售票员找其一毛钱，滁州人说"野熊吧"。售票员大怒"你耍流氓，司机同志把车开到派出所"。来安人说"靠了，这下靠了"，警察问"你为什么耍流氓?"滁州人说"我没有耍流氓，野熊就是算了的意思，靠了就是糟了的意思"。警察打电话给来安公安局陈述以上事件，然后问"难道来安话，野熊就是算了的意思，靠了就是糟了的意思?"滁州警察说"我的孩来，规规矩矩是的"。

滁州城区方言

琅琊区位于滁州市境东南部，东南距江苏南京约50千米，西距省会合肥约100千米，面积180.79平方千米。南谯区位于滁州市境东南部，长江三角洲西部，占地面积83.67平方千米。语言上两区属于江淮官话区，入声字都是喉塞音韵尾，韵母为［ë］的入声字在滁州方言入声字中最多。方言里入声字都是由古入声字演变而来，中古入声字的读音特点是带塞音韵尾［p］［t］［k］，读为短促调，入声韵和入声调是重合的，在滁州方言的入声字中，入声韵和入声调依然同一，但塞音韵尾［p］［t］［k］已经消失，入声字均以喉塞音［?］为韵尾。塞音韵尾的变化，正是滁州方言入声与《广韵》音系入声最根本的不同，普通话里已没有入声字，古入声字在普通话已派入四声。滁州方言只比普通话多出一个唇齿音声母"v"，这表明滁州方言的声母系统与普通话的声母系统已很接近。中古入声字的声母无论清浊，在滁州方言里仍然保留了入声。

（1）特色发音：

上街，老滁州话叫上该，去有种说法叫"K"（英语中字母K的发音），吃叫kei（读第二声），比如kei饭。这样地道的滁州话，现在的小孩子说得不多了。滁州话常把ui音发成ei音，最常见的是把“对”（dui）读成dei。滁州话中没有后鼻音，到现在我都不清楚“分”和“风”的发音究竟有什么不同。滁州话中声母“L”和“N”发音几乎一样，“上南京”说成“上篮京”。滁州话中有些字的发音很特别。比如说东西很薄叫“消”；说水溢出来了，叫“虎”，常说“表把水搞虎掉了!”爸爸的“爸”读第二声，成“拔”音。有些字词的发音，人们已经形成习惯，这种发音还有很强的生命力。如“事情”说成“四青”，“钥匙”说成“月持”，“学生”说成“学森”，白说成“伯”或“bei”（读第二声），“那个”说成“乐个”或“内个”，“随便”说成“cei便”（cei读第二声）。此外，滁州话还有很多后缀。举例说明：什么东西子?（带个“子”，滁州话当中很多）各管汉?（行不行的意思，带个“汉”，此种情况滁州话中也很多）最后介绍最有特色的字“格”，普通话“行不行?”滁州话只要两个字“格管?”“格行汉?”“格是的?”“格去?”“格是真的汉?”滁州人每天都在大量使用“格”，它的使用频率不低于普通话中的“的”。

（2）称谓：

“爹爹”祖父，“奶奶”祖母，“老爷”小叔，“老婶”小婶，“舅爷“小舅子（妻的兄弟）”，“姨爹”姨父，“寡汉条子”鳏夫，“老巴子”最小的孩子，“叫花子”乞丐。

（3）人品质：

“好佬”胆大敢闹事的人，“蒲种”没有头脑，只会傻干蛮干的人，“硬头蹿子”性情犟、爱顶撞人，“萝卜”做事呆板，没有头脑的人，“甩子”无能、无用的人，“愣头青”胆大、蛮干的人，“毛灰（杂毛）”脾气不好，“雷堆”做事慢、反应迟钝，“脓包”无能，“六叶子”缺少心智，“半吊子”办事不牢靠、不动脑，“拿乔”拿架子，“身子重”懒惰，“点子低”事事不顺心，“夹石”不开窍，“少一窍”缺少心计、有点傻，“娇菠菜”比喻娇气十足的女孩子，“人来胜”小孩子爱在来客面前过分表现，“能格格的”赞扬孩子能干，“尖头巴脑的”圆滑、好占便宜，“仁义”为人和善，“烧包”以钱显摆。

（4）动植物：

“牛犊子”小牛儿，“牯牛”公水牛，“水牛”母水牛，“马驹子”小马儿，“叫驴”公驴，“羊羔子”小羊儿，“糙子猪”半大的猪，“鲲子”青鲲，“八鸽子”八哥，“老鸹”乌鸦，“癞了猴子”蟾蜍，“蛐线”蚯蚓，“歪歪”河蚌，“田鸡”青蛙，“蟢蛛子”蜘蛛，“虼蚤”跳蚤，“大栌秫”玉米，“小栌秫”高粱，“毕秋”荸荠，“地蛋”马铃薯，“洋柿子”西红柿，“手盖子花”凤仙花。

（5）生活用品：

“秋油”酱油，“夹扽子”棉被心，“围腰子”围裙，“手捏子”手帕，“裤头子”短裤，“顶针子”缝补用具，“尺杆子”直尺，“信壳子”信封，“杌凳子”方凳，“窗户帘子”窗帘，“火炽子”无火焰的炭火，“热水壶”保温瓶，“二抹头”稠稀饭，“晃子”猪血，“口条”猪舌头，“包芦花”爆玉米花，“荷包”衣服口袋，“挑子”小条勺，“稍箕”淘米篮，“锅屋”厨房，“脚踏车”自行车，“洋钉”钉子，“烟筒”烟囱，“喇叭”唢呐。

（6）描述夸张词：

“丁格大”很小，“细溜溜”很细，“乌漆麻黑”非常暗，“圆头轱脑”物圆，“踢亮的”明亮有光泽，“轻巧巧的”重量轻，“空捞捞的”没着没落，“丑八代”长相难看，“假马日鬼”装模作样，“嘻大流歪”办事不认真、不严肃，“老滋老味”倚老卖老、不自觉，“砸蛋”糟糕，“得味”好玩、有趣，“窝里鸡”自家人，“多咱子”什么时候，“水叽叽的”潮湿，“干嘣嘣的”干爽，“窟窿滔天”衣服很破烂，“通浑的”水很浑浊，“碧清的”水很清澈，“滚烫的”很烫，“喷香的”很香，“瘟臭的”很臭，“日不溜蛋”撒谎。

附:滁州城区方言笑话故事

（1）滁州人到饭店吃饭，服务员上菜，他用滁州普通话说：“请把旁边的菜往当央搁搁，不要掉到遛地上去了，随便帮我带个手帕子过来。”正吃着，滁州人感觉桌上的牛肉烧得不烂，他又用滁州普通话对服务员说：“请帮我们端下去，决不动稍微呼烂点。”

（2）有一只很聪明的鹦鹉，抓住它的左脚它会说“你好”，抓住它的右脚它会说“谢谢”。一个老几突发奇想，突然同时抓住了鹦鹉的两只脚。只听鹦鹉说道：“我滴孩哟，你想把老子搞栽倒呀。”

天长方言

天长位于安徽省东部、高邮湖西岸，除西面少部分与本省来安县相连外，其余均为江苏怀抱。东北隔湖与高邮县相望，东南、南、西南分别同高邮县、仪征县、六合县接壤，北与金湖县、盱眙县毗邻。天长历史悠久，春秋战国时期，曾先后为吴、越、楚属地，秦为广陵、东阳二县地，两汉时分属广陵、高邮、江都诸县，唐朝正式置县天长，此后基本未变。

正是由于这样特殊的历史背景和地理位置使得天长方言独有一番风貌，决定了天长方言的独特性。天长话属于洪巢片，因其特殊的地理位置，使之与北方江淮官话存在较大差异，但是它仍然保留了北方方言的基本语音特征。但又有自己的特点，如古入声的保留，这又与吴语有着相同之处。可以说因天长话与吴语区接近，保留了一定的吴语方言因素，但天长方言不是吴语，与吴语仍然有着许多区别。

天长方言有19个声母，其中包括零声母。与普通话声母相比较来看，少了舌尖后音ts、ts′、s三个声母，此外ʐ变成z，因为在天长话里中基本上没有了舌尖后音声母，这是天长话声母与普通话的最大差异。其次，中古日母在普通话中读作ʐ声母的，天长话中大多地方老年人均读为L声母或零声母。此外，天长话的声母还保留了一些古音，如“戒、解、鞋、教、荣”等，与普通话的声母均不同。“家、间、解”等字还存在着文白异读现象。

天长方言韵母相对较多，有46个韵母，其中鼻化元音韵母6个，入声韵14个，入声韵收喉塞尾。天长话声调系统中，韵母与普通话差异最大。天长话中保留了中古入声韵。入声音节均为喉塞音尾，有喉塞音尾韵母14个。天长话中还存在前后鼻音不分的现象。除入声字外，天长话中还有许多字的韵母与普通话也存在着一定差异，代表字有“耳、河、母、饿、街、团、谢、野、也”等。此外，天长话中没有曲折调，有两个降调。天长话中也有轻声和变调现象。

（1）生活用词：

“不照”不行，“凉凑”凉快，“变天”阴天，“作气”生气，“跟前”面前，“点尕尕”一点点，“苦钱”辛苦地挣钱、赚钱，“喊魂”叫你个头，“活像”非常像，“把滑”潮湿地方防跌倒，“歇一气”休息一会儿，“不能玩”不行，“转钩”在外面乱转，“脸模子”脸蛋，“穷相”讥讽落魄者，“四仰八叉”睡得舒展随意、无所顾忌，“马假”弄虚作假、装模作样，“格铮”穿着整齐美观，“笃定”一定，“过人”能传染的，“响雷打头”指干坏事会遭报应，“摇七活啷”形容两物体的结合处不结实，容易晃荡，“做拦停”劝解，“讨喜宝子”讨人喜欢的人，“上算”合算，“抢忙”帮忙，“抽千”做事不顺利，“多晚”什么时候。

（2）性格用词：

“死形”行为不正，“怕丑”不好意思，“蛮”指不讲理（这个人多蛮呀），“不除疑”不放心，“犯嫌”讨厌，“火冒冒的”形容怒气特别大，“小兵拉子”跟在人后面的不起眼的小人物，“脾家”脾气，“摸蛆”磨蹭，“筋爆爆”怒气冲冲的样子，“脾家”脾气、性格，“不抬颏”不争气、没出息（这人不抬颏）。

（3）生活用词：

“洋辣子”刺蛾、刺毛虫，“气鼓牢骚”形容很生气的样子，“怪到”怪不得、难怪，“铅克子”硬币，“该派”该当、应当。

（4）时间用词：

“回回”次次，“特为”特地，“先头”刚才，“之前”当时，“回头”待会儿，以后。

（5）称谓用词：

“小炮子子”骂小孩的話，“老嫲嫲子”老婆，“上人”长辈（一般指父母），“孃孃”姑妈，“奶妮们”老婆、妇女，“佬伲们”丈夫、男人，“活流尸”整天不做正经事的人，“癞大蛄子”癞蛤蟆，“唧溜子”知了，蝉，“蝦蟆乌子”蝌蚪，“小婢溜子”小家伙，“撩骚豆子”和别人寻开心，用于不懂事的孩子。

（6）其他用词：

“出门”出嫁，“坑塘洼畈”凹凸不平、坑坑洼洼，“不作兴”不应该、不能，“认它狠”算了，“寒毛”汗毛，“膀子湾”肘，“麻里木竹”麻木，“假魔日鬼”装模作样、假正经，“不则声”不则气、一声不吭，“冲家了”比喻事情糟糕到了不可收拾的地步，“赤脚大巴天”光着脚走路，“劳神”花费精力，“不过意”不好意思、过意不去，“热嘈”热闹，“养伢子”生小孩，“迂而坠器”比喻对某个小事情纠缠不清，“滴滴刮刮”指做事拖泥带水、不利索，“耳聋八岔”因年纪大了听力退化而误对方意思，“清汤寡水”指汤或粥等水分较多、较稀、不黏稠，“手巾方子”手帕，“算盘珠子”脊椎骨，“迸脆”很脆，“充军”乱走、瞎逛，“啬巴子”小气鬼，“虚虚糟糟”性急、沉不住气，“胳夹窝”腋窝，“屙屎离他八丈远”不与某人有任何瓜葛，“解（gǎi）怀”女子第一次怀孕，“将将巴巴”形容比较勉强，“该应”做坏事得到了应有的报应、命中注定。

附:天长方言笑话故事

（1）有一外地人从天长汽车站下车，想扔垃圾找不到地方就问带红袖章的大妈“能扔地下吗”，大妈说“不管!”这人就把垃圾扔地下了，被罚了五块钱。这个人想不通就问大妈。你刚刚不是说你不管吗？大妈说不是我不管，我的意思是不管扔到地下可懂来？这个人搞死不懂，郁闷地离去。

（2）多年以前，我问我老师：天长是个怎样的城市？老师点上根烟，悠悠地说：“那是一个依壁雕凿的城市。”我脑海中浮现出了一副依山而建宛如壁画般壮丽的城市。于是我义无反顾地来到了这个城市。很多年过去了，我终于理解了老师说的原来是天长话。

直　爽

明光方言

明光话的发音总体特点是：发音时舌位多半居中偏前，口腔开合不够明显，唇形不圆不展，鼻边音声母不分，零声母浊化，不分平翘舌音，舌面音因舌位趋前而有发成舌尖音的趋势，部分前、后鼻韵尾不分，语调、语势扬少降多，兼有南腔北调碰撞对垒的特点。

明光方言声调相对简单，遵循“平分阴阳、浊上变去、去声一律读去声”的规律，一共有四个。其中，阴平大部分由古平声清母组成，也有部分古入声清母以及部分古入声全浊母，调值为21；阳平多由古平声全浊母、次浊母以及部分古入声组成，调值为35，与普通话相同；上声大部分由古上声全清母组成，也有部分古上声次浊母，还有由少量的古入声组成，调值为213；去声多由古去声和入声字母组成，还有部分上声平声字母，调值为53。明光方言声母有20个（包括零声母）。

有些词不仅具有同普通话一样的语法功能，在方言中还有其他语法功能，词义也不同。例如：肉：①名词，词义与普通话中“肉”的词义相同；②形容词，在明光方言中表示磨蹭，办事行动没有效率。交：①动词、副词，词义与普通话相同；②量词，在明光方言中作量词表示次数。

（1）生活用词：

“手巾”毛巾，“巷道”巷子，“撅（脚）达（踏）车”自行车，“洋柿”西红柿，“杠家”回家，“尅饭”吃饭，“栽跤”跌跤，“锅屋”厨房。

（2）称呼用词：

“爹”爷爷，“外婆”姥姥，“外爹”姥爷，“毛菇菇”狗尾草，“花大姐”七星瓢虫，“癞咕子”蛤蟆，“草鱼”鲫鱼。

（3）其他用词：

“该带”干什么，“海雄”坏了，“高头”自愿，“个哪块”哪里，“顶沾”现在，“砍空”撒谎，“哈吊”乱来、搞，“烧”卖弄，“打平伙”平摊，“耶熊”拉倒，“烦神”伤脑筋，“刀螂”螳螂，“个劲”用力，“走时”运气好，“撇伙”奢侈浪费，“期潮”很湿，“鞋沙”拖鞋，“踢亮”很亮，“拉呱”聊天，“酒玺”倒酒，“条所”扫帚，“六匹子”手扶拖拉机，“歪毫”稍微，“滴滴”很少。

附：明光方言笑话故事

鬼吊！你真鬼吊！整搞的汗？倒进了？搞怂掉了吧？看你在南京跟内个鸟人在一块时，人家就说你是六业子！少一窍的！日日龙龙的！内鸟人也嘴不怂的，经常爱假大马，假马日鬼的。还是孬子！平时就哄叉十五的！多盏子以前了，好好的搞家败了。你还架势！脾气也见长了！怪丧的！老居十三的！爱整搞整搞的！现在又回来扮个死样子搞么呢？不学好！涛你！你业熊吧！别鬼吊嘘了！以后表跟他们这帮喝逼撒撒的人处了！规规矩矩的。像阿猪内样不是赫丧来吗？你还对他不吃尽。但他就是命好，虽然苦不了大钱，但也买了一套二手房了，还娶了个姑娘怪攒的，还每天都有小米酒喝，人生足矣，你也表好吃懒做想发财了，个好呢？

定远方言

定远县地处安徽省东部，是皖东地区人口最多和面积最大的县。定远东与明光市毗邻，南与肥东县接壤，西南跟长丰县交界，西同淮南市隔水相望，北和凤阳县山水相连。定远方言属于江淮官话洪巢片，入声是江淮官话区别于其他官话方言的最重要特征，但与同一方言片的其他方言点在语音方面既有相同，又有差异，这些差异反映出定远方言自身的特点。如定远方言里的舌面前元音i，基本演变为舌尖元音-ʅ，这与合肥方言中舌面前高元音的舌尖化极为相似，或许定远方言的这种语音变化可以提供舌面前高元音发展为舌尖元音的演变过程。

由于定远话处于江淮官话和中原官话的交界带，随着普通话的推广和人们社会交往的扩大，定远话正在迅速变化中，这些变化在青少年中表现尤为明显，已经有向普通话靠拢的明显趋势。例如，青少年口里的阳平字大都读成上升调，上声字也开始读为曲折调了。老年人的话里很多鼻化韵母，在青少年的话里也变为收鼻音韵尾的读音。

定远县境内方言略有差别，主要表现在语音方面，大致可分为蒋集话、池河话和三和话三类，但是没有明确的界限。例如：

（1）生活用词：

“闷头机子、怂人”泛指没出气的人，“沙码神道”神经一类的，“歪一会、歪一觉”睡一会觉、休息一会，“挺尸、晒尸”泛指睡懒觉，“炮筒子、炮冲的”心里藏不住话的人，“小包车”小汽车，“火、火水”水溢出来了，“吊了”完了，“代月”吃药，“骚抛”超过，“巴意”故意，“猴斗”然后、等一会，“则但、家败”糟糕，“魏大蒜”窝窝囊囊（如：你看你搞的就像味大蒜）。

“家败、家败篓子”口头语，完了的意思，但语意不好，后简成一个字口语“家”，同“靠了”。

（2）称呼用词：

“外外”外公，“鳖户子”蝙蝠，“骚狗子”夏天灯光下的飞虫，“歪歪子”河蚌，“上该”上街，“磕七头、磕老头”膝盖，“上人”长辈，“条把、条走”扫帚，“搓拨”簸箕，“来来猴”蟾蜍，“老花豹”青蛙，“老米港”泥鳅，“老草单”长腿蚂蚱，“自杠居”自行车，“大票车”大客车，“毛敌卡”摩托车。

（3）其他用词：

“丧”厉害，“板的了”扔掉，“七屁八磨”骗人，“狗狗的”一点点，“基都不基”一声不响，“喝雀雀”黑乎乎，“缺精”有什么了不起的，“靠你嘎的”骗你干吗呢，“意歪人不拉的”恶心人，“日冈冈跑掉了”快速跑步，“一奔子跑过来”一口气跑过来，“杭杭叫”声势不小、有干劲，“好盏子”什么时候，“岗家、克家”回家，“十三点”神经病，“郭蓝蛋”多管闲事，“蛔蛔”聊天，“锅锅”哥哥。

附：定远方言笑话故事

定远人在上海坐公交车买票，售票员找定远人一毛钱。定远人说：“猫B吧，还找毛的钱。”售票员大怒：“你小子耍流氓，司机同志把车开到派出所。”定远人说：“烤了，这盘我砸蛋了。”上海警察问：“你为什么耍流氓?”定远人说：“我没有，在我们那猫B就是叶雄的意思，叶雄就是算了的意思，烤蛋了就是糟了的意思，找毛的钱就是，算了不用找的意思。”上海警察不相信，就打电话给定远公安局陈述以上事件，然后问：“难道定远话猫B就是叶雄，尻了、砸蛋了就是糟了的意思?”定远公安听后脱口而出说：“我的孩来，不是雄么。”

凤阳方言

凤阳县地处安徽的东北部，属于北方方言区的江淮次方言区。凤阳话有4个声调，阴平（调值212）、阳平（调值55）、上声（调值24）、去声（调值53）。凤阳县地处江淮流域，方言介于中原官话区和江淮官话区之间，很接近普通话。但是，凤阳方言在语音方面与普通话还存在着一些明显差异，这种差异在韵母、声母、声调三个方面都有所表现：在韵母方面，凤阳方言往往丢失韵头U，把一些合口呼韵母读成开口呼。如把“对（dui）读成de，把“脆（cui）”读成cei，把“醉（zui）读成zei；把“锅“（guo）读成（ge）；把“霍”（huo）读成（he），把“存”（cun）读成（cen）。对于有些音节，则增添韵头，把开口呼读成合口呼。如把“乐”（le）读作（luo），把“可”（ke）读作（kuo），把“泪”（lei）读作（lui）。

表现在声母方面主要有两点。一是把该卷舌的zh、ch、sh误读为不卷舌的z、c、s了。如把“中”（zhong）读作（zong），把“长”（chang）读作（cang），把“师”（shi）读作si。

在声调方面普通话中原来两个都读阴平（55）的一些合成词音节，凤阳方言却把前一个单节读得象阳平（34），而把后一个音节读得像去声（31）。例如：

（1）生活用词：

“也雄”说明事情黄了，“拉呱”聊天，“可照”询问事情这样做可以不可以（如果问行不行就说“照不照”），“不柔你”不理睬你（有鄙视的意思），“烘柿子”软柿子，“馏馍”加热馍，“杠家”回家，“干哈来”干什么，“不屌照”完了、不行了（语气中有极度的鄙视），“吃（kéi）饭”吃饭，“胳膊肘子”肘关节，“磕膝（qí）头”膝盖（蚌埠念此膝为qí），

（2）称呼用词：

“亮亮”姑姑，“毛剌（lá）子”毛毛虫，“麻赖股子”癞蛤蟆，“蚂虾”虾，“毛菇菇”狗尾草，“花大姐”七星瓢虫。

（3）其他用词：

“掐座位”占座位，“孬熊”狗熊，装孙子，“喳喳呼呼”人大大咧咧的，“无浪神”痞子、混混，“可是滴该”是不是呀，“尾（yǐ）

巴”尾巴，“苍（cuāng）黄”黄颜色，“六椰”形容一个人愣头愣脑的不顾后果，“二姨（yī）子”男人像女人，“不则声不则气”沉默的意思，“可（gē）招来的”可以不可以让我参加，“打琅（làng）”打扫（例如：打琅làng得干干净净的），“糁（shěn）歪人”让人恶心。

例:凤阳方言笑话故事

（1）麻雀见到乌鸦问：“我地乖你是啥鸟？黑得意歪人。”乌鸦说：“六也子，我是凤凰。”麻雀说：“啥家护？拜靠到人了，那有恁黑的凤凰？”乌鸦说：“也雄吧，告诉你，我是烧锅炉的。”

（2）从小我妈就跟我讲，晚黑表出去玩，外头有猫猴子，家里来人了要央人街叨菜K，没有四表搁人街两个磨牙。长大老才知道，其实晚黑也没有猫猴子。有一天晚黑我到外头去玩，一家伙掉到沟里头去老，心里头想：这谢子也雄了，一身弄得滂潮的，还都是稀泊泥，回去要被我妈治老。唉！要是听我妈话就好了，晚黑表出去玩。

（3）见人打招呼是最起码的礼节，见着凤阳人问候一句：“哥此过来（吃过了没有）。”别人一般都会笑着回答你：“此过老，此过老（吃过了，吃过了）。”但是请一定要分清场合，如果别人家刚刚从次（ci）所（厕所）出来，你这么问候一声：“哥此过来。”这样就可能会出问题的。

高等学校

滁州学院

滁州学院是安徽省省属全日制普通本科院校，坐落在距南京50千米的历史文化名城——滁州市，与著名的琅琊山风景区和“天下第一名亭”醉翁亭相毗邻，区位优越，交通便捷，人文荟萃。学校创建于1950年，历经滁州师范学校、滁县师范学校、安徽师范大学滁县教学点（分校）办学阶段；1980年5月更名为滁州师范专科学校；2004年5月经教育部批准，升格并定名为滁州学院。2013年顺利通过教育部本科教学工作合格评估，2014年成为“安徽省地方应用型高水平大学”建设学校，2016年学校获批安徽省首批创业学院。2015、2016年，学校在省委综合考核工作中连续获得“优秀”等次，位列全省同类高校前列。学校向应用型转型成效明显，《中国教育报》等多家媒体进行过多次报道。

滁州学院大门

学校现有会峰、琅琊两个校区，校园占地面积109.11万平方米（1636亩），建筑面积44.03万平方米。教学仪器设备总值3.4亿元，建有配套的各类实验室和19个校内实习实训中心，222个校外实习实训基地，固定资产总值11亿元。图书馆纸质藏书117.5万册，电子图书92万种。校园网络千兆到楼，百兆到桌面。公开出版《滁州学院学报》和《滁州学院报》。

学校现有文学与传媒学院、数学与金融学院、计算机与信息工程学院、机械与汽车工程学院、电子与电气工程学院、地理信息与旅游学院、材料与化学工程学院、生物与食品工程学院、经济与管理学院、教育科学学院、外国语学院、音乐学院、美术与设计学院、体育学院、马克思主义学院、继续教育学院、创新创业学院等17个二级学院。开设57个本科专业，涵盖文、理、工、经、管、教、农、艺八大学科门类，其中工科类专业25个、管理类专业7个。全日制在校生17 739人，成人高等学历教育本专科生6806人。

学校现有教职工1120人，专任教师821人，其中教授68人，副教授193人，博士211人（其中在读61人），硕士586人。中组部“千人计划”人才团队1个；全国模范教师、全国优秀教师各1人，全省模范教师、优秀教师、师德先进个人、优秀教育工作者、教育系统先进工作者20余人，省学术技术带头人3人、后备人选3人，省战略性新兴产业领军人才2人，省级领军人才4人，享受省政府特殊津贴2人，省优秀科技工作者1人，省级教学名师12人，省级教坛新秀20人。

滁州学院体育场

近年来，学校先后获批国家级、省级“本科教学工程”项目257项。学校是“国家级大学生创新创业训练计划实施高校”“全国高等学校创业教育研究与实践先进单位”。拥有地理信息科学（原地理信息系统）国家级特色专业建设点，应用化学省级重点建设学科，“安徽地理信息集成应用协同创新中心”省级“2011协同创新中心”，“江淮分水岭生态环境与区域发展研究中心”高校省级人文社会科学重点研究基地，“安徽省大学生思想动态分析研究中心”，“安徽省热敏性物料加工工程技术研究中心”省级工程技术研究中心，“滁州市食品加工研究院”以及地理信息技术和化工技术等十多个研究所。依托“安徽省热敏性物料加工工程技术研究中心”获批设立“安徽省博士后科研工作站”。

承担国家级科研项目28项、省部级科研项目251项，厅（市）级科研项目620项，与企事业单位签订产学研合作项目450项。获得国家“重大历史题材美术创作工程”项目1项、2008年奥林匹克美术大会铜奖1项，国家科技进步奖二等奖1项、省部级科技成果奖二等奖3项、三等奖2项。公开发表学术论文4130篇，其中被SCI、EI检索405篇，出版专著、教材271部。获得国家授权专利360项，2项发明专利实现技术转让。

学校坚持将创新创业能力培养作为应用型人才培养的核心内容，构建创新创业教学体系、实践实训体系和服务体系，不断增强学生的创新精神、创业意识和创新创业能力，毕业生就业率连续多年在90%以上，连续三年荣膺“安徽省普通高校毕业生就业工作标兵单位”，被评为全国高等学校创业教育研究与实践先进单位、全国大学生社会实践活动先进单位（连续六年共15次），获批首批“星创天地”国家级创新创业综合服务平台。

学校依山傍水，会峰湖水碧波荡漾，校园四季林木葱茏，鸟语花香，环境幽雅，景色宜人，人文气息浓厚，是读书治学的理想之地。先后荣获“全国文明单位”“全国绿化模范单位”“全国高校节能管理先进院校”“全国高校后勤十年社会化改革先进院校”等称号。

学校坚持开放办学，积极开展对外交流与合作，与美国、德国、英国、澳大利亚、加拿大、马来西亚等国家和地区的高校建立联系，互派教师做访问学者。与美国布里奇波特大学开展了“4+1”硕士培养，与美国科罗拉多理工大学开展了教师培训项目；与马来西亚城市理工大学举办了“6+7课程”工商管理硕士研究生项目，与马来西亚博特拉大学举办了交换生项目；与韩国韩瑞大学、韩国湖南大学联合举办了“3+2”“4+2”以及视觉传达设计专业“2+2”、公费交换生等校际合作项目，互派留学生。同时，加强省内外校地、校企、校校之间的合作与交流，实现“共赢”发展。

目前，学校坚持“地方性、应用型、开放式、信息化”办学定位，紧紧抓住“转型与提升”主题，落实“十三五”规划提出的目标任务，奋力争取“产教融合发展、硕士学位点建设、国家级成果奖”三个突破，全面实现“学生创新创业能力、教师双能素质、服务地方水平、传承地方文化能力”四个提升，为建成地方应用型高水平大学而努力奋斗。

安徽科技学院

安徽科技学院是一所办学历史悠久、文化底蕴深厚、多学科协调发展的省属本科院校。学校始建于1950年，1965年开始举办本科教育。历经安徽农学院凤阳分院、皖北农学院、安徽农业技术师范学院、安徽技术师范学院等变迁，2005年经教育部批准更名为安徽科技学院。60多年的栉风沐雨，一代代安科人潜心耕耘、励志践行，薪火相传、砥砺奋进，学校事业长足发展。目前，现有全日制本科生、硕士研究生17 300余人。

安徽科技学院大门

学校占地1700余亩，拥有凤阳校区和蚌埠龙湖校区。凤阳校区位于明朝开国皇帝朱元璋的故乡——明朝中都古城，校园绿树成荫，环境幽美；龙湖校区位于蚌埠大学城，毗邻蚌埠大学科技园、高铁车站、龙子湖风景区，2017年6月一期建成办学。学校设施优良，现有8个基础实验教学中心、31个专业实验室和7个学科平台，教学科研仪器设备总值2亿元。拥有国家级科技创新平台和国家级大学生校外实践教育基地各1个，省级科技创新平台16个、省级示范实验实训中心11个。馆藏纸质图书115万册，电子图书104万册。

学校现有70个本科专业，涵盖工、经、管、理、文、法、农、医等学科门类，形成了以新兴工科和优势农科为重点，多学科相互支撑、协调发展的应用型学科专业体系。现有国家级综合改革试点专业1个、特色专业3个、卓越工程师教育培养计划专业4个、卓越农林人才教育培养计划改革试点专业3个。拥有省级重点学科6个、特色专业10个。现有专任教师821人，其中教授78人、副教授205人，博士182人、硕士466人。国家级、省级优秀教师9人，省学术和技术带头人及后备人选4人，享受国务院及省政府特殊津贴专家6人。省级"115"创新团队3个，省级教学团队10个，省级教学名师13人，省级教坛新秀24人。校外特聘教授50人，特聘创业型企业家担任大学生创业导师65人。

学校大力推进科学研究和技术开发，近五年来，先后承担国家自然科学基金、社科基金等各级各类科研项目1500余项，其中省（部）级以上196项。发表学术论文3400余篇，获市厅级以上科研奖励57项，获批专利664项，其中发明专利193项，位居省内同类高校前列。与地方政府、相关企业开展校企、校地产学研合作项目近500项。学校大力实施"国（境）外合作办学工程"，精心组织"优秀大学生千人留学游学计划"。先后与美国、韩国、德国和台湾地区等24所高校建立交流与合作关系。拥有3个国家级中外合作办学项目、5个省级中外合作办学校际交流项目。目前国际班在校学生502人，其中86人赴美、韩攻读学士学位双学位，另有57名毕业生出国攻读硕士学位。

学校在长期的办学实践中形成了"敬业奉献、修德育人、治学严谨、精益求精"的良好教风和"勤于学习、善于思考、刻苦钻研、团结协作"的优良学风。在校生国家英语四六级考试、国家和省级计算机等级考试通过率一直名列全省高校前列，学生考研率一直保持较高比例，部分专业考研录取率已达60%。毕业生就业率始终保持在95%

以上，学校多次被评为“安徽省普通高校毕业生就业工作标兵单位”，2012年被教育部授予“全国毕业生就业50所典型经验高校”称号。首届“全国十佳大学生村官”获得者杨俊森，两度受到习近平同志的接见；在凤阳县小岗村开展科技创业的苗娟，受到时任中共中央总书记胡锦涛同志的亲切接见和高度赞许，并被评为“全国自主创业典型”。2002年、2008年学校两次以优异成绩通过教育部本科教学工作评估，2013年又作为教育部遴选的全国首批本科教学审核评估试点单位接受了审核评估工作，受到评估专家的高度评价。

在迈向新的历史征程中，新一代安科人秉承“艰苦奋斗、开拓创新、求真务实、无私奉献”的大学精神，坚持立德树人，坚持改革创新，着力内涵发展，彰显办学特色，按照学校第二次党代会和事业发展“十三五”规划提出的奋斗目标，全力构建“一校两区，重点各异，优势互补，协调发展”的办学格局，努力把学校建成安徽一流、全国知名的应用型高水平大学。

滁州职业技术学院

滁州职业技术学院是滁州市人民政府举办的综合性普通高等职业院校。学院位于皖东历史文化名城、南京都市圈和合肥经济圈核心城市——滁州市，紧邻国家4A级风景名胜区琅琊山和四大名亭之首醉翁亭。学院成立于2002年7月，是安徽省示范性高职院校和安徽省首批“地方技能型高水平大学”建设学校。现有各类全日制在校学生13 140人，教职工673人。

校园设施功能齐全，实习实训条件优越。学院现有龙蟠校区、清流校区两个校区，占地总面积1140亩，建筑面积31万平方米，固定资产总值6.3亿元。新校区龙蟠校区坐落于滁州市城南科教园区，校园环境优美，设计新颖，教学楼、图书馆、综合实训大楼、现代化运动场、大学生创业孵化基地等配套齐全。学院建有机械加工、数控技术、计算机软件开发等9大实训中心，下辖实验实训室93个，教学仪器设备总值1.2亿元。其中，中央财政扶持实训基地2个，省级示范性实训基地2个，省级人才培养创新实验区1个。学院生均教学仪器设备价值近万元，居省内同等院校前列。

专业设置科学合理，内涵建设特色鲜明。学院立足地方办学。设有机电工程系、土木工程系、信息工程系、经济贸易系、汽车工程系、食品与环境工程系、传媒工程系、基础部、安徽滁州技师学院等9个教学单位，设置高职专业45个，其中有28个专业与滁州市的智能家电、先进装备、新型化工、新能源、农副产品深加工、硅基材料等六大支柱产业结构相吻合。学院建有中央财政扶持的提升专业服务产业能力专业2个，省级重点建设专业3个，省级特色专业6个，省级综合改革试点专业1个，省级精品课程3门，省级精品资源共享型课程1门。

教师队伍结构优化，教学科研成果丰硕。学院坚持“办学以教师为本”。现有专任教师547人，其中，具有正高职称15人，副高职称91人，具有硕士及以上学位教师284人，双师型或具备“双师素质”教师218人，有省级教学团队5个，省级专业带头人10名，省级教学名师3名，省级优秀教师2名，省级教坛新秀9名，有1名教师入选安徽省“卓越人才”培养计划。“十二五”期间，学院教师出版专著9部，主编和参编教材215部，发表论文千余篇，承担科研项目205项，其中国家级2项，省部级课题36项，获得国家发明专利2项、实用新型专利69项。

合作办学深入推进，办学模式不断创新。学院积极开展校企合作、校地合作和校际合作。连续19年与德资企业博西华（博世—西门子）公司合作，采用德国“双元制”人才培养模式培养高技能人才，并积极探索“双元制”模式中国化的方法和途径。学院加强与滁州市及所辖县市区的14个经济技术开发区、工业园区的合作，成立了校地合作委员会。2013年7月，学院牵头成立安徽滁州职教集团，并当选首任理事长单位。学院通过职教集团平台加强与区域行业企业合作，助推经济社会发展，加强与区域内中等职业学校在专业对接、课程衔接、师资培训、协同科研创新、实训资源共享等方面的合作，引领区域中高职协调发展。

就业工作成绩突出，服务地方成效显著。学院毕业生就业率始终保持在98%以上，先后两次（2008—2009年度、2010—2011年度）被安徽省就业工作领导小组评为全省就业工作先进集体，2005年至今连续九年被评为“安徽省毕业生就业工作先进集体”和“安徽省毕业生就业工作标兵单位”。学院创建以来已为社会培养输送各类毕业生22 344名。2009年，经安徽省人民政府批准，学院设立安徽滁州技师学院，培养预备技师、高级技工等高技能人才。学院设有国家职业技能鉴定中心，可开展89个工种的中、高级职业技能等级鉴定服务。近5年来，学校累计开展各项职业技能培训23 000人次，各工种的职业技能鉴定26 000人次。

滁州职业技术学院体育场

综合实力不断增强，办学声誉持续提升。学院发展得到了上级部门和领导的重视支持和肯定。先后荣获教育部高职高专院校人才培养工作水平评估优秀院校、安徽省“双师素质”软件类师资培训基地、安徽省就业工作先进集体、安徽省创新创业示范校、省级大学生创业孵化基地（AA级）、滁州市文明单位、滁州市市直企业招工帮办服务先进单位等荣誉。2013年5月22日，中共中央政治局委员、国务院副总理刘延东视察学院，对学院人才培养工作给予了充分肯定，并对学院提出“将来要争取成为全国的示范典型”的要求与期望。2015年，学院以优秀等次顺利通过省示范性高职院校建设项目验收和人才培养工作个性评估，被立项为安徽省首批“地方技能型高水平大学”建设单位。

学院将秉持“立德树人”的办学宗旨和“修能致用、笃学致远”的校训精神，立足滁州，服务安徽，面向“长三角”，坚持地方性、技能型、合作式发展路径，以内涵求发展、以特色求发展、以创新求发展，努力把学院建成“省内一流、国内知名、特色鲜明”的地方技能型高水平大学。

滁州城市职业学院

滁州城市职业学院是国有公办全日制普通高等学校，坐落于美丽的琅琊山麓，与千年名亭醉翁亭隔山相望，南面中央湖，西侧紧邻长城影视基地，区位优越、环境优美，是理想的办学场所。校区规划用地1127亩，总建筑面积35万平方米，全面建成后的校园主要分成中央核心区、教学实践区、学生生活区、体育运动区等四个区域，能够有效满足万人规模的教育教学与各类生活需求。

滁州城市职业学院

学院文化底蕴厚重。前身是具有百年历史的全国优秀师范学校——凤阳师范学校，创办于1908年，曾有“文冠皖北，武冠全省”的美誉，1988年获评全国百所先进师范学校，建校百年来，为滁州乃至全省培养了数以万计的基础教育人才。学校2002年开始启动升格计划，2010年3月经安徽省人民政府批准，教育部备案，升格为滁州城市职业学院。滁州卫生学校始创于1958年，栉风沐雨近60载，办学业绩显著，为全省各地培养了数万名卫生技术类人才，2007年获评国家级重点中专。2010年11月，市委市政府决定将滁州卫校整体并入学院，并在科教园区划地1127亩建设新校区；2014年，滁州艺术学校并入学院（建制暂保留），进一步扩大了办学规模。

学院师资力量雄厚，现有全日制在校生8300余人，教职工397人，其中专任教师326人，硕士学位以上146人，占44.78%；博士生1人，高级职称以上97人，占29.75%；双师素质教师59人，占18.1%；40岁以下教师224人，占68.71%；学院现有全国优秀教师2人，安徽省优秀教师1人，市级“师德标兵”1人，优秀教育工作者1人。

学院专业设置科学，先后开设小学教育、早期教育、音乐教育等教育类专业，医学美容、康复治疗技术、药学、老年保健与管理等医学类专业，会计、应用化工、电子商务、音乐表演、高铁乘务等城市服务类专业。其中，检验、学前教育、护理和小学教育等4个专业为省级特色专业。

学院教科研水平较高。截至2016年8月底，获得省部级以上教学成果奖励8项，指导学生获省部级以上奖励47项；获得省级以上质量工程项目立项48项，省级示范实验实训中心1个。教师出版专著3部，编写教材72部，其中国家规划教材3部，省高职高专规划教材7部；发表论文500余篇；获得专利3项，主持省部级以上课题26项。

学院配套设施完善。建有校内实验实训室65个，校外实习实训基地53个。馆藏图书31.8万余册，各类报纸杂志474种。拥有省级普通话测试站1个，国家级职业技能鉴定站1个。

2016年9月，凤阳校区、卫校校区整体搬迁至滁州市高教园区办学，学院的发展揭开了崭新的篇章。

主要参考文献

一、专　著

1. 白庚胜 . 中国民间故事全书：安徽滁州定远卷[M]. 北京：知识产权出版社，2012.

2. 白庚胜 . 中国民间故事全书：安徽滁州来安卷[M]. 北京：知识产权出版社，2012.

3. 白庚胜 . 中国民间故事全书：安徽滁州南谯卷[M]. 北京：知识产权出版社，2012.

4. 白庚胜 . 中国民间故事全书：安徽滁州全椒卷[M]. 北京：知识产权出版社，2012.

5. 白庚胜 . 中国民间故事全书：安徽滁州天长卷[M]. 北京：知识产权出版社，2012.

6. 滁州市南谯区地方志编纂委员会 . 滁州市南谯区志[M]. 合肥：黄山书社，2011.

7. 路传新 . 滁州诗歌集[M]. 合肥：安徽文艺出版社，2012.

8. 明光市地方志编撰委员会 . 明光市志（1991—2010）[M]. 合肥：黄山书社，2011.

9. 潘立新 . 滁州市城市与旅游发展研究[M]. 芜湖：安徽师范大学出版社，2006.

10. 沈利华，钱玉莲 . 祥物探幽[M]. 南京：东南大学出版社，1994.

11. 石松，金红 . 滁州古城记忆[M]. 合肥：黄山书社，2016.

12. 陶思炎 . 民俗探幽[M]. 南京：东南大学出版社，1995.

13. 陶思炎 . 南京民俗[M]. 南京：南京出版社，2016.

14. 陶思炎 . 中国都市民俗学[M]. 南京：东南大学出版社，2004.

15. 王文忠.景秀安徽:滁州卷[M].合肥:安徽教育出版社,1999.

16. 熊祖怡.滁州志[M].合肥:黄山书社,2007.

17. 张华,徐宏耀.滁州名人故事[M].西安:三秦出版社,2002.

18. 张祥林.琅琊山石刻[M].合肥:黄山书社,2011.

19. 张忠孝.经典滁州[M].北京:中国文史出版社,2007.

20. 赵杏根,陆湘怀.实用中国民俗学[M].南京:东南大学出版社,2005.

21. 中共滁州市委党史研究室,滁州市新四军历史研究会.滁州英烈[M].合肥:安徽人民出版社,2010.

二、期　刊

1. 李可繁.安徽明光方言语音研究[J].佳木斯教育学院学报,2014(5):104-105.

2. 李可繁,王丛慧."V几V子"结构探析——安徽明光方言中特殊的短语结构浅析[J].安徽文学,2015(5):93-95.

3. 陆晓华.滁州方言入声研究[J].滁州学院学报,2016,18(6):48-50,54.

4. 唐国栋,胡德明.安徽来安南部方言疑问代词系统研究[J].滁州职业技术学院学报,2010,9(3):38-41.

5. 汪雯雯.天长方言音系研究[J].现代语文(文学研究),2013(16):148-149.

6. 谢慧敏.滁州民歌与方言中独特地方特色的文化因素研究[J].赤峰学院学报(汉文哲学社会科学版),2016(2):217-219.

7. 许富宏.《儒林外史》中的全椒方言词汇与语法类型[J].滁州学院学报,2009,11(4):5-6.

8. 严仍宁.《儒林外史》中的全椒方言[J].滁州学院学报,2005,7(2):5-6.

9. 岳秀文.安徽定远方言中的"子"尾[J].池州学院学报,2010,24(2):82-84.

10. 张静.略谈嘉山、凤阳方言与普通话语音的差异[J].安徽农业技术师范学院学报,1995(2):88-89.

三、资　料

1. 安徽省滁州市文化局.滁州市文物志[M].1987.

2. 滁州市琅琊区非物质文化遗产保护中心编印.非物质文化遗产田野调查汇编:滁州卷·琅琊区[M].2009.

3. 滁州市南谯区非物质文化遗产保护中心编印.非物质文化遗产田野调查汇编:滁州卷·南谯区[M].2009.

4. 定远县非物质文化遗产保护中心编印.非物质文化遗产田野调查汇编:定远卷[M].2009.

5. 凤阳县非物质文化遗产保护中心编印.非物质文化遗产田野调查汇编:凤阳卷[M].2009.

6. 来安县非物质文化遗产保护中心编印.非物质文化遗产田野调查汇编:来安卷[M].2009.

7. 明光市非物质文化遗产保护中心编印.非物质文化遗产田野调查汇编:明光卷[M].2009.

8. 全椒县非物质文化遗产保护中心编印.非物质文化遗产田野调查汇编:全椒卷[M].2009.

9. 天长市非物质文化遗产保护中心编印.非物质文化遗产田野调查汇编:天长卷[M].2009.

后　记

我是土生土长的滁州人，滁州山山水水养育了我。我热爱滁州的山、滁州的水，自大学毕业后就有想写一部有关滁州风土人情著作的愿望，但由于知识储备等诸多因素的制约一直不能如愿。2006年我考上了安徽师范大学历史与社会学院硕士研究生，有幸师从解光云教授从事西方古典文明研究，让我领略到人类文化的魅力。硕士毕业后就职于凤阳师范学校（2010年升格为滁州城市职业学院，同年滁州卫生学校合并进来），先后主持多项有关滁州文化和旅游相关的省级课题，先后公开发表了十余篇有关滁州文化、旅游的文章。在主持课题期间，相关研究能力得到了进一步提升，收集的资料进一步丰富，为这本书的完成奠定了一定的基础。2015年，我又进入安徽师范大学国旅学院，跟随苏勤教授做访问学者，研究文化旅游。攻读硕士学位和做访问学者是我人生的两大转折点，确定了我的研究方向，我会沿着这个方向不断走下去，不管前方的路有多么曲折，哪怕是满地荆棘，我也义无反顾。

《滁州　醉风情》从山水文化、历史遗迹、饮食文化、语言文化以及民俗、传统艺术等方面系统地介绍了滁州，具有一定的可读性和趣味性。尽多年心血若能为来滁游玩或有志于滁州历史文化研究的朋友提供一些微不足道的帮助，已心满意足，不妄此举了。由于能力的局限，书中难免有一些不足之处，敬请大家在谅解的同时积极提出宝贵意见，以便我们及时改正，不断提升。

在写作过程中我们参考了前人的一些研究成果，由于种种原因有些作者一直无法联系上，故无法表示谢意。在此望没有联系上的作者阅读此书后迅速与本书第一作者联系，以便当面酬谢。

本书在编撰过程中得到了院领导大力支持和“安徽省教育厅高等教育振兴计划人才项目”的大力资助，我爱人也是本书第二作者胡继艳（滁州学院副教授）也给予了大力帮助，并参与部分章节的编撰，使得课题组能顺利开展前期的课题调研及后期的成果正式出版工作。编撰过程中还得到了滁州市地方志办公室葛安全同志的大力支持，在此一并表示感谢！

杜裕民

2017年5月18日